謀殺藝術 ✣ 人魚血謎

The Mermaid Murders

Presented by
Josh Lanyon | Joyce Chu | Ray

Contents

目錄

From out their grottos at evenings beam,
the mermaids swim with locks agleam.

From out their grottos at evenings beam,
the mermaids swim with locks agleam.

給點燃火花的潔娜・班奈特（Jenna Bennett）。

CHAPTER 01

在薄暮微光之下游出石穴，
人魚水中悠游，長髮閃耀流瀉。

——華特・德拉梅爾（Walter de la Mare），〈人魚〉（Mermaid）

盛夏暑意在柏油路面蒸騰。

沸騰般閃動的溼熱日光下，一名魁梧的金髮男人若無其事地倚靠著政府機構的銀色公務車、低頭查看手錶，乍看下宛如海市蜃樓。可惜他並不是幻象——高級特別探員山姆・甘迺迪絕非光線曲折而成的幻影。

甘迺迪抬頭望見傑森，臉上浮現了嫌惡的神色。那也許是有些失敗的笑容，不過考慮到甘迺迪的風評，他多半不是在對傑森微笑。

「維斯特特別探員。」甘迺迪說道，低沉的語音隱含南方口音的慵懶。「我還以為你是在路上先去了趟嘉納博物館，想先解了那樁懸案才過來。」

甘迺迪這傢伙。特別主管探員卡爾．曼寧早就警告過傑森了，甘迺迪為再次和人組隊辦案之事深感不滿，況且這回的副手是從藝術犯罪調查小組派來的人。至於為什麼非要派人和他一同偵案呢，還不是因為他上回搞砸了曝光度極高的案件，甚至連威斯康辛州州長都上晚間新聞譴責他了。換作是資歷較淺的探員，也許接下來好一段時間都別想碰任何一樁案件了，然而甘迺迪可是局內的傳奇人物，是威名赫赫的「追緝獵手」，他不會因此丟飯碗，不過近期絕對算是他事業的低谷了。從前的成就為他樹立了不少敵人，而且不只是一般人想得到的那種敵人。一個人不可能光憑破案就成就非凡的事業——而在傑森看來，甘迺迪似乎完全稱不上八面玲瓏。

「我也很高興認識你。」傑森走到車邊說道。甘迺迪沒有要握手的跡象，於是傑森自己的手也往口袋一插。「我先說了，我現在原本應該是在休假的。我之前在波士頓準備搭上飛回洛杉磯的班機，現在是臨時改了行程來幫忙。」

「原來如此。」甘迺迪轉過身，繞到耀眼銀轎車的駕駛座那一側。「你可以把行李丟後車廂。」他伸手按下按鈕，開了後車廂。

傑森拉開後車蓋，將棕色皮革提包放到甘迺迪的黑色公事包旁。甘迺迪的行李還真不少，無疑屬於他這個居無定所的主人。無論黃金時段的電視節目是怎麼演的，行為分析小組的探員其實極少離開匡堤科、在國內四處出差辦公，不過甘迺迪完全是例外，而他這個例外也突顯了其他探員慣常的辦公模式。

「我們得趕緊上路，那個女孩子已經失蹤超過八小時了。」甘迺迪一句話拋來，然後就坐上了駕駛座。

傑森本想回應，最後還是克制住了自己。曼寧特別主管探員之前稍微介紹了他這位新合作伙伴（也是暫時的合作伙伴），照主管的說明看來，甘迺迪急著前往位於金斯菲爾德郊區的犯罪現場，正體現了他的專業——這也是他們在一間餐館的停車場而非中央廣場一號分部辦公室會合的原因。

他蓋下後車蓋，繞到副駕駛座側上車。車內仍帶有冷氣的涼意，可見他並沒有讓甘迺迪等太久。

甘迺迪轉動鑰匙、發動引擎，又一波冷空氣伴隨著廣播新聞吹了出來。「這一帶你很熟吧？你們家以前在金斯菲爾德有一棟度假屋對吧？」

「對。」

「真好。」甘迺迪的語調倒像在說：**完全不意外**。他身上帶有濃濃的鬍後水味，味道和他全身上下的一切同樣強勢，前調是檀香、後調是「惹人生厭」。

「算是吧。」

車輛駛離停車場，甘迺迪對他投了個譏諷的眼神——至少嘴唇的弧度堪稱譏諷，眼神則是被深色Oakley墨鏡藏住了。他看上去四十五歲上下，不算英俊，那張臉卻令人印象深刻。話雖如此，等這樁案件了結了，傑森打算立刻竭盡全力忘掉這張臉。

傑森說道：「我想請教一下，金斯菲爾德警察局長特別請調查局派你來辦案，是因為他認為這是連續殺人魔的模仿犯在作亂嗎？」

「現在下定論還太早，不過差不多是這樣。他們當然擔心犯人是模仿犯了——全烏斯特縣都忘不了之前的案件，以後發生什麼少女失蹤案，整個縣都會人心惶惶，擔心是模仿犯出來作案了。」甘迺迪開始為傑森說明案件現況。

他說得簡明扼要，不過也不能怪他，畢竟他們掌握的情報也就這些。金斯菲爾德某個富裕人家的青少女——瑞貝卡・瑪蒂根——週五晚間開派對與朋友同樂時，就這麼失蹤了。當時少女的父母出遠門，是管家發現瑞貝卡失蹤後報案。當地警力與居民組織了搜救隊，但目前為止還未找到任何蛛絲馬跡。

「青少女失蹤的原因很多啊。」傑森指出。

「是啊，不過我也說了，烏斯特縣的居民可是還清楚記得之前那個事件。」

那也怪不得他們。傑森凝望窗外一一閃過的高樓大廈與歷史建物。公園、遊樂場……池塘。**明豔陽光在碧綠池水上閃爍。少女的笑聲餘音繚繞……**他摘下墨鏡，一手擦過雙眼，然後才重新戴上墨鏡。

烏斯特是座心態上相當現代化的老城市，距離金斯菲爾德僅二十四英里，車程不過四十五分鐘，不過這短短二十四英里宛若區隔兩顆迥異星球的浩瀚太空。

他開口說：「我記得原始案件，當初就是多虧了你，馬丁・平克才會被捕入獄吧。」

「我只是盡自己的本分而已。」甘迺迪意外地謙虛，謙虛過頭了。金斯菲爾德連續殺人案之所以能破案完全是甘迺迪的功勞，所以這回警察局長才會急著請他回來偵辦新案。調查局沒先靜待觀察瑪蒂根失蹤案的發展，這點倒是令傑森有些訝異，但也許局裡除了尋找失蹤少女之外還有一個目的，那就是將甘迺迪調離要務。曼寧特別主管探員請傑森取消休假、前來協助辦案時，傑森聽在耳裡就是這個意思。

「是什麼樣的派對？」傑森問道。

「什麼派對？」

「現在是六月，那他們開派對是為了慶祝什麼？畢業嗎？生日？十六歲生日？還是有人偷偷生了小孩？」

甘迺迪笑得毫無笑意。「就是慶祝爸媽週末不在家的那種派對。」

「那是誰都能參加呢，還是只有她的好友？」

「詳情我們還不清楚，我知道的情報都已經告訴你了。」

嗯，這就難說了。甘迺迪的辦案風格十分老派，他無疑是那種孤狼型探員，喜歡「自立自強」——他那一輩的人可是想出了不少乍聽之下頗有男子氣概的詞句，為自己孤僻的性格找藉口。電視節目這麼演的確好看，但在現實生活中的執法單位，人們往往就是因為缺乏團隊意識而導致自己或他人受傷。

有時候呢，即使隊上所有人都齊心協力，還是會有人受傷。傑森感覺到肩膀微微刺痛，心不在焉地揉了揉。

村鎮外圍的路邊立著一大面心形看板，看板上寫道：**永遠銘記於心，哈妮・柯里甘。**

傑森上回駛過這條路時，還沒有這面看板，不過甘迺迪想必已經見慣了。在多年前那個夏季，他應該來回經過了這面看板不下一百次吧。

兩人都沉默不語，數分鐘過後汽車離開了蓊鬱樹林，開上金斯菲爾德村樹蔭斑駁、優美如畫的鄉村街道。這是座典型的新英格蘭村鎮，房屋街道古雅悅目，有寬闊草坪或舊玫瑰園圍繞的一幢幢白色護牆板屋、改建成了商用建築的十九世紀紅黃磚屋、戰爭紀念碑——這裡說的可是美國獨立戰爭——有著高聳尖頂的白教堂，這些建築物都漂漂亮亮地建在了村子中心一大片翠綠草地四周。此地與加州相差十萬八千里，但這也是傑森一家從前來此避暑度假的主要理由。

小村莊十分寧靜，不過即使以小村的標準而言，週六下午也不該一片死寂啊。

「和你印象中一樣嗎？」甘迺迪的話聲將傑森拉回了此時此刻。

「似乎沒什麼改變。」

真的沒什麼改變，整座村莊彷彿停留在了過去，傑森也彷彿回到了未來，感覺有些毛骨悚然。他們經過畢基酒館，看見店前凸窗與掛在門口的手繪招牌，招牌上畫了個頭戴假髮、鷹勾鼻形狀近似車頭吉祥物的紳士。

「你上次來是什麼時候？」

「已經是好幾年前的事了。」他父母在哈妮失蹤後立刻售出度假屋，那之後傑森便再也沒回來了。他可不打算和甘迺迪分享這些——即使甘迺迪有在認真聽也一樣。

但他並沒有在聽，而是將注意力集中在了GPS機械化的指示上，那雙大手輕鬆自在地操作方向盤，凌厲目光掃過了一間間漂亮的小店面與咖啡廳。

警局位於村子中心，就設在從前的村鎮行政中心。這是幢褪色磚頭建成的兩層樓建築，旁邊還附了鐘塔，灰色柱子支撐著門廊。若從屋內拱形窗前向外眺望，還能望見遠方一抹藍影般的夸博阿河。

他們在建築後方一排楓樹下停車，楓樹的綠葉油亮得彷彿在酷暑中冒了汗。

「我還以為這裡的車子會更多。」傑森打量著幾乎全空的停車場說道。

「大家都出去找人了。」甘迺迪回道。

他雖然語調中性而不帶多餘意味，但這句話完全是理所當然。全村——或至少是村裡每一個行動無礙、沒有要務在身的居民——想必都在周圍廣大的荒郊野外尋找失蹤少女了，她畢竟是村裡的孩子。傑森之所以沒立即想到這一點，是因為他已經很久沒偵辦暴力案件了。

或者說，他已經好一陣子沒參與可能發生暴力事件的案子了。人們的行為總是難以預料，在四面楚歌的情況下更是如此。

傑森和甘迺迪一同繞到建築正面，兩雙腳踩著穩定的步伐走在塵土滿布的道路上。此處的空氣溼悶而炎熱，飄著溫熱岩石與萱草的氣味。從停車場走到前門廊的路上甘迺迪一直沉默不語，這時如果多少說明接下來可能遇到的狀況應該頗有幫助，不過甘迺迪顯然不愛多聊。

他們推開老舊的木框玻璃門走進室內，經過一長排貼滿了社區活動傳單與公告的布告欄，上頭除了傳單之外還有幾張通緝令。一名相貌和善的中年女警忙著接電話，草草瞄了兩人的證件一眼就點頭示意他們入內，同時語調鎮靜地回應電話另一頭的人。傑森兩人沿著兩邊是深色木板牆的走廊走了進去。

他們來到了位在一樓的專案室，只見房裡整齊擺了一排排摺疊椅，面朝貼在一面牆上的多張照片。照片中的少女十分漂亮——白人，十五六歲左右，金髮、藍眸。房裡只有一個人，一名制服警員正在將攜帶式大白板擦乾淨。傑森認出了波伊德．布克斯納，一顆心不禁往下沉。

老天。世上這麼多間酒吧——這麼多警局——偏偏……[1]

都過這麼多年了，布克斯納卻沒什麼變化，肩膀依舊方正、下巴依舊方正、頭形也依舊方正。好吧，他的頭形也許不是真的方正，那可能只是蓬鬆平頭造成的視覺效果。

「甘迺迪，聯邦調查局。」甘迺迪再次亮出證件。「這位是維斯特特別探員。」

「你們來了啊。」布克斯納說道。他只瞟了傑森一眼，似乎沒認出對方是誰——沒有比徽章與墨鏡更好的保護色了——傑森也樂得不和他相認。「桔法斯局長在外面指揮搜救瑞貝卡的行動，要我帶你們去搜救現場。」

「那就走吧。」甘迺迪說。

傑森一個詫異的眼神投了過去。

1 譯註：出自電影《北非諜影》（Casablanca）的名句。

「或者，」傑森說道，「我們可以先在警局裡做初步調查，讀一讀目擊證人的筆錄。有待整理的證詞應該非常多，我們有機會找到其他人漏看的線索，找到那個女孩子自行離家出走的跡象。另外，我也想去她家一趟，再看看有沒有什麼蛛絲馬跡。」

犯罪現場是獨特而脆弱的存在，你瞭解現場狀況的機會就只有一次，因為事發後隨著一批批執法人員到場搜查，現場——以及你對現場的觀察與認識——都會發生變化。

甘迺迪似乎這才想起了傑森的存在。他剛才摘下了墨鏡，露出一雙冷冽藍眸，冰霜般的色彩冷硬無情。他又轉向布克斯納。「我們去和桔法斯局長談談。」

情況再明顯不過：甘迺迪是負責這樁案件的探員，資歷較深，而且這類案件並非傑森的專長領域。基於上述理由，傑森參與辦案只是為了填補搭檔空缺，他並不想刻意挑戰甘迺迪的權威，但見甘迺迪直接認定當地警方已經完成了基本調查，傑森還是感到不安。無論是面對何種狀況，他都不喜歡擅自做假設或推論。

不過，他也不喜歡在公開場合被打臉。

開口時，傑森無論是神情或語調都與甘迺迪同樣中性，同樣不帶情緒：「為什麼？他們缺搜救人手嗎？我們特地來協助調查，重點不就是要從客觀公正的視角看這樁案件嗎？」

甘迺迪默默注視著他良久，眼神絲毫稱不上友善，也不像在試著從另一個角度看事情。

「還是我先出去，等你們討論出結果再說？」布克斯納現在才開始仔細打量傑森。

「你不介意的話，麻煩讓我和同事討論一下。」甘迺迪的語調鎮定得令人不寒而慄。

「好喔，我先去把車開過來。」布克斯納心裡顯然已經有答案了。老舊的木地板在他腳下吱嘎作響，他以躡手躡腳遠離爆炸廢墟的態勢走出房間。

甘迺迪默默等到布克斯納消失在走廊盡頭，這才轉向傑森。

「好，小白臉，你給我聽清楚了。」他的語氣冰冷而乾脆。「我們雙方都很清楚，你來這裡扮演的角色就是我和其他人之間的潤滑劑。你現在只要別礙事，必要時說幾句漂亮話就行了，而作為回報，我最後會讓你和桔法斯局長的合照登上新聞。這樣總行了吧？」

「哪裡行了。」傑森說道。「長官當然有請我儘量防止你再次搞砸案件，但我可不是來幫蝙蝠俠提披風的，無論你我樂不樂意，我就是你在這次調查中的合作伙伴。另外，我醜話說在前頭，我並**不樂意**和你共事——就和你一樣。」

「既然是這樣，那事情就簡單多了。」甘迺迪說道。「你別插手我的命案調查，我要是聽說誰家名畫被偷了就通知你一聲。」

他也沒等傑森的回應，逕自轉身沿著走廊離去了。

「我還以為那一型的都已經停產了。」傑森跟隨甘迺迪走出專案室時，坐在前檯的警員評論道。她的名牌寫著「A·考特尼」。

領先數大步的甘迺迪已經走出玻璃雙門了。他方才雖然壓低了音量，但他的聲音本就相當洪亮……不然就是A·考特尼警員的聽力足以媲美蝙蝠。

傑森回道：「引擎還跑得動，不過從汽化器報廢以後就一直買不到替代零件。」

她嗤笑了一聲，不過在電話鈴響、她伸手接電話時，臉上的笑意又瞬間消失無蹤。

「沒有。沒有消息。」傑森跟著甘迺迪走出警局時，聽見考特尼如此回覆。

假使甘迺迪將他丟在警局自己走了，傑森也不會感到訝異——結果沒有，黑白警車仍然在門廊前待機，將廢氣吐到了溼悶的夏季空氣中。

傑森坐上後座，和前座之間隔了一層金屬網——甘迺迪想必滿心認為他該像被捕的犯人一樣坐後座吧。車內悶熱的空氣聞起來像醉漢、像狗，也可能是像醉狗。

無論如何，他只要和甘迺迪合力將失蹤少女安安全全地帶回家就大功告成，合作關係也可以就此結束，他再也不必和甘迺迪扯上任何關係了。他不確定自己此時最氣的是誰：甘迺迪、勸他加入此次調查的曼寧特別主管探員，還是明知不太可能發揮什麼作用，卻還是同意加入這場調查的自己。他對方才那句「小白臉」還是耿耿於懷。

布克斯納掛起對講機，車輛開始前進。「瑞貝卡那孩子雖然狂野，還不至於自己的派對開到一半就突然搞失蹤。一方面，她當時身上只穿了泳衣，而且另一方面，她的車還停在車庫裡，管家說她的衣服一件都沒有少，錢包還在屋子裡，手機也還放在露臺一張桌子上。」

甘迺迪低哼一聲，意思也許是「是」或「否」，也可能是「別在我想事情的時候嘮叨」。

傑森問道：「你說她狂野，她是怎麼狂野法？」

布克斯納聳了聳肩，深棕色雙眼又開始透過後照鏡端詳傑森，似在思索自己在哪裡見過他。布克斯納十六年未變，但傑森就不同了，他體格比從前精實許多、以前的牙套拆了，過去的及肩棕髮也剪短了。包括傑森本人在內，過去認識他的人都不可能預料到他現在會成為聯邦調查局探員。

「也不是什麼要坐牢的事啦。」

瑪蒂根是當地的富裕家庭，女兒沒坐過牢也不奇怪吧？另外，這真的很重要嗎？在大部分案件中，初期調查方向與方針往往取決於受害者的性格，但假如甘迺迪與村裡其他人猜對了，瑪蒂根當真是精神變態犯罪者隨機挑選的獵物，那她的性格就與調查方向無關了。受害者心理學是門虛無縹緲的學問，而瑞貝卡不過是血腥棋局中一枚無關緊要的小卒罷了。

「瑪蒂根一家在這裡住很久了嗎？」傑森沒聽過這個姓氏。

「他們是大概四年前從紐約搬來的，瑪蒂根先生是商業地產大亨。」

如此說來，瑞貝卡是在剛上高中時搬到金斯菲爾德了。她想必在新學校有了新的交際圈、新的朋友，當然也有了新的敵人。「瑞貝卡適應得怎麼樣？」

「還算適應吧。」

「她是獨生女嗎？」

「不是，她還有個弟弟，現在去夏令營了不在家。他們姊弟都還算適應這邊，**姊姊**的問題不是不適應，是錢太多了。」

「真是令人羨慕的煩惱。」

「幹，還真的是。」布克斯納深有感觸地同意道。

犯罪現場向來混亂，而這回到新家園建設區後頭尋人的志工不慎驚擾了黃蜂窩，使得場面更加喧鬧了。塵雲般的黃蜂群宛若狂躁的小型龍捲風，穿梭在稀疏草地上，迫使搜救隊暫時撤退回各自車上與鄰近房屋的門廊。

甘迺迪的面色一如往常地木然，他觀察片刻後朝警察局長走了過去。從現場人員的制服樣式看來，除了金斯菲爾德本地的警員之外，還有另外至少兩個城鎮也派了警員來支援，就連州警也前來協助搜救了。

見到集結在此的大隊人馬——一張張緊繃又疲憊的臉——傑森不禁想起了十六年前搜救哈妮的行動。他雖然儘量將那件事忘了，回憶卻在此時湧上心頭。他和甘迺迪當然有必要來到搜救現場了，他們必須瞭解事態，若能和所有相關人員見面並多少認識他們，對傑森與甘迺迪也較有利。早知道在警局就別多嘴了，即使要和甘迺迪針鋒相對，那也必須是為了真正重要的問題。

傑森掃視這一排十六年前還不存在的高檔新住宅，每一幢走的都是偽豪宅風格，規模浮誇、模仿得十分拙劣的殖民風房屋或四不像大宅。

房屋與房屋之間隔著一小塊景觀土地，間隔寬得足以產生虛幻的隱私感，同時也不占據太多空間。那排房屋面朝西方，後方——東方——則是一大片原野與森林，金斯菲爾德四周不是州立公園就是荒原野林。無論新家園建案的房屋有多麼豪華，這裡終究是麻州郊區，百分之十的居民過著貧民的生活，而在這種荒郊野外，有些人也許好幾週才有機會見一次其他人類。附近茂密樹林是鹿、山貓、水獺與浣熊的棲息地，偶爾還會有熊與麋鹿等大型動物出沒——傑森還記得自己從前聽過的傳聞，據說當地一名獵人曾在某年秋季獵到俄羅斯野豬。

這片森林裡真正可畏的掠食動物，絕不是以四足行走的獸類。

「桔法斯局長。」甘迺迪喚道。

一名身穿制服的男子——中等身高、體態和職業軍人同樣精壯——原本在對一圈戴有佩章的制服警員說話，這時他轉了過來，在那短暫的瞬間，他疲倦、緊張的表情稍稍放鬆，臉上浮現了驚訝與寬慰。「甘迺迪特別探員，你來了。」

在此之前，傑森見到的熟面孔還只有布克斯納一個，現在他也認出了這位警察局長桔法斯。

他過去見過的桔法斯還不是局長，只是個普通警員。當年的金斯菲爾德警察局長名為魯迪．科瓦斯基，是個擅長虛張聲勢的高壯男人，很適合安撫鄉親父老、防止青少年惹是生非。在殺戮開始之後，他發現自己已經離開了舒適圈——不過那是後來的事了。哈妮被殺害當時，人們還以為那不過是一次突發事件，雷不可能再次劈在同一個位置嘛。

然後呢，泰瑞莎．諾蘭被殺，接著是吉妮．查平與茱蒂．艾斯克巴，接二連三總共死了七個女孩子。據傑森的瞭解，科瓦斯基後來自己選擇辭職，村議會於是速速做了決定，推能幹又有野心的桔法斯警員升任警察局長。十六年後的今天，已到花甲之年的桔法斯自己也準備退休了，看上去卻還是保養得不錯。他擁有一雙灰眸、凡．戴克風格的整齊鬍鬚，也因長年在戶外活動而晒得黝黑。

桔法斯伸手朝他們走來。「又見面啦，甘迺迪。」他又挖苦道：「老天啊，你還真是一點也沒變。」

「可惜又是在這種情況下見面。」甘迺迪語調冷淡，絲毫沒有緬懷過往的意思，不過考慮到他的調查專長，也許還是別太努力追憶過往才能保持精神正常。「這是維斯特探員。」

「維斯特探員啊。」桔法斯簡單和傑森一握手，禮貌地點頭致意。「謝謝你來幫忙。」

「局長好。」

局長揮開飛到臉邊的一隻黃蜂，對甘迺迪說道：「我們現在的局面你也看到了：東邊是伊甸塘，西邊是森林。我們已經把整個社區地毯式搜索了一遍，附近也搜過了，但還是有很大一片地等著我們去搜，目前也沒看到瑪蒂根家女兒的影子，一點線索也沒有。她簡直像是人間蒸發了。」他語調平板地補充一句：「就和以前一樣。」

和以前並不完全一樣，以往的被害人都不是從人多熱鬧的場合或區域被綁走的。哈妮是清早在霍利奧克塘被綁走，泰瑞莎．諾蘭是某天在學校練泳到晚間才離開，結果在高中旁空無一人的停車場被擄走。其他被害少女也都是在同樣人煙稀少的地區或私用場所被綁走，附近沒有目擊證人，也無人及時報案。

傑森剛才已經為犯罪現場的事說錯話，現在決定默默觀察與傾聽。他對局勢——以及甘迺迪——的敵意影響了他的種種反應，這可不是什麼好事，無論對誰都沒有好處。

「能幫我們說明目前的概況嗎？」甘迺迪問道。

桔法斯點了點頭，但還來不及回答就因某人走近而中斷了話題。來者是位看似不苟言笑的州警警正；金斯菲爾德警局規模很小，不僅沒有警探小組，包括局長在內的警員人數也不到二十人，州警會前來協助辦案也是理所當然。

又是一連串的介紹。

「我還以為這一切早就都結束了。」斯文森警正說道。在傑森聽來，他的語氣似乎帶有一絲指控意味。

甘迺迪回道：「事情到底結束沒有，我們很快就會知道了。」對方暗指他上回可能逮錯人，甚至導致無辜者被判刑入獄，甘迺迪卻還能不慍不火地回應，這點倒是令傑森暗自點頭。

或者，甘迺迪可能到現在還沒發現人們開始議論他的豐功偉業了。

嚴格而言，當年負責追緝「狩獵人」的執法單位並不只有聯邦調查局一個，雖然馬丁・平克被捕時調查局——以及甘迺迪——被譽為最大功臣，不過實際逮捕嫌犯的是當地執法人員，判平克有罪並對他判處徒刑的則是當地法官與陪審團。

桔法斯說道：「我家兩個孫女和瑞貝卡年紀差不多大，大的比她大一些，小的比她小一些。如果又是連續殺人犯出來興風作浪……」他搖了搖頭。「我們十年前沒有處理這類案件的資源，現在的資源也沒比以前多多少。」

「至少有不少人前來增援了。」傑森看著烏斯特縣一位警長的車停到金斯菲爾德警局其中一輛車旁，出聲評論道。

桔法斯皺起了臉。「的確，就連麻州警校的培訓生都來出一份力了，和十年前一樣。所以我才會請甘迺迪特別探員來幫忙。」

甘迺迪凝望著森林入口踏墊般的大片草原與野花，以及迂迴飛行在草地上空的褐色蟲群。

「我這就來幫忙了。」他說得幾乎漫不經心，彷彿在說：他們當然需要他幫忙，他也當然會提供幫助了。

他的回應意外地令人放心——至少，桔法斯似乎放下了心。同樣令人放心的，還有甘迺迪接下來冷靜、直爽的態度，他憑乾脆俐落的對話從桔法斯局長口中問出了關鍵情報，並且同樣乾脆地統整了資訊。

派對是在昨晚九點半開始的，到了晚間十一點，全縣的年輕人都到場了，瑪蒂根家的藏酒幾乎被清空。十一點十五分，鄰居受不了派對喧鬧聲報了警，布克斯納警員於是前去和瑞貝卡溝通，瑞貝卡同意「降低音量」。

到了十一點三十分左右，瑞貝卡和好友派翠莎．道格拉斯起了某種糾紛，不過根據眾人的說法，那不過是雞毛蒜皮般的小事，兩人幾乎馬上就和好了。後來到了凌晨一點鐘左右，是派翠莎首先注意到瑞貝卡失蹤。

其餘年輕人醉醺醺地決定立刻去尋找瑞貝卡，後來他們認定瑞貝卡應該是去了男友家，於是停止尋人。

到了早晨，艾莉絲．康威爾——瑪蒂根家的管家——撥了電話給瑞貝卡的男友，卻得知男友昨晚十點三十分就離開了派對，那之後他就沒再見到瑞貝卡了。聽到此處，康威爾女士便打到金斯菲爾德警局報案了。

甘迺迪說道：「所以瑞貝卡本打算和幾個關係比較好的朋友開派對，結果消息傳出去之後，她的社交聚會多了……後來大約有幾個人參加？」他的語調無論何時都微帶冷嘲意味，即使用了「社交聚會」這類詞語也不會顯得像在開玩笑。

布克斯納方才也回到了他們身邊，他開口答道：「六十到七十個年輕人，大部分都是這附近的孩子，不過也有幾個外地人。」

「這些年輕人的問題就是沒人看管。」桔法斯說道。「要怪就只能怪那些放羊吃草的家長了。」

甘迺迪說道：「要怪就該怪那個去人家後院擄走了青少女的變態。」他仍舊不帶情緒、仍舊就事論事地接著說道：「那個男友是在十點半離開派對的，離開時還很早，這樣聽起來像是和女友吵架後離開的。」

桔法斯說道：「我們今早第一個就找東尼．麥恩洛問了話，他說他離開派對之後就沒再看到瑞貝卡了，他也否定了兩人關係中有任何問題。」

「他會這麼說也不意外。」甘迺迪說道。「我聽布克斯納警員說，你們已經和管家、鄰居跟最初受邀參加派對的孩子們都談過了？」

「這是標準程序啊。」桔法斯說道。他接下來的語句中帶有一絲希望：「你們應該想看看他們的筆錄吧？」

「我們會去看看。」甘迺迪同意道。「但如果能在接下來幾個鐘頭內找到瑞貝卡，事情就簡單多了。」

接下來就得整理大量的傳聞與謠言了。傑森倒是對閱覽文書資料沒什麼意見，畢竟追查被竊藝術品下落主要就是靠閱覽網路資料與仔細追蹤文書紀錄。傑森十分擅長捕獵，只不過他平時的狩獵成果並不攸關人命，而此時失敗的代價無比高昂。

傑森的思緒被突然轉向他的甘迺迪打斷了。「維斯特探員，你怎麼看？」他又是以微帶諷刺的語調問話，等著傑森反對或爭論。

「我，呃，同意。」

甘迺迪眉毛一揚，彷彿沒想到傑森會同意他的見解。他又轉向了桔法斯局長。「你們目前還在幫其他參加派對的年輕人做筆錄吧？」

傑森悄悄長吁了一口氣。他還是第一次和如此直白地嫌惡他的人合作，而他自己也絕對稱不上甘迺迪的粉絲，不過他不得不承認，這傢伙還真值得敬佩。其實當年馬丁・平克被甘迺迪捕獲時，傑森就和其他人一樣，將他視作了英雄。

那已經是很久以前的事了。

桔法斯回答道：「我們得花一些時間把昨晚在場的所有人找出來，畢竟有些人不希望家長發現自己當時參加了派對，可能不願意站出來作證。」

傑森說道：「局長，我想冒昧請問一下，你為什麼確信綁走瑞貝卡的人是從前那樁案件的模仿犯呢？」

桔法斯臉上浮現了厭世的淡笑。「年輕人，你是不是不熟悉金斯菲爾德連續殺人案？」

傑森不確定該如何回應，桔法斯也沒等他回答，逕自說了下去。「當地一個叫馬丁・平克的男人在六年期間綁架並殺害了七個年輕女性，七個被害人都是金髮藍眼，也都是在烏斯特縣這一帶的泳池或湖泊這類游泳地點被綁走的。凶手被新聞媒體取名叫『狩獵人』。」

「我記得那樁案件。我——」

「那你應該也記得，十年前負責調查那個案子、導致平克被捕入獄的人就是你現在這位搭檔。可是呢，現在又有個金髮藍眼的青少女在後院開泳池派對時失蹤，在我看來這未免太湊巧了。」

甘迺迪說道：「當然，這也有可能是純粹的巧合，我們的任務就是查明真相。」

有可能是巧合，也有可能是模仿犯的作為。在「新聞媒體」聳動的報導，以及社群媒體的助長下，暴力犯罪的模仿行為越來越普遍了。傑森聽過好幾個毒販正式改名為沃特·懷特，致敬《絕命毒師》的男主角，而且還有不少人受《黑暗騎士》的小丑啟發，相關襲擊與謀殺事件多得令人髮指。青少年尤其容易受影響並模仿那類行為，這就是人類的獸性。但儘管如此，綜觀所有犯罪行為，模仿犯案還是相對少見。

當然，還有第三個可能性：甘迺迪當初可能逮錯人了。

真正的狩獵人或許仍逍遙法外。

豔陽在蔚藍天空中攀升，空氣變得更加炎熱，也變得乾燥了。成群黃蜂終於散去，這關鍵區塊的搜救行動再次展開，一支支警犬小隊搶在速度較慢的一排排志願者之前衝進樹林，然後彷彿被廣大的蓊鬱寂靜吞沒。

傑森被迫回憶起了多年前尋找哈妮的行動。他們當年沒能及時找到哈妮，但不代表這次沒辦法成功救出瑞貝卡。而且這回的綁匪並不是馬丁．平克，也許瑞貝卡還活著。

又一個鐘頭過去了，搜救隊伍進到了原野深處，成排的志工走得越來越遠、人影越來越小了。

傑森記得小時候的自己百思不解：明明人間發生了悲劇，為什麼天氣完全不受影響呢？既然有孩子下落不明，那不是該下雨才對嗎？然而天沒有降雨，這是個晴朗明媚的夏日，天上萬里無雲，若不是空氣中充斥著此起彼落的話聲、對講機雜音與各式引擎聲，甚至可能是寧靜而美好的日子。

無論如何，他沒有呆站著感受什麼心情的閒暇了——此時的他主要感到惴惴不安——傑森提議加入搜救隊，結果被指派了協調一般志工名單這份吃力不討好的任務，沒什麼責任，只須面對排山倒海的惱火與無奈。至於甘迺迪呢，他一個鐘頭前進住宅區之後就沒有回來了，此時想必是躲開了有名無實的搭檔，正在獨自向瑪蒂根家的管家問話。

傑森若沒有如附骨之蛆般死死黏著甘迺迪的打算，就只能儘量用輕鬆的態度面對這種情勢了。順帶一提，他並沒有死死黏著甘迺迪的打算。

下午四點鐘左右，桔法斯局長與布克斯納回到了原點，只聽布克斯納說道：「我覺得很可疑啊。」

桔法斯搖著頭。「你如果幹這一行幹得和我一樣久，就會發現很多人都會因形形色色的理由做出可疑的表現。」

「其中包括『他們就是犯人』這個理由吧。」布克斯納說道。

「是沒錯，但有時候他們是為了一些和案件無關的事情感到心虛啊。」桔法斯轉而對傑森說：「名單上有東尼．麥恩洛這個人嗎？」

傑森快快翻遍了夾板上的名單。「沒有。」

「怎麼了？」甘迺迪的聲音陡然響起。

傑森心臟猛然一蹬。他沒看見甘迺迪，沒注意到他接近——這原本也不該對傑森造成什麼影響的，不過他深切意識到了甘迺迪的存在。或者說，他應該是深切意識到了甘迺迪對他的厭惡，並為此感到極不自在。

甘迺迪的金髮沾了汗水而呈暗金色，聯邦調查局的藍polo衫腋下也多了一圈圈汗漬，看來他並不是花了一個下午質詢證人，而是做了些需要勞動的工作。他仍舊戴著墨鏡，對上傑森的視線時，墨鏡背後的臉也仍舊毫無表情。

「全金斯菲爾德都出來找瑞貝卡了。」布克斯納說道。「**只有**東尼・麥恩洛沒來。」

「也不是所有居民都來了。」桔法斯反駁道。

「有空幫忙的人都來了啊。」

這回，桔法斯就沒有反駁了。

「麥恩洛是她男朋友。」甘迺迪說道。這不是疑問句，傑森相信甘迺迪早已記住了所有關鍵人物。

「對，是瑞貝卡的男朋友。」布克斯納同意道。「那小子還真是不得了。」

甘迺迪的墨鏡轉向了傑森，傑森說道：「我確認過了，他沒有正式登記在搜救隊員名單上。」但話說回來，很多出來找瑞貝卡的人都沒有正式登記，麥恩洛也許是其中之一。既然他是受害者男友，那他想必知道一些對瑞貝卡而言較特殊的地點，或是她可能在承受不了壓力時尋求庇護的所在。

「假如麥恩洛同時失蹤了，我可能會認為他們兩個私奔了。」桔法斯說道。「但我們今早才剛見過麥恩洛。」

「那傢伙光是呼吸就在浪費空氣，我們還浪費時間去找他問話。」布克斯納說道。

桔法斯說：「瑪蒂根夫婦一直反對瑞貝卡和他交往，不過青少女叛逆也是正常。我也說過了，我不喜歡麥恩洛這個人，可是我沒理由懷疑他說謊。」

「他沒頂著大太陽出來找人，沒浪費他寶貴的時間找一個他號稱深愛的女孩子，這不就是很好的理由嗎？」

「不然我們和這位麥恩洛先生聊聊吧。」甘迺迪說道。

傑森已經習慣被甘迺迪當空氣看待了，片刻後才發覺對方是在對他說話。「嗯！好啊！」

他也許答得過分熱切了，只見甘迺迪疑惑地揚起了金色眉毛，這已經成為他對傑森的預設表情了。傑森倒是樂得將名單交給別人，而且有人願意至少跑跑流程，調查瑞貝卡**不是**被命案模仿犯綁架並殺害的可能性，他也鬆了一口氣。

金斯菲爾德雖仍籠罩在過去血腥的陰影下，但平時發生失蹤案件時，失蹤者被連續殺人犯殺害的可能性其實極低。目前為止，除了少女行蹤不明外，並沒有任何模仿犯出沒的蛛絲馬跡。

「我開車帶你們去吧。」桔法斯說道。「波伊德可以暫時替我指揮搜救行動。是吧，波伊德？你不是最愛跟我搶工作、出風頭了嗎？」見波伊德·布克斯納出聲辯駁，他咧起了大大的笑容。

傑森將夾板交給布克斯納，對方再次瞇起雙眼打量他——布克斯納當真完全不記得傑森了嗎？——然後他跟隨桔法斯與甘迺迪坐上了局長的休旅車。

他們上車時，局長的對講機仍不時傳出更新消息。車子後照鏡掛著小小的松木芳香劑，整輛車都飄著人造的芳香。

「我不認為這件事是小情侶吵架造成的。」桔法斯一面發動汽車引擎，一面對他們說道。「但我是真的很好奇，麥恩洛那小子怎麼沒和我們一起去找人？」

他也許是猜到了自己將成為萬眾矚目的焦點，所有人都會私下揣測、私下議論他。傑森並沒有將這句話說出口。他凝望窗外，看著路邊糾結叢生的楓樹、樺樹與橡樹，以及高大的蕨類與開花藤蔓。假如離開道路、進到野林裡，人很快就會迷失方向，但問題是，瑞貝卡已經不是小孩子了，她並不是走出家門後在森林裡迷了路。

「我看到新聞了，你終於解開威斯康辛州那樁案子了。」休旅車震動一下從草地開上了柏油路時，桔法斯開口說道。「你真把那個警長丟出窗外啦？」

甘迺迪回道：「沒有，但我認真考慮過了。」

桔法斯哈哈大笑。「這樣啊。我相信那陣風波很快就會過去了，你畢竟有不少輝煌的功績嘛。」

甘迺迪沒有回應，也許是意識到了坐在後座的傑森——曼寧特別主管探員的耳目。其實不然，傑森確實不會讓甘迺迪將任何人丟出窗外，但他也不打算將甘迺迪的一言一行全記錄下來、回報給曼寧。

斑駁陽光從鄉村道路上方交錯的枝枒間透下來，朦朧光影顯得有些不真實，宛如色調主義畫作。傑森聯想到了惠斯勒畫中的夜景，想到那一幅幅夢幻般寧靜的景色。惠斯勒也是在麻州出生的。

傑森在枝葉間望見了熟悉的山坡地貌，那獨特的黑色凸出地形勾起了回憶，過往光景悄悄竄下了他的背脊。

「那小子住得有點偏遠。」桔法斯略帶歉意地說。「不過這麼說來，我們這些人都住得很偏遠。」

「這不是馬丁．平克家附近嗎？」傑森問道。

甘迺迪轉過頭來，墨鏡對了上了墨鏡。

「看來你真的做過功課啊。」桔法斯說道。「沒錯，平克以前就是住在右手邊那座山坡另一邊，和他瘋瘋癲癲的老母親還有愛吸大麻的哥哥住在一起。他們現在都不在了，連那棟房子也快塌了。這也不意外，那棟屋子從以前就很破爛了。」

休旅車駛過路面的凹坑。

「麥恩洛在這一區住多久了？」甘迺迪問道。

「四五年了吧。有他在，我們村子可真是倒楣。」

差不多是和瑪蒂根家同時間搬來的，傑森暗想。這就表示……這多半沒什麼特別的意思吧。儘管好萊塢編劇煞費苦心寫了這麼多曲折離奇的故事，在真實的犯罪調查中其實經常出現許多無意義的巧合。

甘迺迪轉頭打量桔法斯。「他惹過什麼麻煩嗎？」

桔法斯不置可否地歪了歪頭。「他在自家土地上種了一小片所謂的『藥用大麻』，這個問題到現在還沒解決，讓我們頭痛得要命。」

見兩名探員都沒有反應，桔法斯接著說道：「麥恩洛二十二歲，瑞貝卡十七歲，這種狀況是不可能不麻煩的。」

他們經過一排破舊的信箱，轉上一條泥土道路。在樹木灑下的斑駁綠影之中，時間感覺更接近傍晚了，天色彷彿逐漸黯淡、逐漸轉涼，陰影似乎也悄然伸向了他們。照在泥土路上的光線顯得有些疲憊、有些微弱。

傑森忽然注意到，甘迺迪正透過副駕駛座那一側的後視鏡端詳他。即使甘迺迪戴著墨鏡，即使看不清他的眼眸，傑森仍感受到了他平穩的目光。

傑森又一次感到不自在了，回想起自己先前的表現，他只覺得自己給人的印象過於急躁、過於傲慢，似是處處和甘迺迪作對。那有一部分是因為甘迺迪甚至連做做樣子和他討論的意思也無，至於另一部分呢……他是在氣自己缺乏拒絕曼寧的魄力。無論長官的要求有多麼不合理，拒絕長官的人都是不可能升上去的。傑森本就對自己的處境感到不悅與不耐煩，再加上甘迺迪對和他合作這件事表現出了明顯不快，使得他情緒更加浮躁了。但反過來想，甘迺迪基本上就是被指派了一個看守者，換作是誰都會感到不快的吧？

更何況這名看守者處理暴力犯罪的經驗和自己相差十萬八千里。

傑森暗自皺眉。他不願意扮演長官的走狗這個角色，他也不是這種人，但曼寧特別長官探員很可能就是指望他作為走狗好好表現。在甘迺迪看來，他也就是這樣的人吧。

留下第一印象的機會只有一次，所以……來不及了。從現在開始，傑森會儘量表現得不那麼機車，也許如此一來，天性機車的甘迺迪就不會再將他視為敵人了，這樣他們才能認真工作，並且為他們前來幫助的人帶來更多助益。

道路向左微彎，他們經過一道鐵門——鐵門看上去更像是鬆垮圍籬當中被汽車撞出來的破洞——來到一幢建築前。這是棟單層樓牧莊式房屋，漆成紅色的外牆塵埃滿布，門與窗板則是同樣褪色的藍。

局長在一輛白色貨車旁停車，三人下了車。

來到這種地方，傑森本以為會聽到犬吠聲，卻什麼也沒聽見，也沒看見任何生物活動的跡象。他感覺肩胛之間微麻，心中惴惴不安。

他一手輕輕搭在克拉克手槍槍柄，同時注意到甘迺迪開了槍套的釦帶。如此看來他並不是反應過激，也並不只有他感到緊張不安，這是合時宜的反應。近來，傑森已經越來越無法肯定自己的反應是否合宜了。

他們跟隨桔法斯穿過一片割過的雜草地，爬上幾級木階，來到一個充當小平臺的……小平臺。這東西小到稱不上露臺，遑論門廊，但至少寬得夠他們三人站上去。桔法斯用力敲了敲掉漆的木框紗門，傑森與甘迺迪則在一旁默默等待。

傑森聽見甘迺迪手錶的滴答聲，聽見自己震耳欲聾的心跳聲。

又是精力充沛的幾次敲門聲過後，屋內終於傳出一聲模糊的高喊，前門也終於開了。一名身材苗條的青年靠著門框，彷彿少了它的支撐便會不支倒地。他的一頭金長髮凌亂糾結，下顎長滿了鬍渣，深色雙眼迷茫而空洞，身上則穿著長袖法蘭絨格紋上衣與小丑圖樣的四角內褲。

「我不是說了嗎？她不在我這裡！」他對桔法斯惡聲說道。麥恩洛雖然語調凶惡，聲音卻也十分疲憊，彷彿全身力氣都用來保持站立了。

「對。」桔法斯平靜地說道。「你已經告訴過我們了。我們還是想和你說幾句話。」

「你說誰們？」麥恩洛將傑森與甘迺迪也收入眼底，臉上的怒容加深了。「**你們**是誰啊？」他又轉向桔法斯。「不會吧，你把他媽菸酒槍炮局的人帶到我家了？」

「你說的應該是他媽的緝毒局吧。不對，我們是他媽的聯邦調查局。」甘迺迪說道。「我們的確想和你聊個幾句。」

「那我這就給你幾句：他媽給我滾遠一點。」麥恩洛試圖甩上家門，但他的動作不夠快、腳步也不夠穩。甘迺迪猛然伸手抓住門的邊緣，用力一推，麥恩洛被推得踉蹌後退、跌坐在地。他坐在木地板上，愕然眨眼看著傑森三人。

「這樣才一句而已。」甘迺迪說道。

「東尼，你起來啦。」桔法斯沉聲說。「我們來你家不是為了你種的作物，你還是省點力氣，別再繼續出糗了。」

麥恩洛動作笨拙地爬起身，在怨憤又惱火地瞪了他們幾眼之後，終於轉身帶他們走進客廳。

屋內飄著菸煙、培根與某種類似消毒水的氣味——是搽劑嗎？松香清潔劑？還是海風爽身水？

麥恩洛往鋪了米色燈芯絨布的凹陷沙發上重重一坐，抬眼瞪著他們。

「你們到底是要我怎樣？我就說我不知道貝貝在哪了。」

「你應該記得她還只有十七歲吧？」桔法斯說道。

「記得啊。」

「你們昨晚是為了什麼吵架？」甘迺迪問道。他仍然站著，桔法斯則在麥恩洛對面的卡其色躺椅上坐了下來。

麥恩洛圓瞠了雙目。「我不——你怎麼知道？我們沒吵架啊。」

傑森站在了前門邊，看見了客廳斜對角的廚房，看廚房那個樣子不是正在重新裝潢，就是被拆了賣錢。

你可以從一個人牆上的藝術品分析那個人的性格，然而東尼・麥恩洛的牆壁上沒有掛畫、沒有相片，整個家其實也說不上髒亂，就只是有種仍在慢吞吞施工的感覺。窗邊擺了一臺地板打磨機，機器上卻積了一層灰塵。

甘迺迪問道：「你為什麼提前離開她的派對？」

麥恩洛微微低頭，一隻手梳過了油膩長髮。也許他的頭髮不油，只不過是髮油用得太多、洗髮精用得太少罷了。「我——我就是想走嘛。派對太無聊了，到處都是自以為了不起的蠢屁孩。」

「那些自以為了不起的蠢屁孩不是和你女朋友年紀相當嗎？」甘迺迪追問道。

麥恩洛沒有抬頭，只搖了搖頭。

甘迺迪靜靜端詳他，似在尋找最佳切入點。「你說說派對的事吧。把昨晚發生的一切從頭到尾說一遍。」

麥恩洛抬起頭來，惡狠狠地瞪著他。「哪有什麼好說的？我大概九點半到她家，那時候派對才剛開始。貝貝昨天不知道在鬧什麼脾氣，所以我待一個小時以後就走了。**就這樣**。然後我整個晚上都待在家裡，回到家以後就上床睡了，一直到今天早上你們來敲我的門，我才聽說她失蹤了。」

「艾莉絲．康瓦耳報警前有先連絡過你吧。」桔法斯插話道。

「好啦，隨便啦。反正我的意思是，我在離開派對以後就沒再看到她了，她也沒來我家。」

「你女朋友失蹤了，你看起來倒是不怎麼難過。」桔法斯評論道。

「她沒有失蹤。」麥恩洛的眼神帶有幾分挑戰意味。

桔法斯看向了甘迺迪。

「這是什麼意思？」甘迺迪問道。

「她只是想引人注目而已。我瞭解貝貝，她這是想報復我。」

「報復你？」甘迺迪若有所地重覆道。「她有什麼理由報復你？」

麥恩洛似乎一時間無法將想法組織成言語，半晌過後才恨恨地說：「因為如果一切沒有合她的意，她就受不了。她就是要被所有人注目，她就是要控制一切。」他心不在焉地隔著法蘭絨上衣搓了搓手臂，動作透出一絲緊張。

「原來如此。」

傑森看得出甘迺迪絲毫不信，他自己也不信，但他不認為麥恩洛是犯人。麥恩洛當然有事情瞞著他們，不過大部分的人都不會將事情全盤托出——至少在一開始不會。

麥恩洛用袖子擦了擦滿頭大汗的蒼白面龐。「這樣就可以了吧？」

這是個炎熱的夏日，熱得不適合穿長袖，也不適合穿法蘭絨。

傑森出聲問道：「你的手臂是怎麼抓傷的？」比起視覺，他更像是憑觸覺感受到了甘迺迪迅速投來的目光。

傑森不過是在瞎猜，麥恩洛卻駭然盯著他，下意識地拉了拉本就遮覆了手腕的長袖。傑森知道自己猜對了。

「什麼？我不——我只是在玩貓而已。貝貝家的貓，雪球。我是被她抓傷——是被貓抓傷的。」他神色惶恐。

「我覺得呀。」桔法斯忽然語氣沉重地開口，雙手按著大腿，彷彿準備撐著腿站起身。「我們接下來還是回局裡聊吧。」

「什麼？」

麥恩洛從沙發上一躍而起，傑森立即繃緊了全身，準備迎敵。他沒有伸手拔槍——另外兩人都沒有動作——但這也只是一念之差了。

麥恩洛已經語無倫次了：「老頭子，你瘋了！我早就說過，貝貝離家出走跟我沒有關係，我什麼都不知道。我什麼都不想知道。」

「你可能不知道，也可能知道，反正我們還有一些問題想請你回答。」

「我什麼都不知道啊！」

「孩子，你要嘛現在配合我們、自己跟我們回去，要嘛被我逮捕回去。」桔法斯說道。「你自己二選一吧。」

「你們瘋了！」麥恩洛全身發抖，狂亂的目光在三張臉之間飄移。「我什麼都沒做啊！」

甘迺迪仍舊神情木然，桔法斯露出了沉痛的表情。

「麥恩洛，你在緊張什麼？」桔法斯的語調變得慈祥和藹，幾乎是在安慰對方。「這不過是常規流程而已。你是失蹤者的男友，我們當然得問你問題了。只要你沒犯罪，那就沒什麼好擔心的，頂多被我們耽誤兩三個小時而已。」

麥恩洛盯著警察局長，貌似在他臉上看見了什麼，於是逐漸冷靜下來。他停止顫抖，眼中的慌亂也消去了。

「你們沒有要逮捕我？」

「目前沒有這個打算。」

他的喉結猛然一抽。「那可不可以至少讓我去穿件褲子？」

「請便。」桔法斯輕快地說。「請便。」

麥恩洛拖著腳步走出客廳，沿著走廊離去。一扇門在「吱呀」聲中開啟，他們聽見抽屜開關的摩擦聲，來回走動的腳步聲，壁櫥門的滑動聲。

「不用帶牙刷啦。」桔法斯對天花板說道。

傑森說：「我去守著後門。」

甘迺迪點了點頭，桔法斯則微微一笑，向後靠著椅背。「別擔心，他哪都不會去的。」局長說得多半有理，他畢竟當了這麼多年的警察局長，應該十分熟悉自己的轄區，不過他以這種「去穿褲子然後隨我們走」的方式處理嫌犯，感覺還是不太踏實。從甘迺迪的神情看來，他也豎起了耳朵仔細聽著麥恩洛在房裡的動向，也許和傑森想法一致。

傑森打開前門，悄悄溜到室外，跳下臺階後靜靜繞到房屋一側，過程中一直握槍指地，隨時準備舉槍。

割過了的雜草遍地都是，甚至直接長在屋子牆角。他經過客廳窗戶、繞到後方時，雜草在他腳下窸窣作響。

沒有一扇窗戶裝了紗窗。

屋子背對著樹林，後面有一塊施工到一半的露臺，乍看下像是有人玩巨大積木組玩膩了就丟著不管，甚至還有個全新的熱水池擺在那裡，連塑膠包裝都還沒拆。還真是平凡得令人心安。後門的紗門斜斜倚靠著紅牆板，門本身則被木板釘死了。

不可能有人走後門出來的。桔法斯可能是早就知道後門不能用了。

但是傑森對那一扇扇沒有紗窗的窗戶感到不安，他繞過屋後再次走向東側——再過片刻就要繞完一圈了——結果他拐過一個彎，就見黑色窗簾在微風中飄動，麥恩洛正頭先腳後從臥房窗戶爬出來。

與此同時，麥恩洛瞥見了傑森，舉起手臂。

傑森赫然發現一支半自動手槍的槍管直指著自己。

CHAPTER 04

時間靜止了。

「把槍放下。」麥恩洛悄聲說道。

傑森全身上下都沒有動彈，即使性命受到了威脅他也動彈不得——而此時此刻，他的性命正受到了威脅。完美而無垠的寂靜流遍他全身，他靜靜等待對方開槍，等待最糟狀況發生過後半秒才會傳來的可怕槍響。

「把槍放下。」麥恩洛氣聲說道，他握槍的手穩穩舉著。

傑森感受到的甚至不是恐懼，而是面對必然的麻木。他知道自己必須想辦法，不能只盯著瞄準了自己的手槍，但他無法從直指著臉的槍管漆黑洞口移開視線。那是把廉價的小型小口徑手槍，人稱自殺特備品，但也同樣適合用於他殺。

被點二二或點二五口徑的子彈命中胸口，幾乎就是必死無疑。高速射出的子彈射進人體後就如致命彈珠，在體內彈射的同時便會撕碎所有擋路的器官與其他部位。那如果命中頭部……

傑森讓克拉克手槍從手裡滑落，它落到了面前的地上，發出一聲悶響。

麥恩洛笨拙地爬出了窗戶，手槍從頭到尾都指著傑森，兩人之間不到三英尺距離。太遠了——同時卻又不夠遠。

「不准動。」麥恩洛悄聲說道。「你要是敢動一下，我就把你腦袋轟飛。」

傑森沉默不語。他腦中已經沒有可以組織成言語的念頭了，他已經做出最糟的動作——他已經拋下了武器。

麥恩洛仍然舉槍對著傑森，開始倒退離開。傑森雙手垂在身體兩側，仍舊動也不動。麥恩洛應該逼他將雙手交扣在腦後的，他現在完全可以撲上去從麥恩洛手裡奪下手槍。

他沒有動彈。

麥恩洛轉身奔向樹林。

傑森俯身抄起克拉克手槍。現在完全可以一槍擊中麥恩洛，這一槍可以打得乾淨俐落，

「砰」一聲就射在他雙肩之間。

麥恩洛消失在了林木之中。

他舉起武器，張口要大聲警告對方。卻半個字也說不出來。

你不能想著被射中的感覺。

你他媽幹了什麼好事？

他**必須**去追麥恩洛，這是他的工作，他的職責。他不能繼續呆若木雞地站在這裡。但他似乎無法……移動僵硬的四肢。他感覺全身麻痺，右肩像是再次受傷一般陣陣作痛。實際上他並沒有受傷，而謀害瑞貝卡的凶手已經跑遠了。

金屬環刮過了金屬桿，他身旁的窗簾猛然被拉開，甘迺迪從窗內探出頭來。「他在哪？他

去哪了？」

傑森盯著甘迺迪緊繃而剛硬的臉，雙唇微啟。

他可以說謊，可以說自己不知道，可以說自己還來不及繞到屋後，麥恩洛就悄悄逃走了。

他為自己腦中一閃而逝的想法大感震驚。他竟然萌生了撒謊的念頭？此時的情況還不夠糟嗎？

他動起僵硬的嘴唇說：「他跑進森林了。他剛剛拿槍威脅我。」

甘迺迪大喝道：「**那你還呆站在那邊幹什麼？**」

魔咒破除了。傑森追著麥恩洛跑了起來，甘迺迪也從窗內跳了出來，以如此高大的人而言動作意外地輕盈。

傑森雙腳蹬著柔軟而不平的地面，雙眼掃視森林邊際，尋找任何一絲動態或色彩，卻什麼也沒看見。

能跑起來也好，閃避子彈總好過面對甘迺迪——或是他自己的想法。

你他媽在搞什麼？你他媽在搞什麼？

你怎麼可以幹那種傻事？

他聽見甘迺迪對桔法斯呼喊，但沒聽見確切字句。他不必聽了，現在沒時間想那些了，現在他必須設法矯正錯誤，全心全意尋找並逮捕麥恩洛。

三十秒過後，傑森已經過了防火道，一頭衝進陰涼的樹林。

他彷彿穿過了通往異世界的門扉，林立的參天樹木似乎吸收了所有聲響，氣溫頓時下降好幾度，視野也瞬間受到了重重限制。傑森放慢腳步，仔細傾聽，聽見前方幾碼處的碰撞聲，想必是麥恩洛在樹叢間匆忙逃跑的聲響。那傢伙已經急到沒有要保持安靜或隱藏行蹤的意思了。

傑森也急了，他快步向前奔去。

上方高處，受驚的鳥兒成群起飛。

右手邊傳來細枝斷裂聲，傑森舉起手槍，卻發現在他右邊幾碼處的人是甘迺迪。甘迺迪和他保持平行，同樣在向前邁進。

要是誤射高級特別探員山姆．甘迺迪，那不就好笑了？

你不該來這裡的。你害自己、害團隊裡所有人都陷入了險境。

悄然萌生的念頭令他心慌，令他火大。不是這樣的，他的確犯了錯，但他馬上就會改正錯誤的。

傑森停下了腳步。

後方傳來對講機的雜音，立刻就被人掩蓋了。那應該是桔法斯。至於前方……又是木枝劈啪斷裂的聲響，不過現在的聲音安靜了一些、鬼祟了一些，可見麥恩洛不再驚慌，開始用腦袋思考了。

你在哪裡？

傑森側耳傾聽，排除了壓低聲音對著肩頭對講機說話的桔法斯，排除了小心走在史前叢林般高大蕨類之間的甘迺迪……

那邊。摩擦聲、斷裂聲，是某個大東西快速穿行茂密樹林的聲響。

傑森猛衝上前，完全拋開了隱蔽行動的念頭，將所有籌碼壓在了純粹的速度之上。

他陡然逼近的聲響想必嚇到了麥恩洛，只見麥恩洛突然在前方約一碼處冒出來，紅黃色上衣在青色林蔭中更顯繽紛。麥恩洛毫無血色的臉轉向他片刻，雙眼驚駭地圓瞠著。

甘迺迪高聲警告一句，同時擺出了射擊的動作。

老天，拜託別射到我。拜託別射到我……

傑森不顧一切地猛衝上前，穿過樹叢撲到了麥恩洛身上。他雙手緊緊抱住對方的窄腰——麥恩洛焦急地掙扎亂踢——兩人一同摔下了山坡。

傑森腹中一沉，感受到身下的地面消失、感受到重力的拉扯，一股嘔吐感跟著浮了上來。他們摔在山坡半腰處開始往下滾，激起了枯葉、松針與土壤，麥恩洛結結巴巴的粗言粗語一路都沒停。他們滾了好一段路，但幸好坡度並不陡。

滾到坡底時傑森剛好在上，他趕忙爬起身，膝蓋壓在麥恩洛後心，克拉克手槍抵著麥恩洛頭顱。他因腎上腺素與盛怒而全身顫抖，動作笨拙地從麥恩洛褲腰後側抽走了半自動手槍。

「你敢再動一下，我就把你腦袋轟飛。」

麥恩洛哭喊道：「你他媽害我的腿骨折了啦！」

「很好。可惜折斷的不是你的頸子。」不過見麥恩洛雙腿貌似無礙地亂踢亂蹬，傑森還是加重了放在膝蓋上的重量。「不准踢。你信不信我真的開槍。」

甘迺迪輕鬆地小跑步下坡，看見傑森壓在麥恩洛身上時，他將手槍收回了槍套。

他跑到平地上的同時，桔法斯的身影出現在了坡頂。

「東尼，你這個白痴。」桔法斯對對講機發布了解除警報的命令。

「你們怎麼可以這樣對我！我什麼都沒做啊！」麥恩洛大聲呼號。

「那你為什麼逃跑？」甘迺迪問道。他和傑森合力拖著麥恩洛起身，只見麥恩洛的牛仔褲破了，腿上也多了一道長長的傷口，但傷不至於致命，顯然也不影響他行動。他又笨手笨腳地往傑森的方向一踢。

桔法斯來到坡底，掏出手銬銬住麥恩洛細瘦的手腕。「你**現在**就是被逮捕了。」他說道。

聽見他志得意滿的語氣，傑森不禁好奇這是不是桔法斯所樂見的結果。桔法斯最初根本沒掌握什麼對麥恩洛不利的證據，不太可能聲請到搜索令，更不可能弄到逮捕令。而現在麥恩洛逃跑失敗，這樁案件的嫌疑瞬間就落在了他頭上。

問題是……這究竟是什麼案件？目前為止就只有一名少女失蹤而已，而且也許麥恩洛說得對，也許瑞貝卡是基於某些與他人無關的原因，自己離家出走的。

為什麼所有人都巴不得相信那個女孩子遭遇不測了呢？

桔法斯拖著被捕嫌犯爬上山坡，一路上麥恩洛滔滔不絕地抗議執法不公、大聲宣稱自己清白無辜。

傑森正想跟上去，卻因甘迺迪的聲音停下了腳步。

「剛才那是怎麼回事？」甘迺迪的眼眸宛若冰藍鋼鐵。

「我已經告訴你了。」傑森簡短地回道。「他舉槍威脅我。」

「你自己沒拿槍嗎？」

他不打算說謊，而且即使說了謊，「自己在那種情況下還沒掏槍」也不是什麼好事。「我有。」

「所以說，是麥恩洛搶得了先機？」

是嗎？傑森已經不確定當時是誰奪得了那珍貴的數秒先機——是他自己嚇僵了呢？還是麥恩洛先舉槍的？他已經不記得了。現在，合適的答案就只有一個。

他簡短地一點頭。

甘迺迪繼續注視著傑森，那張花崗岩般不近人情的臉上寫滿了不信。幸好他沒再追問下去，傑森也暗自鬆了口氣。

他們默默跟著桔法斯爬上山坡。

「我不知道。」麥恩洛說道。

同樣一句話，他已經重複將近三十分鐘了。

基本資料都問過一遍了：麥恩洛二十二歲，出生於麻州達德利鎮，畢業自雪菲丘高中。高中畢業後，他曾申請加入空軍被拒，那之後他上了專科學校，可是才讀一年就退學了。他連續做了幾份低薪工作，目前在當地一間飼料店兼職，除了打工收入之外還有某種殘障津貼。他未婚、無子，兩年前被診斷出紅斑性狼瘡，所以才弄到了自栽藥用大麻的辛勞栽植許可。

「你不知道自己和瑞貝卡吵了什麼？」甘迺迪問道。「你昨晚喝了多少？」

麥恩洛搖了搖頭，整張臉埋到了雙手裡。在傑森看來，他們很顯然無法從麥恩洛口裡問出任何有用的情報，這簡直比從石頭裡擠出血來還困難。儘管如此，這畢竟是甘迺迪主導的調查，桔法斯似乎也很享受這種問罪遊戲，於是傑森繼續沉默了下去。

從今日發生的一切看來，他和甘迺迪彷彿在兩個迥異的執法單位供職，他們調查的範圍與焦點截然不同，而且不只是調查內容，就連調查方式也大不相同。

「我們常常吵架嘛。」麥恩洛說道。「那又沒什麼特別的意思，我只是吵膩了而已。」

「你們平常都吵些什麼？」

麥恩洛哀嘆一聲，傑森也恨不得跟著哀嘆。

「好吧。」甘迺迪的態度忽然親切得可疑。畢竟甘迺迪知道麥恩洛是別想脫身了，他不僅在無證照的情況下用未登記的烏鴉MP-25手槍威脅聯邦執法官，還解除了該執法官的武裝並拒捕……他們想拘留麥恩洛的話，理由多得是。「瑞貝卡和派翠莎之間出了什麼狀況？」

「啊？我怎麼知道？」麥恩洛的驚愕似乎是發自內心。

「她們在昨晚派對上吵了一架吧，是為了你吵架嗎？」

「**我？**」

此時的驚慌就絕對是發自內心了。

「你和他當多久的搭檔了？」桔法斯局長問道，瞬間將傑森從種種思緒拉回到現實。

「**我？**」傑森對這個字的強調語氣，幾乎與單向鏡另一面的麥恩洛無異。「我今天是第一次和他合作，這也只是暫時的任務。」

「喔，」桔法斯說道，「是威斯康辛州那樁案子的緣故吧。」

威斯康辛州究竟發生了什麼？傑森只掌握了曼寧特別主管探員分享的情報：甘迺迪在調查過程中過於強勢，還用了過分蠻橫的手段，結果專門小組其他成員對他深感不滿，人際關係上的問題影響了後續調查。為此，威斯康辛州長甚至上晚間新聞批評甘迺迪——以及聯邦調查局。傑森很想拉著桔法斯追根究柢，不過議論同僚的是非絕對是越界行為，看來他只能今晚自己上網查資料了。他至少得查出自己面對的究竟是什麼樣的人。

傑森發出了無意義的聲響回應桔法斯。

「你可以從他身上學到很多。」桔法斯說道。「但是千萬別礙到他，這是他主導的案子，他不會讓其他人隨便插手的。他對那種蝦兵蟹將都沒什麼好感。」

這又是什麼意思？桔法斯莫非認為甘迺迪越俎代庖了？但方才是桔法斯自己選擇——甚至

自己提議——將審問工作全權交給甘迺迪的，當初也是他自己決定要請甘迺迪來辦案的啊。傑森轉頭端詳這位年長男人的側臉，只見桔法斯面帶陰沉的淺笑，繼續注視著審問室裡的兩人。

「你很快就能擺脫我們了。」傑森說道。「反正我一兩天過後就該回洛杉磯了。」曼寧對他說過，傑森此次任務只需要三天，頂多一週。一週時間足夠讓甘迺迪安撫當地居民並提供建議了——先是安撫他們，讓他們知道上回的調查沒有出錯，然後是提供這回查案的建議。

「一兩天？希望事情真能這麼快解決。我必須說，我也很希望犯人真的是麥恩洛，不是什麼模仿殺人犯，或者……」

傑森點了點頭。桔法斯的心情他完全可以理解，而麥恩洛就是犯人的可能性也遠高於後兩者。

單向鏡的另一側，甘迺迪正在默默閱讀——或者說是假裝在閱讀——桌上一份檔案。他蓋上資料夾，開口說道：「說說你和馬丁．平克的關係吧。」

「來了。」桔法斯滿意地低聲說道。「他剛才只是在玩弄那小子而已，現在才是真正要收網。」

麥恩洛一時愣住了。「我……什麼？我根本不認識他啊！」

「你們不是鄰居嗎。」

「才不是！平克已經在牢裡蹲了好幾年，我是在他被抓進去很久以後才搬來的。」

「所以你的意思是，你不知道自己現在住的這棟房子，以前屬於蘇珊・帕威爾的父母囉？」

「是真的嗎？」傑森問局長道。

「沒錯。」桔法斯面色凝重。

「我不知道啦。」麥恩洛抗議道。然後他又忿忿補充了一句：「就算以前是他們家的房子又怎樣？那地方很便宜啊，而且那個已經是很多年前的事了，平克家的人也都不在了，我為什麼不能住那邊？」

「為什麼不行，相信很多人都能告訴你。」

面對甘迺迪嚴峻的神情，麥恩洛愕然眨眼，看上去越來越困惑，也越來越怕了。

甘迺迪接著說道：「帕威爾家以前有個露天大泳池，蘇珊夏天夜裡都喜歡到院子裡游泳。一天晚上，她漂在水上看星星時，馬丁・平克突然出現，把她從水裡拽了出來。那天她爸媽出門和朋友聚餐，除了山丘另一邊平克的母親和哥哥以外，沒有任何人聽見蘇珊的尖叫聲。平克把蘇珊拖進附近森林裡，先是強暴她，然後殺了她。」

麥恩洛怔怔注視著甘迺迪，彷彿被眼鏡蛇催眠的兔子。

甘迺迪又說道：「女兒被害後，帕威爾夫婦拆了那座泳池，在原本的位置種了一片玫瑰花。你不會要說自己完全不知情吧？」

麥恩洛搖了搖頭，傑森看不出這究竟是「我不知情」還是「你瘋了」的意思。

甘迺迪這樣問話的目的是什麼？傑森實在無法揣摩其中的道理。蘇珊的故事當然駭人，但重點到底是什麼？他瞄了桔法斯一眼，看見桔法斯臉上浮現滿意卻又酸澀的淡笑。

甘迺迪說道：「然後呢，東尼，後來你就來了。你想也不想就剷平了那片玫瑰園，而且你好死不死在那個位置裝了個熱水池。什麼東西不裝，就硬要裝熱水池。你是打算把多少個女孩子誘騙進你的熱水池？」

桔法斯低聲笑了笑，瞟了傑森一眼。「維斯特探員你別擔心，你很快就能提早回洛杉磯了。」

「犯人不是他。」二十分鐘後，甘迺迪走進觀察室，對傑森與桔法斯局長說道。

「什麼？」桔法斯瞠目結舌地說。「那、那熱水池怎麼解釋？而且他不是買了帕威爾家的房子嗎？」他轉向單向鏡，看著坐在審訊桌前哭泣的麥恩洛。

「這連間接證據都算不上。」甘迺迪說道。「我們完全無法證實他的嫌疑。」

局長顯然失望不已，傑森卻感受到了同等程度的寬慰。他方才聽甘迺迪審問麥恩洛，對審問方向越聽越驚恐，現在發現那不過是甘迺迪在虛張聲勢，他大大鬆了口氣——甘迺迪的進攻路線雖然荒謬離奇，剛才的表現卻十分有說服力，看得他膽戰心驚。**你是打算把多少個女孩子誘騙進你的熱水池？**換作在其他情況下，那句話也許會顯得好笑，但麥恩洛完全相信了，他現在相信自己隨時可能因謀殺瑞貝卡的罪名被逮捕。

桔法斯不死心地說道：「他是被害人的男友，在瑞貝卡失蹤前剛和她吵過一架，而且還沒有不在場證明。他還是毒蟲呢，這樣證據還不夠嗎！」

「聽他們的說法，瑪蒂根似乎和派對上半數人都吵過架。」甘迺迪說道。「麥恩洛回家以後，她不也活跳跳地和其他人吵架去了嗎？」

「布克斯納警員到場請她降低音樂的音量時，瑞貝卡也出言頂撞了他。」傑森跟著說道。

「在凌晨一點以前，她一直都活著，也一直在和派對賓客發生爭執。」

甘迺迪對他投了個高深莫測的眼神。

桔法斯搖了搖頭，心中的失望與嫌惡再顯而易見不過。

「他的確在說謊。」甘迺迪說道。「但他說他不知道瑞貝卡的下落這部分，我覺得是真話。他應該是認為瑞貝卡因為某些不為人知的原因自己離家出走了。」

「我不信。」局長說道。「瑞貝卡沒事幹什麼離家出走？這不合理啊。」

「我同意。這不是我的看法，而是麥恩洛的看法。」

桔法斯隔著玻璃瞪了麥恩洛一眼，接著將充滿敵意的目光轉向了甘迺迪。「他是我們唯一的嫌疑人，如果不是他……那是什麼意思，你應該懂吧。」

那就只能回到模仿殺人犯一說了。

甘迺迪搖了搖頭。「現在下定論還太早，下任何判斷都太早了。瑞貝卡失蹤案的真相還有很多不同的可能性。」

「搜救隊今天都還沒收工呢。」傑森說道。

「好吧。」桔法斯長嘆一聲，聲音疲憊而無奈。「好吧，你才是專家。我們說不定真能在今天找到她——不過我看天也快黑了。」

「在找到其他線索前，我們也能用其他名目扣著麥恩洛不放。」甘迺迪說道。他瞟向傑森，傑森知道甘迺迪是想到了他被麥恩洛先發制人的事。他感覺自己臉頰發燙。

「好吧，那我回搜救現場了。」桔法斯說道。「你們要讀證人筆錄的話，我請考特尼警員來幫你們。」

考特尼警員帶他們來到一間無人使用的辦公室，送上了咖啡與一疊文件。

甘迺迪仍舊沒給傑森任何指示或情報——傑森當然知道怎麼讀證詞書，但他平時習慣和藝術犯罪調查小組其他十五人討論各種想法與推論。至於目前的工作環境呢，他感受到了獨自工作的所有缺點，卻絲毫沒感受到獨自工作的優點，每次抬頭都會看見甘迺迪皺眉閱讀文件，或見他穿透人心的目光筆直投來。

甘迺迪愛怎麼想就怎麼想吧，反正他什麼也證明不了，那件事也不會再發生了。今天那不過是……一次意外，任誰突然和敵人手裡的真槍實彈打照面都會受驚嚇的。任誰都有可能愣住的。

中槍——即使只是肩膀中槍——的感受和電視上演的迴然不同，點二二口徑子彈撕扯肌肉、神經與韌帶的感受他可是永生難忘。受槍傷之後的物理復健過程當然艱苦，但和心理復健相比根本不算什麼。一旦體驗過中彈的滋味，一般人都會滿心希望自己再也別重複那段經歷，並且會不擇手段地避免自己再度受創。

然而，這份心態並不符合聯邦調查局特別探員的職務與職責，即使是藝術犯罪調查小組的探員也一樣。作為藝術犯罪調查小組的成員，你的工作並不只是教博物館與藝廊如何保護無價館藏，你有時也得面對持槍歹徒，而有時這些持槍歹徒為了防止你干涉他們動輒數百萬美元的事業，不惜舉槍在你胸口開一個血洞。

擔心被射傷也是情有可原，沒什麼好羞愧的。傑森還是能照常工作，局裡的精神科醫師也相信傑森能照常工作——連專家都這麼說了，他還有什麼好懷疑的？

他揉了揉隱隱作痛的肩膀。沒事的，沒問題的。下次就不會猝不及防地被解除武裝了，下次就不會遲疑了。

他拿起下一本檔案夾翻了開來，開始閱讀。

派翠莎．道格拉斯的證詞和目前為止其他證詞一樣，無助於破案。

根據派翠莎的說法，她和瑞貝卡並沒有發生爭執，而是從頭到尾都在開玩笑。她和瑞貝卡情同姊妹，所有人都很喜歡瑞貝卡。她沒聽過有誰對瑞貝卡心懷惡意，沒聽過瑞貝卡和任何人發生過嚴重的糾紛，沒聽過瑞貝卡有什麼派對當中離家出走的理由，也沒看到有誰和瑞貝卡差不多同一時間離開派對。

就算她**真的**知道些什麼，也不會告訴布克斯納警員。即使讀著布克斯納潦草難懂的字跡，這點傑森也看得一清二楚。

青少年就是有這個毛病，他們總認為無論在何種情境下，對大人還是說得越少越好。

青少年的另一個毛病是，他們總認為自己什麼都懂、什麼都知道。

從這份證詞的字裡行間可以看出，瑞貝卡很有可能是憑自身意志離開了派對，或至少在她的朋友們看來，這是最合情合理的解釋。既然如此，朋友們當然不願意對警方提供情報，毀了瑞貝卡離家出走的計畫。

派翠莎的說詞和其他人差不多：所有人都喝多了，沒有任何人注意到異狀。

「不可能沒有線索的。」

直到甘迺迪出聲回應，傑森才發覺自己將內心想法說出了口。「每件事都必然有線索，有時候你就算看不到它，也知道事情絕對沒有表面上那麼簡單，線索一定存在。」

什麼尤達大師風格的發言嘛。**你倒是很懂犯罪心理學呢，甘迺迪高級特別探員。**

不過話說回來，甘迺迪還**眞的**很懂犯罪心理學，不然就不可能成為調查局裡的傳奇人物了。據傳聞，他光是讀了嫌犯的檔案，就能說出那人是否有言語障礙、是否會造訪受害者的墳，或是否有經濟上的困難。

這傢伙夜裡都作些什麼樣的夢呢？

傑森沒資格說這些，他自己的夢也沒美好到哪裡去。他經常夢到自己中彈，怎麼也無法驅散恐怖的回憶與夢魘。

傑森再次從文件海浮上水面時，是在警察局長帶瑞貝卡雙親進他辦公室之時。兩人很明顯是瑞貝卡的父母，一個是神情緊繃、看上去生活優渥的四十多歲男子，一個是被丈夫摟著肩膀、眼睛哭得紅腫的漂亮金髮女子。兩人都穿著度假的服裝，看樣子剛從機場火速趕回來。

藝術犯罪調查小組一般不需面對悲痛的家長——當然也有些人會為失竊的畢卡索畫作痛哭流涕，簡直像是失去了骨肉至親，但那分悲切還是遠遠不及失去了親生孩子的傷痛。瑪蒂根夫婦顯然惶恐不已，迫切渴求著任何一絲希望。

「她還活著嗎？」桔法斯的辦公室門關上同時，瑪蒂根太太仍在追問。「你覺得她還活著嗎？」

傑森瞄了甘迺迪一眼，但對方並沒有從報告上移開目光。他也許是沒聽見，也許是在獵捕凶殘怪物多年之後學會對家屬哭聲聽而不聞，面對其他人的痛苦也不再感同身受了。

或許這也是這份工作無可奈何的一環。

甘迺迪似乎難得沒感受到傑森的目光，於是傑森繼續觀察他。甘迺迪戴著金框老花眼鏡——他年紀到底多大了？——穿著藍牛仔褲的大腿十分健壯，肩膀也顯得寬闊有力。他身上古龍水的味道已然淡去，被乾淨的汗味與洗過的棉質衣料氣味取而代之。

甘迺迪無疑是能幹的探員，無論威斯康辛州那樁案子哪裡出了問題，都不表示甘迺迪如曼寧暗示的那般無用。有些案件就是會突然出錯，有時你也可能成為當地政治角力的代罪羔羊。當然，有些時候**真的**是你出了亂子，但真的能用一樁案件、一次差錯去定義一個人的事業嗎？尤其當這個人擁有甘迺迪的豐功偉業之時，真能憑一次錯誤去評判他嗎？

傑森迫使自己將注意力轉回眼前的證詞。這些證詞全都千篇一律：前一刻瑞貝卡還在，下一刻她就消失無蹤了。

一段時間過後，桔法斯帶瑪蒂根夫婦走出他的辦公室，他對瑞貝卡的父母十分親切，也儘量安慰了他們，但傑森注意到他從頭到尾都沒多作保證。桔法斯有不少處理暴力案件的經驗，早已學到了不讓人懷抱不切實際的希望這分道理。

送瑪蒂根夫婦離開警局後，他回到了傑森與甘迺迪所在的辦公室。兩人仍忙著交叉檢查目擊證人的證詞，但這些秉持「不見惡事、不聽惡詞、不說惡言」原則的論述其實也稱不上像樣的證詞。

「我們已經暫停搜救行動，叫大家今晚先回家休息了。」他面色凝重地說道。「天已經黑了，我們不能讓大家在森林裡摸黑找人，那樣太危險了。」

甘迺迪點了點頭。

「我們還是沒找到她的蹤跡。」桔法斯說道。「連一點線索也沒有。警犬循著她的氣味跟到了後院外幾英尺的位置，然後就什麼也追蹤不到了，她簡直像是走出後院之後整個人突然消失了。」

「或者，她也可能是從前院離開的。」傑森說道。

甘迺迪好奇的目光投了過來。

「那個我們也試過了。」桔法斯疲憊地說。「我們前院後院都找過了，一旦離開瑪蒂根家院子一英尺左右，警犬就找不到她的氣味了。」

傑森開口說：「那有沒有可能是——」

「沒有。沒可能。我們找遍了整棟屋子，從地下室找到閣樓，從工具倉找到泳池屋，瑞貝卡並不在他們家土地上。」

局長似乎在等甘迺迪發言。甘迺迪說道：「你們明天天一亮就會繼續搜索嗎？」

「那當然了。」桔法斯捲起了唇角。「順帶一提，麥恩洛那小子要求接受測謊檢驗。」

甘迺迪揚起了眉毛。「是嗎？這就有趣了。」

「你應該也知道，測謊的結果不一定可靠。」

「確實。你不覺得他主動要求測謊，是值得注意的一件事嗎？」

「值得注意嗎？」桔法斯嗤之以鼻。「可能吧。你怎麼看？」

「既然他想測，那就測吧。」

桔法斯點了點頭，卻還是說道：「我猜他相信自己能瞞過測謊儀。我還是覺得他知道瑞貝卡的所在處。」

傑森說道：「這就不一定了。我覺得他說的是實話。」

甘迺迪唇角上揚，露出了毫無笑意的微笑。

桔法斯說道：「你們有從這些報告中找到其他的可疑人物嗎？」

「沒有。」傑森承認道。「目前還沒找到任何蛛絲馬跡。」

桔法斯嘆息一聲，神情委頓不堪。「她也有可能還活著啦。」他似是費了不少力氣才擠出這麼一句樂觀發言。「在完全絕望之前，總是有希望的嘛。我們可能明天就會找到她了。」

甘迺迪點了點頭，但比起回應警察局長的言語，他似乎是在同意自己心中想法。

傑森開口說道：「假如這確實是模仿犯罪……」

他沒有說完，也不必說完。在場三人都心知肚明，這若真是模仿犯罪，那瑞貝卡現在無疑已是冷冰冰的屍體了。

「希望您在我們華倫將軍旅社住得舒適愉快，有任何需要的話請找夏洛特——也就是我。」汽車旅館前檯高瘦的金髮少女說完，從刮痕滿布的楓木櫃檯另一邊將鑰匙卡推了過來。

「謝謝。」傑森拿起塑膠卡，回頭瞄了甘迺迪一眼。甘迺迪已經登記入住完畢，走出大廳拉門進到黑暗無光的庭院了。

現在是星期六晚間八點，搜救瑞貝卡的行動暫停後，傑森和甘迺迪繼續讀完了剩餘的證詞，結果和搜索樹林與丘陵地的志工同樣空手而歸。

有些時候，沒有消息就是好消息。

無論是郊外的搜救行動或文書的搜尋，都將在天明時重啟。

夏洛特也默默目送甘迺迪走出大廳，拉門關上後，她開口說道：「我記得他上次也有來，那時候也是住這邊。」

她看上去十八歲左右，表示十年前甘迺迪來金斯菲爾德調查狩獵人案時，她還年僅八歲。儘管如此，傑森並不懷疑她這番話的真偽，甘迺迪無論到哪想必都能留下深刻的印象。

「他給的小費多嗎？」

夏洛特一臉訝異。「嗯，不錯多啊。」

傑森對她俏皮地一眨眼，轉身準備離去，卻被她叫住了：「你覺得——你覺得你們會找到她——找到瑞貝卡嗎？」

「她是妳的好朋友嗎？」

夏洛特搖了搖頭，接著又點點頭。所以呢，到底是還不是？也許連夏洛特本人都不清楚。

「我認識她，有時候會和她聊天打混什麼的。我是說一群人啦。我想說的是——」

見她沒接著說下去，傑森問道：「是什麼？」

「你們錯了，東尼沒有對瑞貝卡怎麼樣。他沒理由對瑞貝卡做任何事情。」

「沒有嗎？」

「他們兩個已經結束了，雙方都同意分手了。瑞貝卡之所以到現在還不想承認，是因為她喜歡用東尼的事氣她爸媽。」

夏洛特長得很可愛，大大的藍眼睛畫了漂亮的眼線，閃亮秀髮梳成了兩條辮子——不是《草原小屋》那種老電影風格的辮子，而是時尚雜誌裡時髦別緻的造型。傑森說道：「那妳會知道這些，是因為妳和東尼……？」

她羞紅了臉，點點頭。

「原來是這樣啊。」在傑森看來，這對瑞貝卡父母而言是好事，對夏洛特的家長而言就不是什麼好消息了。

少女抬起了下巴。「現在是什麼狀況，大家心裡都很清楚。雖然沒有人願意說出來，可是大家都已經知道了。」

「他們知道什麼？」

夏洛特壓低了音量。「狩獵人回來了。」

「沒那回事。」傑森想儘量說得清楚，他也知道流言蜚語在小鎮上傳播的速度之快。「馬丁．平克現在還關在安全級別最高的監獄裡，關在他的單人牢房裡喔。」

夏洛特絲毫不以為意。「大家都知道狩獵人不只一個——」她話還沒說完，一名約五十歲的男人就從櫃檯後辦公室走了出來。男人擁有沙黃色頭髮、戴著眼鏡，蓬鬆的八字鬍浮誇到不像真的。

「夏洛特，可以進來一下嗎？」

「好喔，爸爸。」夏洛特立刻離開了前檯，走之前對傑森投了個抱歉的眼神。

男人打量傑森片刻，禮貌地一點頭，隨後轉身離去。

華倫將軍旅社並不是真正意義上的旅社，而是相當簡陋的汽車旅館——畢竟聯邦調查局一般不會花大錢幫探員訂五星飯店。傑森的房間相當整潔，且麻雀雖小，五臟俱全，房門還裝了閃亮而堅固的門閂。從前的他不會特別注意這種細節，但現在的他看了心底踏實許多。

大家都知道狩獵人不只一個——

棒喔。謝謝妳給我的啟發啊，夏洛特。

牆上掛著溫斯洛．霍默（Winslow Homer）的兩幅水彩海景印畫——不錯的品味——加大雙人床上鋪了海軍藍印花棉床單，床單似乎早在幾年前就洗舊了。無所謂，反正只要床單下有彈簧床可以躺就好，傑森也顧不得布料是否亮麗如新了。

他雖然疲憊不堪，腹中飢餓卻勝過了疲勞。他今早沒吃早餐，本打算在機場隨便買點東西墊胃，沒想到那之後就一直沒機會進食了。那一切都感覺像是數百萬年前的舊事了——而他上一回吃一頓營養的正餐，應該也是數百萬年前的事了。你若想每晚睡足八小時、每天三餐吃飯，那還是別加入聯邦調查局吧。

傑森取出皮革提包裡的行李，盯著手裡那團皺皺的上衣，這才意識到案件若無法在明天了結，自己就必須找洗衣店了。至於明天結案的可能性呢……

大家都知道狩獵人不只一個——

她究竟是什麼意思？

傑森在小得可憐的浴室裡洗漱一番，用冷水潑臉潑到自己大口喘息，然後用飄著濃濃漂白水味的毛巾擦乾。他端詳著自己在鏡中的倒影，果不其然，鏡中的男人形容枯槁：眼圈深重的碧眸、憔悴的面容。他腦中有太多流連不散的回憶——而美好的回憶和痛苦的回憶同樣有殺傷力。這就是他過去下定了決心再也不回金斯菲爾德的原因。

總之，他還是來了，既來之則安之。他現在可是有更要緊的問題得煩惱，例如自己面對半自動槍械時的反應，現在光是回想起那一刻，他就羞愧得冷一陣、熱一陣。

老天啊。那還真他媽是場災難，他到底是**怎麼了？**

鏡中直視著他的眼眸因恐懼而圓瞠。

沒關係了，麥恩洛已經關進了拘留所，傑森自己的手槍則穩穩妥妥地插在槍套裡。一切都沒事，一切都沒問題的，他再也不會犯相同的錯誤了。

他換了件上衣——這才注意到自己和麥恩洛扭打時所受的瘀傷與抓傷——將皮夾塞進牛仔褲口袋，接著踏出了房門。

只見和他相隔一間房的甘迺迪就如昏暗走廊上一道高大暗影，正鎖上了自己的房門。傑森的心不禁沉了下去。

甘迺迪朝傑森瞟來。「要去吃點東西嗎？」半晌過後，他開口問道。

顯然傑森不樂意和不苟言笑的甘迺迪多相處一個鐘頭，甘迺迪也不樂意和傑森共進晚餐，但由於雙方都明顯準備外出吃飯，這時候回絕就太過失禮了。

「好啊。」傑森禮貌地說。

「這附近有一間中式餐廳，走路就可以到了。那家滿好吃的，也開到很晚。」

執法人員在找餐廳時，主要關心店家的營業時間。

「中式料理不錯啊。」傑森和甘迺迪並肩走下了戶外走廊。

旅社大部分房裡都沒有燈光，下方打了燈的方形泳池也空無一人。金斯菲爾德幾乎沒有任何觀光景點，而對它感興趣的人，其實就只對它最著名的一連串事件——接二連三的駭人命案——感興趣而已，這也不是小村想吸引的客群。

甘迺迪身上帶有洗髮精與鬍後水的氣味，想必是花了些時間快速洗了澡並刮了鬍子。相較之下，即使換上了乾淨上衣，傑森仍感到黏膩邋遢。

他跟著甘迺迪走室外樓梯來到庭院裡，接著穿過白色鐵拱門離開了旅社。

傑森沒心情談論案情，一時間也想不到無傷大雅的話題。甘迺迪似乎對社交壓力免疫，照常大步行進，態度也一如往常地高冷。

金斯菲爾德的街道十分安靜，路上無車，路邊也少有行人。傑森與甘迺迪行經一片片整齊的玫瑰園與一幢幢莊嚴的房屋，路邊拉上了窗簾的窗戶裡透出燈光，老式路燈籠罩著迷濛金光，路旁鍛鐵圍籬一個個箭頭形尖端在路面映出了森嚴影子。這不像是一座會發生惡事的小鎮，然而那一扇扇透出了暖光的金凱德（Kinkade）風格窗戶內，每戶人家今晚的話題都必然與鎮上最新一場悲劇脫不了關係。

「今晚的滿月很美呢。」傑森說道。「看上去……」他本想說月色近似朱利葉斯・格林姆（Julius Grimm）一八八八年描繪月球表面的油彩畫，但話還未出口他就意識到甘迺迪可能對這番言論的感想，於是改口說道：「看上去幾乎不像真的。」

甘迺迪一瞥教堂尖塔後方冉冉上升的銀輪，彷彿在確認傑森沒將這點也說錯了。

他低哼一聲作為回應。

威斯康辛州究竟發生了什麼事？甘迺迪手上沒有戒指，不知他有沒有娶妻？有沒有孩子？

或是貓？他有家嗎？還是他平時都逐一幕又一幕驚心動魄的畫面而居，四處漂泊的同時試圖釐清這世界上種種無謂之事？

他顯得如此冰冷、如此寡言，這是天性使然嗎？還是這份工作所致？

「夏洛特・辛普森——剛才在汽車旅館幫我們登記入住的那個女孩子——說她在和東尼・麥恩洛交往。」

甘迺迪盯著傑森猛瞧。「這就有趣了。她有幫麥恩洛提供不在場證明嗎？」

「沒有。她昨晚有參加派對嗎？我那一疊證詞當中沒看到她的紀錄。」

「我那一疊也沒有，不過他們現在也還沒做完筆錄。就是這裡了。」甘迺迪突然轉進一條小巷，巷子裡空氣溼悶，兩側牆上長了青苔。他們爬上一小段石階梯，來到了玉后餐廳。

儘管名稱氣派，玉后餐廳本身規模不大，反倒小得可憐。傑森敢肯定，這絕對是近十六年開的餐廳。

用餐空間只有六張鋪了桌布的餐桌，其中兩桌有忙著享用餐點的客人，都是亞洲人。飯菜香味令傑森垂涎三尺。

傑森的胃「咕嚕」大響，惹得幫他們帶位的嬌小女服務生笑了起來。

他們的桌位在窗邊，窗外便是陰暗的巷子。甘迺迪坐下時椅子吱呀作響，但這不只是因為他過於高壯，也是因為餐廳的桌椅都相當老舊。這張餐桌似乎也偏小，傑森不禁好奇自己是否用餐期間只能一直和這位飯友擠在一起、膝蓋相碰。想到此，他忍住了幾乎浮上顏面的微笑。

他拿起菜單讀了起來。吉利套餐、小女皇套餐、笑武士套餐……看來他不必親切地和甘迺迪分食菜餚、一同品嚐異國菜色了。傑森想到此處又忍不住想笑，他想必是血糖太低、腦子都迷糊了吧。

甘迺迪放下菜單，凝望窗外。

傑森也決定好了——誰能抗拒「棒棒雞」這麼神奇的菜名呢——同樣放下了菜單。

從甘迺迪冷峻的側臉看來，他並沒有要談天說地的意思，於是傑森轉而默默觀察餐廳裝潢。色彩鮮豔的燈籠、大得誇張的摺扇，以及微微泛黃的三色裱掛軸——那些也許不是複製品，而是當代的原作呢。

傑森的專長是二十世紀的加州印象派藝術，不熟悉亞洲藝術，但還是多少懂一些。藝術犯罪調查小組所有成員都對許多不同流派的藝術略懂一二，也總是在不斷增進新知，畢竟全國就只有這十六位負責藝術案件的探員，他們的知識量不可能有真正充足的一天。

負責這一桌的男服務生來幫他們點餐了，他身材矮小圓潤，態度歡快親切。傑森另外點了一瓶青島啤酒——感覺自己必須借助酒精才能好好吃完這頓飯——甘迺迪則點了艾爾黑啤酒，傑森還是第一次聽到這個牌子的啤酒。

服務生轉身離去，甘迺迪又繼續凝望窗外。

傑森開始感到煩躁了。

他們確實當不成朋友，但禮貌對話真有那麼困難嗎？傑森又不是苦苦哀求長官讓他負責這椿案件的。在波士頓那份工作結束後，他本就累壞了——那是他病假回來後第一份真正的調查案件——本想請假好好休息幾天。他在受傷過後花了不少時間恢復狀態，到現在卻還未完全復原，他自己也不知道是為什麼。儘管如此，他已經儘量配合團隊、配合搭檔工作了啊。

甘迺迪那傢伙很顯然沒聽過「配合」這檔子事。

傑森開口說道：「桔法斯很想相信麥恩洛就是犯人，但我實在不這麼認為。」

甘迺迪瞟向了他，傑森再次懷疑對方剛才完全忘了他的存在。甘迺迪若有所思地說道：「他可是拿槍威脅過你。」

「是沒錯。」這種事情傑森怎麼可能忘記。「我能想像麥恩洛意外殺人，或不小心出手過重、把人弄死，但我不太能想像他預謀殺人。」

沒想到甘迺迪回道：「我也這麼認為。假如他真是犯人，那瑪蒂根應該也不會是他預謀害死的，就算他殺了瑪蒂根，那也會是意外，或是在藥物和酒精影響下衝動殺人。」

「麥恩洛是桔法斯的眼中釘，桔法斯可能是出於這個理由死咬著麥恩洛不放。他應該恨不得想辦法讓麥恩洛離開這一區吧。」

「世界上沒有真正的完美公民這種東西。」

服務生送上了啤酒，傑森舉杯。「乾杯。」甘迺迪目光短暫地轉來。傑森接著說道：「另外，我也不認為麥恩洛有能力成功隱藏罪證，他應該很容易驚慌，慌了就會接連出差錯。」

甘迺迪脣角上揚，咧起了冰寒的微笑。「應該會。」

「你也不認為他有罪吧。」

甘迺迪不置可否。「我覺得時間對不上。麥恩洛大約在晚上十點半離開了瑪蒂根家，很多目擊者都證實了這一點，他們也都說瑞貝卡在那之後兩個半小時一直無憂無慮地狂歡。這當然不表示她心裡沒在生悶氣，也不代表她後來沒開車去麥恩洛家找他大吵大鬧，但至少她的手機並沒有撥打麥恩洛手機的紀錄，而麥恩洛也不可能在其他人注意到瑞貝卡失蹤前將她的車開回瑪蒂根家車庫停好。瑞貝卡的朋友一發現人不見，第一件事就是去檢查她的車還在不在。」

「當然，這一切的前提是證人沒有說謊。」

「確實。」

「另外，瑞貝卡在自家後院熱熱鬧鬧地開趴，身邊那麼多人，如果真有人將她綁走總會有人看到吧？瑪蒂根後院邊界和樹林之間隔了大約兩英畝的草地，那片草地上半棵樹都沒有，真把人拖走了也無處藏身。」

「確實，如果要拖著一個尖叫掙扎的人穿過草地，應該會引起別人的注意，但如果瑞貝卡自己默默離開後院、走進了森林，那可能就不會被人注意到了。」

「你認為瑞貝卡是自願去和什麼人見面的？」

「這是其中一種可能性。」

「假如她是去和人見面，那理應帶上手機才對。她那個年紀的女孩子總是手機不離手。」

「你很瞭解青少女囉？」甘迺迪疑惑地揚起一邊眉毛。

「我有個十三歲的姪女，她去哪都帶著手機。」

甘迺迪應了一聲，那也許是他所能發出最接近笑聲的聲響了。

餐點上桌了，仿清朝風格的藍色與橘色大餐盤上盛了熱騰騰、香噴噴的菜餚。傑森有些訝異地看著甘迺迪拆開筷子的紙包裝，熟練地拿起筷子大快朵頤。

傑森試探性地說道：「辛普森家那個女孩子告訴我，基本上所有人都知道狩獵人不只一個人。」

「眾人有一度這麼認為。」甘迺迪回道。「但我們沒找到任何支持這個理論的證據。」

「那有誰被懷疑是平克的共犯嗎？」

「平克的哥哥德威恩。他已經死了。」甘迺迪動作嫻熟地夾起蝦仁往嘴裡送，豐滿的下唇沾了金黃色醬汁。

「你覺得人們為什麼到現在還相信平克當初有共犯？」

「因為我們——執法人員——花了很長一段時間才搞清楚狀況，過了很久才逮到犯人。人們想說服自己那不是執法出了問題，而是因為歹徒不只一個人。」

「唔。」傑森不相信這套說法，甚至連甘迺迪也不怎麼相信，但甘迺迪似乎不願意再談這件事了。

他們默默地用餐，食物相當美味，傑森也餓得沒心思挑剔什麼了。

筷子終於刮過吃得一乾二淨的瓷器時，甘迺迪取出信用卡，招呼服務生送帳單上來。「我會請公費。」

傑森點了點頭。餐費當然得由其中一人報帳了，甘迺迪難道是擔心傑森以為他要請客、將這頓晚餐視作友好的象徵？他完全沒有為此擔心的必要。

「你在局裡工作幾年了？」矮胖的服務生將甘迺迪的卡與皮革帳單夾送回來又離去後，傑森開口問道。

甘迺迪簽了收據，藍眸直截了當地看向傑森。「十七年。」

「那真的……」

「很久了。」

「你原本是警察嗎？」

「不是。」甘迺迪伸手拿錢包，臉上的笑容帶著諷刺意味。「我一開始就是在調查局工作。你怎麼突然變好奇寶寶了？你這人不是無所不知嗎？」

這又是什麼意思？

「我並不是無所不知。」

「這我當然知道了，維斯特探員。」甘迺迪對他露出微微輕鄙的笑容，接著以令小餐桌搖晃震顫的力道將椅子往後推，站了起身。「我要去睡了。明早見。」

這句話的意思倒是很清楚。傑森暗暗考慮故作尊敬地跟在甘迺迪身後一路走回旅館——那個畫面應該很好笑吧，可惜甘迺迪絕不會覺得好笑，而且傑森也還不打算就寢。

他看著甘迺迪化為長長的淺色人影、走下狹窄階梯回到巷子裡、大步消失在黑暗夜裡。傑森吃下隨帳單送來的兩份幸運餅乾。

另一張紙籤寫道：**極樂之生必在死前終結。**

這張絕對是甘迺迪的，那傢伙屋頂上的烏鴉已經多到都趕不走了。

其中一張籤寫道：**愛屋及烏。**

好喔。

傑森乾了剩下的啤酒後離開餐廳，走原路離開小巷，朝華倫將軍旅社的方向走去。他雖然疲倦，卻也坐立難安，一部分是因為多年後在此種情況下重返金斯菲爾德，一部分則是因為……他自己也不清楚為什麼。

走到汽車旅館門口時，他從鐵拱門中間望去，看見甘迺迪房間的窗簾透出了燈光。甘迺迪也許還在工作——不然就是習慣開著燈睡。

傑森沒有回房間，而是繼續走了下去。

又走了一條街，他來到藍人魚酒吧門前，認出了復古風手繪招牌上面帶曖昧微笑的人魚。

他暗暗一笑，推開沉重的店門。

沒想到酒吧裡相當熱鬧，雖然還沒到客滿，但生意著實不錯。

傑森走到吧檯前。「你們有哪些桶裝啤酒啊？」他問漂亮的金髮調酒師道。她的波浪狀淺金髮垂落肩頭，眼睛畫了藍色的亮片眼影，口紅則接近膚色卻帶有一分金色，整體效果令人眼前一亮。

她開始唸道：「海錨、貝爾斯、藍月、百威、藍百威、酷爾斯、可樂娜、米勒、山姆・亞當——」

「山姆・亞當。」

「馬上來。」

傑森背靠著吧檯，往昔的回憶湧上心頭。他記得這間酒吧的午餐很好吃，他父母偶爾會來吃漢堡，同時享受酒吧庸俗的魅力。小時候的傑森很愛這間店，恨不得快快滿二十一歲來喝酒。

店內裝飾完全是海盜沉船風格，到處是笨重的鍛鐵製品、破木箱，以及滿是沙子、上頭黏了假珠寶的破木桶。牆上裝飾包括海盜旗、玻璃纖維做的魚，以及一九五〇年代俗氣的人魚飾品。過去對年輕時的傑森最具吸引力的飾物——這間酒吧的特色——是一個復古風格「人魚缸」，裡頭除了塑膠海草之外還有個巨大的海螺。

實際上，人魚缸不過是牆上一面飾有華麗邊框的玻璃窗，玻璃貼了一層藍色玻璃紙。遙想當年，玻璃另一側的房間裡總是有穿著清涼的「美人魚」躺在閃亮藍沙地上，優雅地對顧客擺動巨大的橡膠魚尾，同時啜著飲料讀時尚雜誌。

後來在一九八〇年代，美人魚從酒吧消失了，傑森也一直為此感到惋惜。話雖如此，他十七歲時發現自己比起美人魚更喜歡男人魚了。

遮住了人魚缸的黑窗簾，為曾經的展示窗與整間酒吧添了幾分惆悵。

調酒師將外側結了水珠的酒杯放在魚形狀杯墊上。「要等等再結算嗎？」

傑森搖了搖頭。「這樣是多少？」

她說了價錢，傑森從錢包掏出兩張鈔票。「不用找了。」

「謝啦。」調酒師微微一笑。「你是聯邦調查局的人對不對？」

傑森還以一笑。「是從髮型看出來的嗎？」

她哈哈大笑。「不是，是從打扮看出來的。」

「我沒穿正裝啊。」

「你有，只是和衣服沒什麼關係而已。」

傑森不禁莞爾。

調酒師伸出手來。「康蒂．戴維斯。」

「傑森．維斯特。」他們握了手。

「你覺得你們會找到她——找到瑞貝卡嗎？」

傑森說道：「我們都會盡力。妳昨晚也去了瑪蒂根家的派對嗎？」

「我嗎？」康蒂有些錯愕。「你以為我幾歲啊？我沒去那場派對啦，我可不想把禮拜五晚上拿來跟一群高中生喝酒。」

「也是。抱歉。」

她一甩頭髮，彷彿甩開了這個話題。「這件事對她的家人——對整個小鎮——來說都很糟糕。不管是什麼情況，我都希望這不是像……」

「上一次？」傑森接續道。

她點點頭。

「妳和瑞貝卡熟嗎？」他啜了口山姆．亞當啤酒。

康蒂的笑容變得有些諷刺。「我認識她，不過不熟。老實告訴你，我其實覺得她被寵壞了，至少我不記得自己在她那個年紀有那麼嚴重的公主病。不過也可能是我爸媽沒錢的關係。不管啦。我還是很可憐她，她再怎麼公主病也不該被綁架……或是之類的。」

這不是綁架。這如果是單純的擄人勒贖案，她父母現在應該會收到關於贖金的要求了。瑞貝卡不是憑自身意志離家出走，就是被誘拐或強行綁走了，而如果是後者，歹徒的目的也不是錢。

「那個，你們上次是抓對人了吧？」康蒂半開玩笑道。金斯菲爾德想必有不少人懷有相同的疑問。

妳別問我啊。

「沒錯。」傑森堅定地回答。「我們上回已經逮到真凶了。無論瑞貝卡遇上的是什麼狀況，過去那個狩獵人都已經關進監獄了。」

吧檯另一頭的客人對康蒂招手，她對傑森抱歉地一笑，過去招呼客人了。

傑森再次環顧整間酒吧，修正了剛進來時的印象。酒吧雖然生意不錯，店裡的氣氛卻稱不上熱鬧，反倒有些沉重。

前門開了，波伊德．布克斯納走了進來。

傑森腦中閃過了轉身背對他的想法，但布克斯納總會看見他的，而且他也沒必要躲著對方。他不怕面對波伊德，過去的他心中無論對波伊德存有何種感情，都已經是很久以前的事了。

果不其然，布克斯納那雙黃褐色眼眸掃過店內，落在了傑森身上。古怪的神情在他臉上一閃而逝，他漫步走向吧檯。

「傑森．維斯特。」布克斯納說道。「你以為我認不得你了嗎？」

「你果然認出是我了。我也認出你了。」

布克斯納一時間顯得不知所措，然後很快恢復了狀態。「所以，你現在在聯邦調查局了啊。」

「是啊。」

「真是意外。」

「這就是個意外頻傳的世界嘛。」

布克斯納相貌還算帥氣，但已經不再是十八歲時那個年輕英俊的男神了。和過去相比，他的臉圓潤了些、腰粗了些、肩膀壯實了些，鬢角也多了幾絲早衰的灰髮。他的鬍後水倒是很好聞，是清爽的草本香味，富有陽剛氣概。

他也同樣好奇地上下端詳傑森，看著看著上脣就捲了起來。「你不是要當新世代的傑克遜・波洛克（Jackson Pollock）嗎？」

傑克遜・波洛克？布克斯納真知道傑克遜・波洛克是誰嗎？

「沒辦法。」傑森說道。「誰叫我不夠有才華。」

他若以為布克斯納會被他的自嘲轉移注意力，那就大錯特錯了。

「是吧。可是女孩子每次都會被你吸引過去。」布克斯納的臉揪了起來，他也許認為自己擺出了深情惆悵的表情。「心思細膩的文藝男嘛，女孩子都很喜歡的。可是放到你身上就搞笑了。」

也是。因為布克斯納就是最早發現傑森是同性戀的幾人之一，甚至可能在傑森自己察覺到真相之前就已經發現了。在同齡人當中，傑森絕對算是晚熟了。

「不得不說，」傑森不慍不火地說道，「你對我的印象似乎比我對你的印象深得多呢。」

即使在偏藍色調的燈光下，他還是看見布克斯納臉色一變。**得分。**但傑森是在說謊，他過去暗戀了布克斯納好幾年，也不知眼睛長到哪裡去了。那就是青春啊。布克斯納暗戀哈妮，哈妮暗戀傑森，傑森暗戀布克斯納。

總之。

都是些陳年往事了。

布克斯納向康蒂點了杯啤酒，和吧檯前其他幾個客人打了招呼，喝了幾口啤酒。

傑森感覺得出，他們之間的對話還未結束。果不其然，數分鐘過後，布克斯納又轉了回來。

「我怎麼都不知道聯邦調查局有在收同性戀。」

受執法訓練的過程中，你會學到控制脾氣的方法，同時也會學到控制面部表情的方法。況且，傑森知道面對布克斯納這種人時，大大的笑容比吹鬍子瞪眼睛有用多了。他粲然一笑，還會意地對布克斯納拋了個媚眼。「有喔。」

布克斯納紅了臉，這回不是出於羞窘，而是惱怒。他可沒有聰明到能輕易感到羞窘。「你既然是同性戀，不覺得工作起來特別麻煩嗎？」

「這我倒沒注意到。」波伊德啊波伊德，他是以為傑森在工作上會遇到什麼麻煩？傑森差點問出了口，但他其實也不想聽答案。他改而說道：「所以呢，你這些年過得如何？」

可惜布克斯納沒有讓他將話題轉向閒話家常。他啜了口啤酒，眼神陰沉地注視著傑森許久。

「你結婚了嗎？」傑森問道。這句話由他問出口，布克斯納應該會焦躁起來吧？

「沒。」布克斯納說。「你呢？」

嘖，被反將一軍了。

「沒有。」

此時看著眼前的布克斯納，傑森為年輕時的自己感到了憐憫與好笑。今天的布克斯納仍舊帥氣，那是種粗獷金髮男子的帥氣，有點類似山寨版山姆・甘迺迪。然而除了相貌之外，傑森已經想不起自己當初對他念念不忘的理由了。也許說到底，關鍵就是布克斯納那份自信，這在青少年男性身上可是少有的特質。當年自卑又缺乏安全感的傑森儘管努力掩飾了自身缺點，心裡還是十分欣賞布克斯納的信心。成年後，傑森才漸漸學會欣賞不認定自己永遠都對、不認為自己一定懂得比別人多的男人——成年的傑森不再將傲慢誤解為自信了。

布克斯納緩緩說道：「你現在回來了，同時又有模仿殺人犯在外面犯案，不覺得這太湊巧了嗎？不覺得巧得很詭異嗎？」

傑森愣了一下。布克斯納似乎直接認定了失蹤案是模仿殺人犯的傑作，而且他居然有種做出這樣的暗示。

或者，他其實並沒有暗示什麼的意思，只是和平時一樣說話難聽了點而已。

傑森回道：「哪說得上湊巧呢，我可是特地來調查案件的。」

「是啊，這就是詭異的部分了。」布克斯納語氣陰森而得意地說道。

CHAPTER 07

週日上午，傑森才剛沖完澡就聽見手機鈴響。

他瞥了來電訊息一眼，是曼寧特別主管探員。他接通電話。「我是維斯特。」

「維斯特探員。」曼寧說道。「太好了，我——呃，及時聯絡上你了。」

傑森平時都隨身攜帶手機，曼寧**沒能**及時聯絡上他才奇怪吧，由此可見，曼寧因某種原因感到不自在。傑森心中也本能地閃過一絲不安。

「長官早。」

「我，呃，昨晚接到了甘迺迪探員一通電話，有點擔心你們那邊的狀況。」

不妙。這是什麼狀況？又是什麼新的禍端了——？傑森吐出了簡短的問句：「怎麼說？」

即使遠在波士頓，曼寧的焦慮還是千里迢迢傳了過來。「甘迺迪問起了讓你，這個，實地工作的適當性。」

傑森彷彿受到了當胸一拳重擊，掙扎片刻過後才緩過一口氣，出聲說道：「**什麼？**」

「甘迺迪認為你是否要馬上恢復所有職務這件事還有待討論。聽他的說法，昨天發生了——呃，一點狀況對吧？」

傑森因憤怒與駭異而結巴了起來。「有、有待討論的問題應該是，甘迺迪不喜歡和人合作查案。這是唯一的問題，也是很嚴重的問題。」

他奇蹟般地說重了曼寧的心事，曼寧再次開口時，傑森聽見了對方話語中的寬心。「呃，原來如此。我也猜到大概是那麼回事，但因為甘迺迪不知道你之前，這個，受槍傷的事，所以聽他暗示說你可能在遭到射擊時僵住了，我就——」

「他說我被射擊時僵住了？」傑森的聲音聽起來不像他自己發出來的。

那句聽起來像陌生人說出口的話，令曼寧慌忙說道：「呃，他也不是真的這麼說，他——」

「從頭到尾就沒有人對我們開槍——要是有，我早就告知你了——我也沒有僵住。甘迺迪不過是無法接受其他人和他想法不同，面對事情的反應也不同罷了。」

嗯。他順著曼寧心中的譜奏了下去，聲聲到位。曼寧滿心相信甘迺迪個性驕傲蠻橫，不僅誰的意見都不聽，還自居所有領域的最高權威。

對傑森說話時，曼寧幾乎是在安撫他了。「我知道你現在很為難，也知道，這個——我也知道甘迺迪的，呃，個性不太好相處，所以我當初看到這個任務的人員空缺，第一個想到的，呃，人，就是你了。」

是啊。傑森之所以是曼寧第一個想到的，**呃**，人，不過是因為他地理位置離案發地點最近、剛了結了一樁案子，而且又太，**呃**，急於立功升遷，所以不會推拒上司派下來的任務。而這之中最主要的理由，當然是因為發派任務當時傑森不必搭機就能快速趕到甘迺迪身邊——

從傑森昨日的觀察看來，要是再讓甘迺迪在停車場裡多等五分鐘，他可能就連搭檔也不顧就自己先動身了。

曼寧仍滔滔不絕地說著，試圖安撫忿忿不平的傑森，但傑森沒在聽。他已經在腦中預演曼寧掛斷電話五秒過後，自己將和甘迺迪發生的對話了。

曼寧終於不再喋喋不休並結束通話了。傑森怒勢洶洶地穿上牛仔褲、摔門走出房間、大步走下走廊、用力敲甘迺迪的房門。

他才剛沖完澡，水珠從溼髮滴到了臉上，又激起他心中一波惱火。傑森擦去臉上水滴的同時甘迺迪開了門，那一瞬間他生怕甘迺迪誤以為他哭了，於是急急展開了猛攻。

「你在搞什麼鬼啊？為什麼對曼寧說我昨天僵住了？你當時又不在場，不知道確切發生的狀況。我並沒有僵住。」

甘迺迪語氣平穩地回應，彷彿習慣每早和怒不可遏的同事打招呼。「**我覺得你僵住了**。」

「**我沒有僵住**。你根本就沒看到——」

「還有，我覺得你別在所有人都聽得見的地方大喊『僵住』這兩個字比較好。」甘迺迪竟然直接握住了傑森上臂，將他拉進房間。

甘迺迪有力的大手短暫地將他拉近，令傑森一時間有些不知所措，也使他產生了……令人困惑的感受。嗯，他困惑不已。一般同事並不會隨意進入他人的個人空間，除非兩人非常要好——或者即將大打出手。

至於直男同事之間若無其事卻又粗暴的肢體接觸，那就更是少見了。傑森不禁想到，自己和甘迺迪成為搭檔可能還有另一個原因……甘迺迪會不會是同性戀？

哈。半機器人也可以是同性戀嗎？

半機器人？在那一瞬間，傑森注意到剛洗完澡不久的甘迺迪已經擦了大量鬍後水，也喝下好幾杯汽車旅館供應的雜牌咖啡了。他戴著老花眼鏡時看上去年紀大一些，甚至多了一絲文人氣息。他沒有扣上襯衫，露出了意外結實的六塊腹肌。

甘迺迪關上房門，放開傑森手臂的同時諷刺地舉手敬禮，似在說「好了，你請便」。

「麥恩洛舉槍對準了我。」傑森說道，語音仍然響亮。「事情就是這樣。他搶先舉了槍。你當時不在場，怎麼知道自己遇到相同情況會做出什麼反應？你不過是在瞎猜而已。況且，那件事並不是重點吧？重點是，你不想和任何人合作辦案。」

「我不想要也不需要搭檔。」甘迺迪承認道。「但既然有了搭檔，那人就非得是我能任賴的人不可。」

「你可以信賴我啊！」但這句話用吶喊的方式說出口，也許欠缺說服力。「而且，假如你真覺得我不可信賴，那也可以直接找我討論啊，有必要背著我去告狀嗎。」

不知是不是他的錯覺，甘迺迪的臉是不是紅了幾分？「我不知道你受過槍傷。」甘迺迪的語氣稱不上抱歉，但多了一絲近似懊悔的情緒。他的目光短暫下移，瞥向傑森肩膀上的皺疤。

「在那種情況下，你會怕槍我也能理解，我要是早知道你受過傷，就會直接來和你談這件事了。可是話雖這麼說，你既然沒辦法，那就不該參加實地——」

「我有辦法。」傑森簡短地打斷他。「我不怕。沒有過於害怕。被射傷。我並沒有放——」

「還有，你既然沒辦法承認問題存在，我又怎麼能相信你能正常工作？」

「老天。」傑森別過頭，一手抓過滿頭溼髮。他轉回去面對甘迺迪。「好。好吧。我**可能**真的愣了幾秒。那只是被嚇到的緣故，只是突然看見一把槍指著自己的臉，所以愣了一下而已。」坦承這件事的同時，傑森駭然發覺自己落入最老套的審訊陷阱了：**我們來合力解決問題吧。**

嗯。好。他招了嘛！

他繼續說了下去，但已經不指望對方將他的任何一句話聽進去了。「我已經復職一個月了，這段時間都沒出任何問題。」他試著故作輕鬆地說話，但不僅自己不輕鬆，甘迺迪很顯然也不覺得輕鬆。「我跟你保證，接下來這一週要是發生槍戰，我一定和你並肩迎敵。」

甘迺迪繼續打量他，目光冷峻且絲毫無動於衷。然後，傑森赫然看見年長男人放鬆了肌肉糾結、線條緊繃的雙肩。甘迺迪說道：「好，你別忘了你今天這句話。」

「你……」

甘迺迪又說：「你說得對，我當時不在場，沒親眼目睹那件事。局裡已經同意讓你復職，你也相信自己下次能把事情處理得當。那我們就這麼辦吧。」

他們就這麼辦……？**甘迺迪**就這麼辦？

兩人沉默片刻——氣氛十分微妙——雙方都沒有發言，也沒有移動。傑森深切意識到雙方物理距離很近，同時也小心翼翼地放下了戒備，頓時有種出人意料的親密感。這應該是他首次和甘迺迪卸下心防誠實對話，而且不僅如此，他還強烈意識到了身為男人的甘迺迪。甘迺迪是強而有力的男人，是極具吸引力的男人，是肩膀堅實如壁壘、面龐稜角分明且線條嚴峻，下唇卻又豐滿性感的男人。

這是怎麼回事？他對甘迺迪一點**好感**也沒有啊。沒有……吧？

甘迺迪終於打破了沉默，語音乾脆地說：「維斯特探員，你今天是打算打赤膊出勤嗎？金斯菲爾德的女性居民應該會很開心，但我還是建議你去穿上衣和鞋子。我們得出發了。」

「我們得到一些新的情報了。」傑森與甘迺迪抵達新家園住宅區時，桔法斯局長告訴他們。

傑森默默打量一旁忙著發對講機給搜救隊各個小隊長的布克斯納。昨晚傑森一喝完啤酒就和布克斯納分道揚鑣，但在那之前布克斯納充分利用了傑森喝酒的時間，分享了自己與金斯菲爾德警局其他人員對甘迺迪的想法。

這就有趣了，十年前布克斯納還未成為警察啊。也許「甘迺迪硬生生從當地執法單位手裡奪走對馬丁・平克的調查」，其實是桔法斯局長的看法？但桔法斯局長已經直截了當地表示自己需要甘迺迪幫忙，也希望能獲得他的幫助。如此說來，那些對甘迺迪的怨言應該是屬下說出來的囉。

這強化了甘迺迪難以相處的印象；他似乎非常擅長辦案這份工作——甚至可說是天賦異稟——要他和別人合作卻是難如登天。

「是什麼情報？」甘迺迪問道。

「我們當地一個女孩子——居然還是夏洛特・辛普森——今早告訴我們她和麥恩洛在交往，所以麥恩洛沒有傷害瑞貝卡的動機。」

「她能為麥恩洛提供不在場證明嗎？」

「沒辦法。她沒去參加派對，星期五晚上也沒和麥恩洛見面。」桔法斯一臉苦相。「她似乎沒搞清楚狀況，麥恩洛如果是腳踏兩條船，那就更有傷害瑞貝卡的動機了。」

甘迺迪聳了聳肩。

「反正你就是不覺得麥恩洛有嫌疑吧？」桔法斯悶悶不樂地問道。他瞟了傑森一眼。「那你呢？」

「我對麥恩洛沒什麼好感，」傑森說道，「不過，擺脫礙事女友的方法很多，他沒理由選這麼麻煩的一條路。」

桔法斯笑吟吟地說：「你這個小鮮肉，這方面的經驗應該不少吧？」

呃……傑森瞄了甘迺迪一眼，幾乎能肯定甘迺迪的目光多了幾分揣測意味。

傑森說道：「是我的錯覺嗎？感覺今天的志工人數變少了。」

桔法斯證實了這一點，並表示現在有許多人都相信瑞貝卡是被東尼．麥恩洛殺害了。至於不相信那套說法的人，則認為瑞貝卡是因某些不為人知的理由自己離家出走了。

「不可能。」甘迺迪說道。「絕對不可能。他們錯了。」

「我知道不可能，你也知道不可能，」桔法斯說道，「但大家還是這麼認為啊。」

「大家不是認為有模仿犯在作案嗎？」傑森說道。

「那是**我們**的推論。」桔法斯告訴他。「讓鎮上居民自己選的話，他們當然會希望瑪蒂根家的女兒自行離家出走，怎麼可能會希望有第二個殺人魔在鎮上肆虐呢。」

「現在下定論還太早了。」甘迺迪說道。「總之，那個女孩子不可能是離家出走。」

「我同意你的看法。」桔法斯說道。「我們資源有限，但還是會儘量調查的。」他心不在焉地從一名年輕女警手裡接過裝了咖啡的保溫瓶。「麥恩洛的測謊結果出來了，沒有什麼問題。這也證明不了什麼，我們還是會以非法持有槍械和襲擊聯邦探員的罪名拘禁他……我們有不少理由關他。」

「就把他繼續關在那裡吧。」甘迺迪無所謂地說道，顯然完全不關心也不重視麥恩洛的下場。他正在研究一份事件地圖。

過去的尋人案件中，往往會使用紙本四方格地圖、透明塑膠片與白板筆，但現在這些過時的方法已被地理資訊軟體取而代之。至於最終的分析步驟，則只能由人們腳踏實地去尋找失蹤人員了。

傑森與甘迺迪今天會加入搜救隊伍，除了儘量尋找瑞貝卡的下落，也是為了瞭解案件相關的其他人物。根據甘迺迪的說法，擄走瑞貝卡的犯人——甘迺迪並沒有提出瑞貝卡被擄走以外的理論——很可能混在了搜救隊裡頭。

這又是個風光明媚的炎熱夏日，儘管搜救隊整體氣氛稱不上樂觀，新的一天開始時，人們尋找瑞貝卡的意志再次堅定了起來。

搜索區外圍停了數輛新聞車，提醒他們外界也在關注這樁案件。

到上午九點、十點左右，桔法斯局長接受了記者的採訪，傑森被指名——被甘迺迪指名——站在背景處，負責面色凝重地對著鏡頭。

「維斯特，你不就是為了這個才來的嗎？觀眾在電視上看到你這副模樣，心裡就會踏實很多。」

「什麼鬼——」

甘迺迪已經轉頭繼續研究地圖與表格了，傑森只能咬牙切齒地跟隨局長走向攝影機。

到午餐時間左右，瑪蒂根夫婦要自己開記者會的消息傳來，新聞車紛紛開走了。瑞貝卡父母表示，只要有人帶瑞貝卡平安歸來，他們就會贈予對方二十萬美元獎金——他們這可是為自己惹了不少麻煩，等之後他們接騷擾電話接到手軟就知道了。

到下午兩點左右，桔法斯召集「焦點小組」開了場小會議。

「雖然機會不大，但我覺得應該試試雷克斯福。」

「雷克斯福？」布克斯納皺起了眉頭。「為什麼啊？」

「雷克斯福是什麼？」甘迺迪問道。

傑森也在思索同一個問題。他對這個名稱有印象，卻一時想不到那是什麼東西。

「雷克斯福是一座廢村。」桔法斯告訴他們。

「一九三〇年代修建夸賓水庫時有一些小村莊被淹沒，雷克斯福就是其中一個。那裡有一些房子都搬走或拆毀了，不過原本的地下室都還在，也有一些建築物直接被廢棄不管了。那地方大部分土地都還沒被淹沒，開車進不去，只能徒步進去。波伊德，你一定去過，全縣的孩子應該都去雷克斯福探險過吧。」

「我沒去過。」布克斯納說道。

「我也沒有。」傑森說道。

桔法斯還不至於翻白眼，但表情效果也差不多了。「別擔心啦，我沒有要指控你們非法侵入，也沒有要逮捕你們。」

「我從來沒進去過。」布克斯納重複道。「一次都沒有。」

「那我們接下來怎麼辦？」甘迺迪問道。

「組織一小隊人馬，這組人一定都得是執法人員。」桔法斯回道。「去雷克斯福的風險太高了，我們不能帶平民進去。那裡有一些建築物半泡在水裡，所有建築物都隨時可能倒塌，而且還有毒漆藤、黑寡婦蜘蛛等等危險生物。」

「真是個好社區。」傑森說道。

「我覺得瑞貝卡不太可能在那邊啊。」布克斯納說道。「她不可能自願跑去那種地方，別人又有什麼理由把她帶到那裡？」

「你這不是回答了自己的問題嗎？」桔法斯說道。「因為不會有人去雷克斯福找她啊。」

布克斯納仍緊皺著眉頭。

甘迺迪乾脆地說道：「好，那我們走。」

「那就由你、我、維斯特、波伊德、辛普森——」

「喬治？幹嘛讓喬治・辛普森一起去？」布克斯納問道。

局長明顯是耐著性子回答：「喬治・辛普森是退役州警。」

「那都幾百萬年前的事了。」

「他受過訓練，也熟悉這個地帶。既然你們都號稱從沒去過雷斯福德，那就需要他幫忙了。」

「你說了算。」布克斯納說道。

「我知道我說了算。」桔法斯簡短說道。「還有最後一個隊員，就請戴爾警員一起來吧。」

「那個愛拍馬屁的傢伙聽到要來，一定高興死了。」布克斯納說道。

「波伊德，你別考驗我的耐性。」桔法斯說道。「你今天到底怎麼了？」

布克斯納沉著臉嘀咕一句，逕自走遠了。

「那個小鬼，自以為懂得比我這個老頭子多。」桔法斯諷刺道。

甘迺迪說：「他們都是這副德性。」

「還記得有一次我們打開舊冰箱，發現裡面住了一窩蛇嗎？」喬治・辛普森說道。「我們那時候的叫聲應該連遠在波士頓的人都聽得一清二楚吧。」

桔法斯嗤之以鼻。他在後照鏡裡瞥見傑森的表情，補充道：「不是毒蛇啦。」

傑森、甘迺迪、局長與喬治・辛普森搭局長的休旅車，布克斯納與和善又能幹的戴爾警員則開另一輛車跟隨在後。

「喔。」傑森說。「好喔。」他斜睨甘迺迪一眼，只見甘迺迪凝望窗外，看著前往雷克斯福這條高速公路旁的樹林，脣角卻微乎其微地上揚了。

「我們這兒沒什麼毒蛇。」桔法斯說道。「漢普夏縣跟漢普敦縣有木紋響尾蛇和銅頭蝮蛇，諾富克縣有時候也看得到這些毒蛇。當然，雷克斯福就算沒有毒蛇，還是有其他的危險。」

「你們只要有點常識就好啦。」辛普森說道。

桔法斯笑了。「哪像我們，從以前就是兩個沒常識的傻子。」

辛普森看上去比局長年輕幾歲，作為夏洛特的父親年紀似乎大了些，但傑森對這樣的家庭組成並不陌生。他自己的父母將兩個孩子養大後突然發現又懷孕了，當時也是大感驚訝——傑森理論上是三個孩子當中的老么，實際上從小卻過著獨生子的生活。

辛普森似乎因為太太的緣故，對夏洛特有著略嫌過分的保護欲，但在一度青少女人人自危的小鎮上，他對自己女兒保護過度也是無可厚非。

「還好我沒讓小夏參加那場派對。」辛普森說道。

桔法斯說：「你應該也知道，這下我們得再請她來聊聊麥恩洛的事了。」

辛普森點點頭。「她沒什麼好隱瞞的。」

「小孩子總是認為自己有很多事情得瞞著大人。我們小時候不也是這樣嗎。」

辛普森緊皺的眉頭放鬆了，他似乎想起某段久遠的回憶，臉上浮現了笑容。

傑森問道：「過去那幾個被害人當中，有誰的遺體是在雷克斯福附近被發現的嗎？」

甘迺迪答道：「都不是在那附近，但這不重要，我們現在面對的是和從前完全不同的犯人。平克不在乎被害人會不會被人發現，他雖然沒特別布置棄屍現場，在某種層面上卻還是有展示慾望，他喜歡讓別人因為他幹的壞事受到驚嚇或恐慌。話雖這麼說，他完事以後……就整個眼不見，心不念了。至於我們現在的犯人呢，這個人可能不希望我們找到瑞貝卡。」

車內氣氛冷了下來。

桔法斯默默轉下高速公路，順著道路行駛一兩英里後，柏油路化成了泥土與碎石。桔法斯開到路邊，在橡樹環繞的一小片空地上停車。

「我們得從這裡徒步進去了。」桔法斯說道。

他們忙著測試對講機時，布克斯納與戴爾的車在後方停妥，兩人下了車。

桔法斯指向穿過樹林的一條小徑。「我們順著這條小路走兩英里，就會來到高速公路高架道，那時候我們就得在荊棘叢和矮樹叢裡爬行，爬上坡堤。那就是最難走的一段路了。爬上去以後，往左邊再走兩三百碼。我們會先看到一座石磨坊的殘骸，小徑會在那邊分岔，往左是老墓園，往右是以前的舊路和村莊廢墟。我們直接去廢村吧，如果什麼都沒找到，那就在出去路上繞去墓園找一找。」

「瞭解。」甘迺迪拉開克拉克手槍的滑套，檢視內部膛室。

傑森看著他做例行的武器檢查，心中越來越緊張了。他不禁注意到自己口乾舌燥、胸腔緊繃、胃腸糾結。**他到底是怎麼了？**他難道以為會發生槍戰嗎？

不對，沒那麼具體，沒那麼理性，而是一種籠統、不合理且令他煩躁不已的焦慮感。

傑森掏出自己的武器，動作俐落地檢查一遍。他的心臟在胸中鼓譟，幸好雙手還算穩定。他將手槍收回槍套。

布克斯納已經邁開腳步沿小徑走去了，他走得很快，彷彿恨不得早早了結這份任務。戴爾望向他的背影，又看看桔法斯，聳聳肩之後跟著布克斯納走去。

「準備好了嗎？」桔法斯問道。

「走。」甘迺迪一面說，一面帶頭走去。

這段路他們走了一個多小時，主要是因為他們必須爬過高架道路下方猶如《睡美人》荊棘牆的樹叢，小心翼翼地前進。

離開幽暗樹林後，溫熱陽光灑在傑森頭頂與雙肩，令他心情好了一些。空氣中飄著腐爛花朵與溫熱土壤的刺鼻甜味，他聽見蜜蜂的嗡嗡聲、遠方高速公路主幹道的汽車呼嘯聲，與前方甘迺迪靴子踏地時的細枝斷裂聲，以及偶爾的滑動聲。

傑森一路上都緊緊跟隨甘迺迪行進，以免已然得知他受過槍擊的甘迺迪認為他不僅心理狀況不行，就連身體狀況也不適合工作。

不得不說，甘迺迪自己身體狀態極好，傑森費了不少力氣才沒落後。特別探員的強制退休年齡是五十七歲，所以年紀偏大的甘迺迪應該有特別費心思維持體能。

桔法斯與辛普森跟隨在後，速度慢了一些。

最後，傑森終於爬到坡頂，望見了下方的磨坊。那是棟長形石建築，頂著半塌毀的紅屋頂，整體似乎位在一片沙洲上。磨坊旁是個同樣倒塌了的大水車，至於過去曾為磨坊提供百年動力的河川，如今剩下只流過水車一小部分的涓涓細流。

布克斯納說得沒錯，這裡距離村鎮與主幹道都十分遙遠。而且他們還沒到目的地呢。傑森隔著樹牆望見了屋頂與煙囪……還有一座教堂的尖塔。那就是雷斯福德了。

他抹了抹額頭，拿起水壺喝幾口。

甘迺迪已經順著右邊岔路走了下去。傑森往回看去，桔法斯與辛普森也快到岔路口了。

「左手邊那個就是墓園。」桔法斯提高音量說道。

傑森掃視左邊一片沼原，瞥見了草木叢生的墓園，墓碑宛如散落一地的牙齒與骨骸。

「他們沒有遷墳嗎？」

桔法斯搖了搖頭。

「那應該引起了很大的民怨吧。」

「是啊，當時人們為這件事懷恨在心。不過呢，那也是很久以前的事了。」

傑森和局長與辛普森繼續前進，心不在焉地聽他們對話，視線則跟隨著快步走在前頭的甘迺迪。

最終，他們來到了雷斯福德村，小村現在只剩下曾經的大街了，道路東邊幾乎所有土地與建物都至少半泡在水下，而西邊則快被樹林吞噬了，有些房屋已淹沒在樹海之中——樹枝從門窗內長了出來，甚至像翠綠色的柴煙似地從煙囪冒出來。

乍看下，大街還算正常——但仔細一看你就會發現，有幾幢房屋只剩下外牆還立著，大部分屋頂都有大破洞。破碎窗扉形成了黑淵般的眼睛與嘴巴，一排目瞪口呆的房屋無聲地盯著一度繁華的小鎮殘骸。

布克斯納、戴爾與甘迺迪一同等待傑森等人跟上，甘迺迪正在看手機。

傑森問道：「這裡有訊號嗎？」

「沒有。」

桔法斯說道：「喬治，我跟你去搜水邊那幾棟房子。波伊德，你跟戴爾警員去南邊找人；維斯特和甘迺迪探員，就麻煩你們搜小鎮北邊吧。」

「瞭解。」傑森說道。

「我得再提醒你們一次，千萬要小心。還有，如果找到任何線索……」

他不必多說了。

傑森與甘迺迪往北移動，搜索一幢幢房屋。

搜索行動快不起來，他們必須檢查每一幢建築的每一間房間，有時看一眼即可，有時他們只能爬上搖搖晃晃的樓梯，或是走過吱呀作響的木地板。

「怎麼會有人拋下所有家當，自己離開？」傑森看著一張褪色的馬毛沙發，沙發現在住了一窩老鼠。

「有些人希望別人幫他們解除困難，結果等了太久才開始搬家。」甘迺迪答道。「很多人都是這樣。還有一些人沒錢把所有家具都搬走。有的人選擇直接放棄，自己默默離去了。」

回到戶外，再次呼吸新鮮空氣與感受陽光時，傑森長舒了一口氣。廢墟裡的空氣太過溼熱，還飄著一股腐臭味。

甘迺迪扭開水壺喝了一口，傑森也拿起水壺喝水。他的目光落在了一幢單層樓白建築上，那棟建築物似乎有一些仿古希羅建築元素。

「那是什麼？是劇院嗎？」

「沒有這麼小的劇院吧。」

他們過了馬路，只見褪色招牌上寫著：「水生演講廳」。

「演講廳？這麼小一座村莊竟然有演講廳。」傑森說道。

「那不然多大的村莊才能有演講廳？」

「我的意思是，這裡怎麼會有演講廳？」

「那別的地方怎麼會有？」

呃，好喔，也是可以這麼說啦。

甘迺迪穿過柱飾與一根根愛奧尼亞風柱子之間敞開的方形入口，上方風化、剝落的中楣刻著海洋生物的圖樣，這是真正古典希臘羅馬建物上絕不會出現的雕刻。

傑森跟著走去。

穿過小入口廳與被木板封死的售票亭之後，他們來到一間較寬闊的中心廳室。寬敞的門道與滿是缺口的假柱旁，是一頂放在展示臺上的潛水頭罩，彷彿有誰在離開演講廳時忘了帶走。

想必是真有人忘了將它帶走吧。雷克斯福當然也經受過劫掠與破壞，整座小鎮沒被洗劫到只剩乾乾淨淨的骨架就已經算得上奇蹟了。

說到骨架……

「這是什麼啊？」傑森喃喃自語。

地板上有幾處木板顏色較淺的正方形與長方形，應該是曾經擺放展示櫃的位置，那些展示櫃大概都搬到較乾燥的地點展示了吧。牆上嵌著四個自然史仿真模型的殘骸，想必是複雜到難以搬動，或者搬起來太花錢了，所以就這麼留在了牆上。可惜在時間、氣候與其他掠奪者的作用下，展示箱幾乎全毀了。

至於原本的生物模型，如今只剩下散在斑駁海景圖上的零星骨骼與羽毛了。

一聲突兀的破裂聲傳來，地板被甘迺迪踩破了。「幹。」他回頭喊道：「走路小心點，地板有些地方已經爛掉了。」

他這句話說得還真客氣，其實地板某些位置完全不見了，或只剩寥寥幾塊木板撐著。傑森往地上破洞望去，只看見閃爍不定的黑暗。是水嗎？

對講機爆出一陣雜音，桔法斯請他們回報狀態。甘迺迪停下腳步回應，傑森則瞥見了地板上厚厚一層塵埃中一些不自然的形狀，於是他小心翼翼地走進隔壁房。

那些是靴印嗎？他無法肯定。

古怪的新氣味竄入鼻腔，他動了動鼻翼。霉味、腐臭味，以及不知是什麼的化學藥劑味，希望不是毒氣的味道。現在即使發現那真是毒氣，傑森也不會感到訝異了。

他又往前走幾英尺，旋即放棄了辨明地上是否有鞋印的念頭。這間房間上方的屋頂破了個大洞，地板上到處是枝葉與塵土，甚至還有根大樹枝掉了進來。

樹枝上的葉子仍然碧綠，可見這是最近才發生的事。

傑森聽見甘迺迪的話聲從走廊對面傳來。他環顧四周，除了落在地板中央的大樹枝之外，這間房間同樣空空如也，牆上卻釘了許多看上去像猛獸顎骨的骨骼。是鯊魚顎骨嗎？

在傑森這個經常衝浪與潛水的人眼裡，那一排排巨齒實在令人膽戰心驚。他當然知道自己是和其他生物共享海洋，不過……

「維斯特？」甘迺迪喚道。

「我在這邊。」

他原以為牆上有個方形影子，現在才發現那又是一道門——確切而言，那是通往旁邊小隔間的方形門道。傑森走了過去。

建築物這一區塊的糜爛腐臭味較濃郁，令他的胃不安又噁心地連連翻攪。

少了從屋頂大洞灑進來的自然光，傑森只能勉強看見前方數步的事物。房裡似乎擺著一口展示箱，這是個窄長形玻璃箱，傑森頓時聯想到棺材，不禁心中一凜。

他聽見甘迺迪走近的腳步聲。

傑森走向前，不知為何受展示箱吸引，不知為何無法從箱中的物體移開目光，只能死死盯著躺在藍色襯墊物上的深色形影。

他低頭注視著髒汙玻璃箱內的東西，仔細觀察了一陣，試圖理解自己雙眼所見。他的心臟似乎在胸中靜止了。

「甘迺迪？」他的聲音聽起來很怪。他感覺頭昏腦脹，怎麼也移不開視線。

「你找到什麼了？」

「我不……」

那東西長約六英尺，大部分都是尾巴，是長滿鱗片的魚。它的另一半貌似是人類，但它——她——形狀十分恐怖。她身上的肉已經乾燥發黑，皺縮成了皮革狀，看上去似乎毛茸茸的，但那也可能是灰塵。不過，灰塵怎麼會積得那麼快呢？她一頭黃灰色及腰粗髮，一雙手臂連著形狀古怪的雙手，兩條手臂都向上伸來，彷彿死時極度痛苦。還有她臉上的神情——那些斷裂裸露的牙齒與猙獰五官真能稱作「臉」嗎？——似乎也十分痛苦。

「維斯特？」甘迺迪的語音變了。「怎麼了？」

「天啊。**天啊。**」傑森駭異地看向甘迺迪。「那該不會是……」

甘迺迪也低頭凝視著箱中的物體，搖了搖頭。這是什麼意思？他是不知道呢，還是認為那並非傑森心中想到的東西？

連傑森都不知道自己心中想的是什麼了，只知道那是死物。是某種木乃伊。是噁心駭人的東西。

「不可能吧。」他湊近一些，悄聲說道。「那不然它到底是什麼？」

沒想到，甘迺迪忽然笑了。傑森直起身盯著他，即使在幽暗微光下，甘迺迪那雙藍眸仍然閃爍著真誠的笑意。

「我沒猜錯的話，」他說道，「這應該是斐濟美人魚。」

「斐濟……」

「是啊。你看看它的頭，那是猴子的頭，看樣子還黏了馬尾毛在上面。」

傑森這回定睛一看，感受到了流遍全身的寬慰。

「喔，搞什麼嘛。」他喃喃說道。他若不是三十三歲的成年男人——而且還是聯邦調查局探員——現在想必已經羞得面紅耳赤了。他剛才到底在想什麼啊？他難道以為這是真的人魚嗎？

不對，他和甘迺迪相處太久，腦筋都不正常了。他竟然以為這是更可怕、更變態的東西，以為凶手殘毀了瑞貝卡的屍身，將她做成了怪物。

這東西還真是怪物。傑森從沒看過所謂的斐濟美人魚，但他聽過這種東西，也知道這一度是十九世紀餘興表演中常見的展示物。這些木乃伊化的「人魚」據說是日本與東印度群島漁民的傳統藝術，他們將幼猴上半身和魚類下半身縫成一體，製成人工的海洋生物。有人認為這些「人魚」一般被用於宗教儀式，但這些噁心的作品應該是被當作了珍奇商品，主要賣給來自西方的冒險者與探險家，讓他們帶回家鄉引人驚奇與納悶之用。

這個人魚的尾巴如今只剩骨架，魚鱗也幾乎被老鼠啃光了，展示箱裡還有幾隻老鼠的骨骸。

「還好我沒吃午餐。」傑森無法直視甘迺迪的臉。「這下可能連晚餐都不用吃了。」他終於偷瞄一眼，對上了甘迺迪的視線。「我可能這輩子再也不用吃飯了。」

甘迺迪笑吟吟地說：「維斯特，你這個人太纖細敏感了，不適合做這一行啊。」

傑森回想起布克斯納那句譏諷的話語：「心思細膩的文藝男」。但甘迺迪不過是在開玩笑，沒有隱含的惡意或侮辱意味。甘迺迪之所以能這樣開他的玩笑，是因為他絲毫不認為傑森過於纖細敏感、不適合做這一行。他或許對傑森其他方面感到不滿意，不過在纖細敏感這方面——嘖，誰知道這又是什麼意思呢——他對傑森沒有意見。

「好啦。」傑森仍感到有些心虛。

「你不是博物館專家嗎？」

「那是博物館啊，又不是……恐怖鬼屋。」傑森扮了個鬼臉。甘迺迪又哈哈大笑，他的笑聲低沉而和善，意外地好聽，也意外地令人心生好感。

「什麼恐怖鬼屋啊？」

甘迺迪是在和他說笑嗎？傑森詫異到一時不知該如何回應。

甘迺迪輕笑著走出了小隔間，繞過地板中間的大樹枝。「另一個房間你檢查過了嗎？」

「還有一間房間嗎？我都沒注意到。」傑森又盯著人魚看了一兩秒。

他轉身走出小隔間，鯊魚室裡不見甘迺迪的蹤影。喔，不對，他就在那裡，站在房間對面的門道陰影中。

他那全身靜止的站姿……

在傑森驚疑不定的注視下，甘迺迪拿起對講機，語調平板地說道：「甘迺迪呼叫桔法斯，請回應。」

摻雜金屬音的聲音回道：「這裡是桔法斯。甘迺迪，你說吧。」

「我們找到她了。」

傑森踏上前。

「活著嗎？」

「死了。」

傑森走到甘迺迪身邊，站在第二個小隔間門口。

「瞭解。你們在哪？」

「那個水生什麼的。博物館裡。」

「我們在路上了。結束通話。」

傑森低頭凝視著被丟在門邊的赤裸女屍，他們若沒有認真檢查每一間房間，可能根本就不會發現她。

說來奇怪，這個一度有生命、此時卻像破娃娃似地躺在地上的女孩，似乎沒有方才的斐濟美人魚那般駭人。也許是因為傑森完全沒料到自己會看見那種人魚，而這個……不得不說，這是他們早已料到的結果。他雖然一直希望——所有人都希望——結局不會是如此，不過眾人打從一開始就猜到了這最壞的結果。

瑞貝卡側躺在地上，金黃秀髮披散在臉上——很好，傑森不想看到她的臉。之後還得成天對著她的照片，那已經夠糟了。她肌膚灰敗，臉部與肩膀附近有些深色的斑狀瘀痕，臀部與髖部也有瘀痕與皮膚變色的情形。

甘迺迪取出一雙藍色的薄乳膠手套，面對屍體蹲了下來。他不疾不徐地套上手套，用原子筆輕輕掀開少女上顎。

傑森張口想問甘迺迪在做什麼，卻忽然聽見了再清楚不過的聲響。有東西從女孩口中掉出來，落到地上後滾過了木地板。即使後方地板被瑞貝卡的肩膀擋住了，傑森也能聽見物體滾過地面的聲音。

「幹。」甘迺迪語音低沉，而且……多了一絲情緒。他的聲音透出了驚愕。辨識出語音中的情緒時，傑森感覺後頸汗毛直豎。

「怎麼了？」

是什麼東西讓你——「你」——露出那樣的表情、發出那樣的聲音？傑森是這個意思。

甘迺迪沒有回答，他可能完全沒聽見傑森的問句。他面如磐石——不對，是面如白堊——即使在微光下，傑森也看得出他面無血色。

傑森聽見快速走近的腳步聲，聽起來像一整支軍隊在逼近。他出聲喊道：「注意地板！有些地方快爛光了。」

他聽見木板斷裂聲，以及布克斯納的咒罵。「幹！怎麼不早說！」又是話語聲與腳步聲。又是幾句關於地板的警告。大約一分鐘過後，桔法斯局長帶著兩名屬下與辛普森進到鯊魚室，小心避開地上的樹枝朝傑森與甘迺迪走來。

「怎麼會有變態把她丟在這種地方？」戴爾警員的聲音從桔法斯後方飄來。

無人回答。

桔法斯走到甘迺迪身邊一英尺處，停下了腳步。「你找到什麼了嗎？」

甘迺迪用食指與拇指舉起一顆棕色小球，傑森起初以為那是一顆彈珠，不過他仔細一看，發現小球上刻了繁複的花紋。

那之後，是一片死寂。

桔法斯啞聲說道：「是和之前差不多的變態。」

「所以，凶手是模仿犯了。」傑森說道。

他和甘迺迪又回到了臨時指揮中心，關上了門。他們比桔法斯與大部分隊員提前回到鎮上，將犯罪現場的處理與採樣作業交給了其他人——由於地點偏遠、車輛又開不進去，這必定會是冗長又緩慢的一道程序。

回到金斯菲爾德警局時，甘迺迪要求調閱所有關於原始狩獵人案件的檔案，包括驗屍報告與犯罪現場照片。

「可能是。」甘迺迪又恢復了平時的寡言鮮語，正在快速翻閱文件，顯然在尋找特定的東西。他沒和傑森分享的某份資情報。

「可能？」傑森重複道。「除了這個以外，還有什麼選項？難道平克真有共犯？」**還是我們當初抓錯人了？**

不會的。他不相信當初抓錯了人，而且無論桔法斯在犯罪現場說了什麼，傑森也不認為局長真心相信上回抓錯了犯人。對平克不利的證據可是多得罄竹難書啊。

甘迺迪暫停了搜尋動作，但還是沒回答傑森的問題。

「好吧。」傑森重複道：「那平克有共犯的傳聞呢？這有任何根據嗎？」

甘迺迪心不在焉地說：「我已經告訴過你了，我們當初沒找到支持那個理論的任何證據。」

「喂。」傑森說。

甘迺迪皺著眉抬起頭來。

「還記得我嗎？我們可是合作搭檔。」甘迺迪不悅地瞇眼同時，傑森接著說道：「除了平克的哥哥以外，還有任何人有參與犯案的嫌疑嗎？」

「沒有了。德威恩・平克之所以被懷疑，主要是因為他弟弟作案時用了他的小貨車。還有一個原因是，人們不相信他從頭到尾都沒注意到馬丁是連續殺人犯。」

這就說不定了。如果是精神正常的人，沒事應該不會想到自己認識的人——更何況是自己朝夕相處的親人——有可能是瘋狂殺人魔吧。

「那你當時怎麼想？」傑森問道。

甘迺迪慢條斯理地說道：「我看德威恩應該是因為用了不少毒品，所以才完全沒看出弟弟的異狀吧。或者說，他可能是看出了弟弟的異狀，所以才用一堆毒品逃避現實。反正這些都不重要了，他兩年前就已經死了，所以不可能和這次的案件有任何瓜葛。」

「平克沒有其他朋友或同伴嗎？沒有其他可能參與謀殺的人了嗎？」

甘迺迪方才又繼續研究手裡那份檔案夾的照片了，此時他抬起頭來，明顯費了一番功夫壓抑再次被打斷的煩躁，說道：「你對馬丁·平克還有任何印象嗎？」

「印象不深。他以前會去霍利奧克塘釣魚，我小時候就覺得他不太對勁了。」

不太對勁，卻也不到那麼不對勁的程度。因為對從前的傑森而言，「那麼不對勁」已經是他無法想像的境界了。

「是吧。」甘迺迪說道。「那傢伙沒什麼人緣，沒什麼社交生活，也沒什麼朋友。」

傑森自己也嚥下了滿腔煩躁。「說得也是。我想表達的重點是，金斯菲爾德居民已經知道馬丁·平克的哥哥死了，到現在卻還有不少人相信平克有共犯——而且共犯至今仍逍遙法外——這又該如何解釋？」

甘迺迪無言地盯著他，傑森不禁感到一絲快意。

「你偵破當初那樁案件時，夏洛特·辛普森還只是個小孩子而已，但她卻對我說『狩獵人回來了』、『大家都知道狩獵人不只一個』。她說的不是陳年往事，而是她自己和當地其他居民現在的想法。」

「好吧。」甘迺迪說。「然後呢？」

「既然這種流言蜚語傳開了，就必定會有特定一個人受眾人猜疑，居民心目中必然有具體嫌疑人了。」

「這就難說了。」儘管如此，甘迺迪似乎在琢磨傑森這番話。「這也可能只是當地的都市傳說，在這種情況下發展出相關的傳聞也不奇怪。」

「還有一件事。」傑森說道。「夏洛特在對我說這些時，她父親從後面的辦公室走出來，不讓她再說下去了。他的意圖可是一點也不隱諱。」

「這也不奇怪。」甘迺迪語帶諷刺地說。「除了德威恩之外，唯一一個短暫受眾人猜忌、被懷疑是平克共犯的人，正是喬治·辛普森。」

「喬治·辛普森？」傑森重複道。「就是今天和我們去雷克斯福的那位喬治·辛普森吧？」

「就是他。」

「就是據桔法斯局長所說，對附近森林瞭若指掌的那位喬治·辛普森吧？」

「沒錯。」甘迺迪對上傑森的視線，淺淺一笑。「不會的。辛普森的嫌疑已經洗清了。」

「他當初為什麼會被懷疑？」

「因為把那幾隻人魚賣給平克的人，就是辛普森。」

他說得很是直白，卻沒能在傑森腦中拼湊出有意義的文句。傑森說道：「我沒聽懂。他賣了什麼人魚給平克？」

「喔，這你當然沒聽過了，我們沒讓新聞媒體報導這部分消息。」甘迺迪將自己方才仔細檢視的一張照片推到桌子另一邊。

傑森拿起照片，一兩秒過後才終於看懂。那是一枚護身符或吊飾之類的小東西，看樣子是用木頭雕刻而成。照片放大了許多倍，清晰拍出了上頭的刻紋：細小的鱗片與魚鰭，長在了半人、半魚的女性形體上。

是美人魚。

「這是什麼？」傑森忽然喉嚨發緊。

他已經知道這是什麼了，那年夏季哈妮也隨身帶著類似的小吊飾，人魚吊飾就掛在她的鑰匙環上。

「平克的被害人遺體被發現時，幾乎每個人都帶著長得像這樣的東西。」甘迺迪說道。「木雕人魚吊飾，每一個都長得不太一樣，但樣式都差不多。」

「每個人都帶著這樣的吊飾？」傑森喃喃重複道。他的胃噁心地一抽，腦中浮現了畫面：甘迺迪蹲在瑞貝卡身邊，取出了原子筆，低下頭來。

「在她們嘴裡。」甘迺迪說道。

「每個女孩子嘴裡都含著這樣的人魚飾品。」

「是誰一直把我寫在白板上的筆記擦掉？」暫時被稱為金斯菲爾德警局指揮中心的專案室裡，桔法斯瞪著坐在一排排座位上、神情疲倦的警員們。「考特尼警員？我都說過多少遍了，別再幫我整理東西了！」

考特尼警員忿忿回道：「我沒碰白板啊，局長。」

除了她之外沒人出聲回應。在發現瑞貝卡遺體後，所有人都度過了漫長而艱難的一天，和其他人同樣疲倦的桔法斯似乎放棄追究了。他呼出憋了許久的一口氣，對坐在寬矮窗檯上的甘洒迪一點頭。

「有幾個人問我，既然都有了州警和其他關鍵資源，我為什麼還要特地請聯邦調查局主持這次的調查呢？我這就告訴你們。在場一些人應該還記得山姆．甘洒迪特別探員，十年前是他幫助我們把馬丁．平克繩之以法的，沒有人比他更瞭解那樁案件相關的人物了。我們現在需要的就是他，我們需要他的眼光和見解。」

桔法斯在白板旁一張椅子上坐了下來。甘洒迪起身走到白板前，接著發言。

「首先請各位注意，我們還不知道這回和案件相關的人物有哪些人。」甘洒迪說道。

「我們知道凶手是模仿犯。」桔法斯說道。

「在目前這個階段，看起來的確像是模仿犯的作為。」但甘迺迪微微讓步，意思似乎是「這沒什麼意義」。

一名身材纖細、一頭深棕色頭髮的女人舉起手來，傑森記得她是戴爾警員。甘迺迪對她一點頭。

「凶手有沒有可能不是模仿犯，而是馬丁．平克過去的共犯呢？」

「我們掌握了一份關鍵證據，由此看來犯人可能是共犯。」桔法斯同意道。

傑森看得出甘迺迪不怎麼喜歡這條思路，但諷刺的是，這完全是他自作自受。之前是他請桔法斯的屬下與喬治．辛普森特別注意那枚人魚吊飾的，消息會傳出去也是理所當然。傑森赫然想到，甘迺迪一時間忘了一手掌握所有情報，將人魚的事情告訴其他人，想必表示他當時受到了不小的震撼。

無論甘迺迪多麼確信馬丁．平克就是狩獵人，在看見人魚吊飾的瞬間，他想必也深深動搖了吧。

而在面對這份關鍵證據之時，甘迺迪如此排斥「狩獵人有共犯」一說就不太合理了。如果這次只是模仿犯，那犯人不可能知道人魚這個細節啊。

不可能……吧？

模仿犯也許是和平克走得很近的人，或者是上一次調查行動的邊緣人物。那人可能一直沒被注意到，或者早已被他人淡忘了。

或者，犯人之所以未曾被懷疑，是因為那人最近才和平克建立了連結。也許凶手不是平克的共犯。會不會是徒弟呢？

傑森再次專心聽其他人的對話，只聽桔法斯局長說：「德威恩·平克在兩年前就去世了。他一直堅稱自己不曉得弟弟做了些什麼，但那都是他的一派胡言，他不可能完全不知情。」

甘迺迪等他說完，然後語氣明快地說道：「這樁案件和過去的狩獵人案有許多共同點，但是和之前的犯罪手法也有顯著差異。首先，過去其他被害人都在二十四小時內被人發現，陳屍地點都在誘拐地點的十英里之內，遺體被丟在了樹林裡，沒有做任何的隱藏或掩飾。平克就是希望別人找到被害人遺體，他就是想對當地居民造成最大的衝擊與恐慌。」

「我們雖然花了一點時間才找到瑞貝卡的遺體，不代表凶手不希望別人發現遺體啊。」布克斯納才剛到指揮中心，他抱胸站著，靠在房間後面的牆邊。

「凶手選擇在雷克斯福棄屍，這就和過去的犯案模式很不一樣了。」甘迺迪說道。「把她運到離家那麼遠的地方可不容易，這表示凶手不希望遺體被發現，或者雷克斯福對凶手而言有某種特殊意義。也可能兩者都是。」

「什麼特殊意義？」戴爾警員問道。「我們能用什麼方法找出凶手和雷克斯福德之間的關聯嗎？」

「在著手組建凶嫌檔案前，我們無從知道雷斯福德對他來說有什麼重要意義，甚至可能得等到逮捕他以後，才能完全解開這道謎。」

「你覺得凶手是男性嗎？」

「絕對是。」甘迺迪說道。「凶手無疑是男性，而且體能處於巔峰狀態。」

「我們已經有嫌犯檔案了嗎？」桔法斯問道。

「這部分還沒完成。」

「慢慢來沒關係啊。」桔法斯譏刺道。

傑森能理解他的心情，不過在人魚吊飾出現前，這樁案件和過去連續殺人案之間仍未出現任何連結，他們沒往這個方向調查也是理所當然。後來在人魚出現時，情勢立刻變了，他們的確得加速跟上犯人的腳步。

甘迺迪說道：「老實說，這樁案件不符合典型的犯罪心理。雖然從某些方面看得出犯人辦事講究條理和秩序，犯罪本身卻沒什麼條理可言。」

「就和平克一樣。」桔法斯說道。

「雖然乍看下混亂，平克並不是無條理的犯罪者。」

布克斯納說道：「如果是模仿犯的話，凶手不是該完全模仿平克的手法嗎？」

「這就不見得了，犯人可能想加入自己的藝術風格——應該說，他應該會忍不住加入自己的風格。」

桔法斯說道：「這次和以前那些案件有哪些區別？」

甘迺迪回道：「最明顯的區別是，瑞貝卡・瑪蒂根是在人多熱鬧的活動上被帶走的，當時可能有超過五十人在場，任誰都可能看見案發經過。」

傑森跟著說道：「最初綁架的部分比平克的手法大膽且具有挑釁意味，不過後續就比平克費了更多力氣藏屍了，對吧？」

「目前看來是這樣沒錯。」甘迺迪同意道。

「這是他第一次殺人嗎？」考特尼警員問道。

「看不出是不是第一次。一方面來說，犯人有效率地完成了大膽又殘忍的謀殺案，但另一方面來說，這次案件感覺有勇無謀，似乎是生手所為。」

傑森說道：「不過他一定是第一次在烏斯特縣殺人吧。」

甘迺迪點點頭。「很可能是。」

桔法斯不情願地說道：「我敢肯定，這絕對不會是他最後一次在這一帶殺人。」

「是啊。」甘迺迪神情陰翳地說道。

「所以，還有另一個可能性。我當然不希望這是真的，我們沒有任何一個人希望這是真的，但我們還是得考慮這個可能性。說不定這次的犯人根本就不是模仿犯。說不定我們根本就沒抓到真正的狩獵人。」

漣漪般的震驚傳遍了整個房間。

「馬丁．平克就是狩獵人。」甘迺迪說道。「我們抓對人了。」

「甘迺迪探員，我們沒辦法百分之百確定是他啊。這種事情要怎麼百分之百確定呢？」桔法斯語帶遺憾，卻也毫不讓步。

「我百分之百肯定是他。我願意拿自己的事業打賭，一定是他。」

聽見他這番話，傑森感覺自己的心沉了下去。甘迺迪的事業當然已經岌岌可危了，他不過是將眾所周知的事情說出口而已。

儘管如此，甘迺迪這種性子的人應該經常和他人交惡，他何苦將自己的把柄交到敵人手裡呢？他的對頭現在可是都虎視眈眈，等著他出差錯。

傑森突然清楚感受到一道目光，他抬頭望去，果然看見布克斯納帶著一如既往的敵意與挑釁，直勾勾地盯著他。

「這個啊，不是還有另外一個可能性嗎。」布克斯納仍然沉著臉，在那困惑的瞬間，傑森以為布克斯納是在直接對他說話。「要是狩獵人的共犯當時還很年輕，而且不是一年到頭都住在這一區呢？要是那個共犯在前一兩樁命案發生以後就沒再回來了呢？要是他不是共犯，而是**門徒**呢？」

布克斯納凶惡的目光片刻也沒有動搖。傑森實在不敢相信自己的耳朵，他驚訝到險些笑出聲來。問題是，這一點也不好笑，布克斯納嚴重越界了……

不會吧。即使是布克斯納也**不可能**如此瘋狂。

不可能……吧？

「你有具體的嫌犯人選嗎？」甘迺迪語帶譏諷地問道。

布克斯納舉手直指傑森，彷彿想完美體現出「我控訴！」的精神。房裡所有人都轉向了傑森，就連甘迺迪也一臉錯愕。

「你在跟我開玩笑吧？」傑森說道。他儘量保持平穩的語氣，卻氣得想撲過去掐死布克斯納。**搞什麼鬼啊？**他到底是有什麼毛病？他不會真的認為……他該不會真的……？

布克斯納直接瞪了回來，彷彿在說「沒錯，我就是真的認為」。他說道：「哈妮．柯里甘被殺的時候，他也有嫌疑。」

「什麼？」

「波伊德，你到底在說什麼啊？」桔法斯厲聲問道。

「你腦子浸水了嗎？」傑森高呼。「我哪來的嫌疑？我從頭到尾都沒有嫌疑啊，你瘋了嗎？」

布克斯納對桔法斯說道：「你那時候不是還對他測謊嗎。」

「我有嗎？」桔法斯仍然一臉驚奇與駭異。「我有嗎？」

在場所有人都彷彿在體育競技場看好戲，只不過這並非史普林斯汀演唱會，而是獅子與基督徒之間的生死決鬥。

只有甘迺迪除外，但就連他也不再面無表情。他皺著眉頭，對上了傑森驚駭的雙眼。

「事情就寫在哈妮的檔案裡。」布克斯納說道。「就是他們今天調出來的檔案。」

「你到底是什麼人啊？」桔法斯問傑森。他接著轉向布克斯納：「他到底是什麼人啊？」

「他是傑森・維斯特。」

「我知道他是傑森・維斯特啊！」

「他們家以前都來金斯菲爾德過暑假，你不可能不記得他們吧。琥珀路上的哈雷宅以前就是他們的。」

「哈雷宅？」桔法斯不安地瞟了傑森一眼。「他是哈雷家的人？」

「沒錯。」布克斯納說道。「就是他們那邊的人，一群瞧不起我們的有錢混蛋。哈妮失蹤的時候他也在，他當時就是案件證人——他自稱是證人。然後呢，現在又有一個女孩子被殺，他怎麼剛好又出現在金斯菲爾德了？」

太荒謬了。布克斯納遺漏了故事中所有關鍵細節：哈妮遇害時，傑森有鐵打的不在場證明，他沒有任何犯案動機，他通過了測謊測試。哈妮死後，傑森一家再也沒回到金斯菲爾德了，如今他也是單純作為探員回來調查早在兩天前發生的謀殺案。布克斯納的說詞再荒唐可笑不過，但傑森卻發現，在場眾人的神情從驚訝轉變成了震驚與狐疑。流言蜚語往往就是這樣誕生的。

人們的事業與人生往往就是這樣毀於一旦的。

「混蛋，你瘋了。」傑森說道，這回他還真的朝布克斯納跨出一步——結果被甘迺迪擋下了。

「不行。」甘迺迪說道。他說得不容置疑，彷彿在宣讀聖令。傑森盯著甘迺迪那雙嚴厲的藍眸，這才發現甘迺迪說得沒錯，他要是真上前動粗就正中布克斯納下懷了。

真是莫名其妙，布克斯納怎麼會——布克斯納真的如此痛恨他嗎？他真的懷疑傑森謀害了童年摯友嗎？

布克斯納說道：「這麼巧的事我才不信，他來這邊一定是有什麼不可告人的理由，他——」

甘迺迪說道：「好了，這件事我們換個地方討論。走。」

「這裡還輪不到你作主——」布克斯納還未說完，就被桔法斯打斷了。

「波伊德，我們走。去我的辦公室談。」

甘迺迪率先朝局長辦公室走去，傑森默默跟在他身後，內心麻木地聽著桔法斯解散會議、宣布明早再繼續議事。

桔法斯的辦公室位於警局一樓，辦公桌後方牆上掛了一顆七叉角雄鹿頭，牆上剩餘空間掛滿了裱框的獎狀，整體畫面令人肅然起敬。旁邊幾個矮書櫃裡放了活頁夾與法律書籍，還算整潔的辦公桌上擺著幾張家庭照片。

「老天啊。」甘迺迪咕噥道。「你這人的祕密還真是層出不窮。」

傑森張口欲言，但下一刻桔法斯與布克斯納便先後走進了辦公室。布克斯納對傑森投了個憤恨的眼神，彷彿這一切都是他在搞鬼。

桔法斯重重關上門，在辦公桌另一邊的椅子上坐下。

「好了，你說吧。」他對傑森說道。

傑森看向布克斯納。「你愛說什麼就請便。」

這句話似乎又觸發了布克斯納的怒火，他口若懸河地道出了往昔舊事，講述關於傑森的種種不利證據——只不過仔細檢視，你就會發現那些證據並沒有他說的那般不利。至少，傑森希望是如此。甘迺迪的臉恢復了平時的嚴峻，桔法斯的臉則越來越紅了。

「就這樣？」布克斯納終於臭著臉說完時，桔法斯厲聲問道。「他雖然在柯里甘案發生時被當成嫌疑人，不過那也就幾個鐘頭的事，後來不就洗清嫌疑了嗎？你對他的指控就只有這樣？」

「他當時是主嫌。」

「我最好是——！」甘迺迪忽然搭住他的手臂，傑森愕然住口。

「真是的，波伊德，他都已經洗清嫌疑了。他完全算不上嫌疑人啊。」桔法斯搓了搓臉，抬頭看向傑森。「這麼說來，我想起來了，你就是以前那個長頭髮、戴牙套的瘦小子吧？你怎麼沒馬上把自己的身分告訴我們？」

「我有啊——我沒有隱瞞身分的意思。我根本就不知道自己曾被當嫌疑人看待。」

「他們都把你抓去審問了。」布克斯納說道。

「我並沒有被抓去任何地方，而且就算有，那你還不是被抓去審問了？我們所有人——只要是認識哈妮的人，不都被抓去審問了嗎？」

布克斯納全身一縮，似乎這才想起了那件事。也許他早已習慣了警察身分，都忘了自己曾經是外人。

「我們到底結束了沒？」甘迺迪聽上去百無聊賴。

「結束？」桔法斯與布克斯納異口同聲重複道。

「所以呢？結束了沒？」

桔法斯對布克斯納投了個稱不上抱歉的眼神。「好啦，波伊德，這件事看起來——」

「我們不審問他嗎？」

「審問我什麼？」傑森怒問道。

布克斯納正想解釋那個「什麼」，卻被甘迺迪打斷了。

「維斯特是聯邦調查局的特別探員，這表示他高分通過了全國最嚴苛的體能與心理測試。調查局只收最優秀的人才，也絕不出錯。」

「喂，你知道你現在也是在誇自己吧。」布克斯納說道。

甘迺迪燦笑道：「沒錯。我就是在誇自己。」

面對如此光明磊落的的傲慢，布克斯納一時語塞，就連傑森也心生敬佩。

桔法斯以平時平穩的語氣說道：「我們不能排除任何人的嫌疑，但當然沒有人指控維斯特探員——」

「當然沒有了。」甘迺迪說道。「因為那種說法太他媽可笑了。總之，我們今晚就先這樣吧，大家都累了一整天，我們也浪費夠多時間演這齣鬧劇了。」

桔法斯咬緊了牙關。「你說了算啊，甘迺迪特別探員。」他的語句透出了諷刺。

甘迺迪對傑森一點頭，傑森開門走出了辦公室。他的心臟仍因煩躁與憤怒而狂亂鼓譟，潮湧般的腎上腺素沖刷著常識基石。對方說的話再怎麼愚蠢、再怎麼荒唐，你也不能揍他。無論你有多想揍他——無論對方有多麼欠揍——你都必須忍耐。

後方傳來摔門聲，他隔著木板聽見布克斯納提高了音量的話聲。

「剛才還真有趣。」兩人走出警局前門時，甘迺迪說道，譏諷的語調透出了疲憊。他們所有人都疲憊不堪，都因今日的搜索結果悶悶不樂。

如此看來，過去半小時發生的一切顯得更不真實了。

「謝謝你幫我說話。」傑森強忍著學布克斯納大聲發牢騷的衝動，語音緊繃地說道。

甘迺迪一個不信的眼神投了過來。「我告訴你，那絕對不是出於對你個人的好意。聯邦探員怎麼能受那種懷疑？他完全越界了。你也是，你難道不認為那是該和我分享的情報嗎？」

「你早就知道我小時候會來金斯菲爾德過暑假了啊，至於剩下的部分……我一直不知道自己曾被正式視為嫌疑人。」

甘迺迪仍然狐疑地注視著他。「他們都叫你測謊了，這還不算是被當成嫌疑人嗎？」

「我們所有人——哈妮認識的每個男孩子、每個男人，包括她父親和兄弟——都測過謊。和哈妮交往過的每個男性都測過謊——不過她沒交過幾個男朋友就是了。我從沒想過自己在這些人當中算特別突出的一個，也沒想過自己會成為案件主嫌，而且我至今還是不認為自己被當成了主嫌看待，那很可能只是布克斯納個人的看法。」

傑森想到父母當時匆匆售出度假屋、決議再也不回金斯菲爾德……現在想來，他們倉促的決定會不會和傑森受到懷疑有關？想到此處，傑森不禁大感震驚。

他一點也不喜歡這個想法。

夜晚的空氣相當沁涼，擠滿停車場的汽車車頂與車蓋反射了月光。金斯菲爾德警局大部分人員都將徹夜工作，接下來應該還會有好幾個不眠之夜吧。

兩人上了銀轎車，甘迺迪發動引擎說道：「情況越來越麻煩了。我可不喜歡麻煩事。」

「這不影響我辦案。」傑森說道。「桔法斯自己也說了，我的嫌疑已經完全洗清了。」

「我還是不喜歡這種情況。」

「你以為我喜歡嗎？」要是甘迺迪試圖以此為藉口擺脫他，他就更不會喜歡了。

甘迺迪沒有換檔，車輛也沒有移動。「那布克斯納呢？你們兩個到底是什麼狀況？」

「我們沒有什麼狀況。」

「維斯特，你好好看清現實吧，布克斯納分明恨你入骨。為什麼？」

「因為我是同性戀。」

話音落下後的死寂，與步槍槍響同樣震耳欲聾。

「不可能。」甘迺迪搖了搖頭。「一定還有別的原因。」

這倒回答了傑森心中一個疑問：甘迺迪已經猜到傑森的性向了。這其實也不是什麼大祕密，不過局裡所有人的預設性向都是異性戀，傑森也儘量融入了群體。

「你怎麼知道？你又不認識青少年時期的布克斯納，那傢伙就算不到恐同的境界，那也離恐同不遠了。」

「嗯，這個嘛。青少年男性的自尊心是很脆弱、很膽小的。」甘迺迪以談論哲學的語氣說道。「我不覺得布克斯納本質上恐同——他這類的男人我認識不少，他甚至可能為自己小時候幹過的事情感到後悔。可是，他對你的態度就不一樣了，他對你的厭惡和不信任再明顯不過了。」

「那一定是因為我和哈妮以前是好朋友。」

甘迺迪嘆息一聲。「維斯特，我沒有閒情逸致跟你玩問答遊戲。把那年夏天發生的事情告訴我吧。」

「布克斯納暗戀哈妮。哈妮……對他不感興趣。」

片刻過後，甘迺迪說道：「你是在謙虛吧？好，繼續說。」

「我們都還只是小孩子，哈妮十六歲，我十七歲，那年暑假我們一起在霍利奧克塘當救生員。我們還參加了公園的戲劇活動，我是後臺人員，負責畫舞臺布景和做道具，哈妮則是演員。我們那年演的是《裸足佳偶》。」

甘迺迪耐心說道：「那布克斯納和你們是什麼關係？」

「他是哈妮哥哥——道格——的朋友，反正就是經常出現在我們身邊。」

「他不是救生員？」

「不是。」

「他沒參加公園的戲劇演出嗎？」

「沒有。」**我才不要**——布克斯納聽人提起戲劇演出，想必會如此回應。

「好喔。所以簡單來說，你和哈妮關係很好、形影不離，所以布克斯納失戀了，還很嫉妒你。」

「簡單來說應該就是這樣。」

「唔，確實有可能。」甘迺迪似乎在自言自語。「如果他把你視為和他搶哈妮的情敵的話。」

「不是的。」傑森說道。「他知道我不會和他搶哈妮。他甚至比我更早發現，而這有一部分是因為……」自己私下回憶過往的傷痛與羞辱是一回事，要他說出口就比原先想的痛苦許多了。

甘迺迪的語音透出了少見的訝異。「老天啊。」他快快瞟了傑森一眼，不過在儀錶板微弱的光線下，他應該看不太清楚。「你沒在跟我開玩笑吧？」

「我是認真的。我自己也知道那個不是什麼健康的情感。」

甘迺迪發出近似笑聲的簡促聲響。

「所以布克斯納不僅失戀，還擔心自己吸引了不該吸引的人，而這對缺乏安全感的男性——尤其是青少年——來說就更難受了。嗯，很合理。那布克斯納和第二個受害者泰瑞莎・諾蘭之間有什麼關係嗎？」

「這我就不曉得了。」傑森試圖在微光下解讀甘迺迪的表情。「我不認識泰瑞莎。你不會是認為布克斯納他——」

「我認為馬丁・平克就是——曾經是——狩獵人，不過我們做這一行的，一定要保持開放的想法。」

傑森不禁對他開放的態度欽佩不已。只有膽識過人的人，才能從容不迫地考慮自己十年前致使無辜男人入獄的可能性。假如他十年前真抓錯了人，那這就會是對他執法事業的第二次衝擊，甚至可能會就此終結他的事業。

甘迺迪突然換了檔，駛出停車場。

他若有所思地說道：「我們可能得去和老朋友見個面了。」

「什麼老朋友？」傑森想起了哈妮的家人，心底越來越不安。這次回金斯菲爾德，他一直沒去見哈妮父母，但他至少該去探望他們，看看他們的近況。他畢竟多年前在柯里甘家屋簷下與餐桌邊待了不少時間。

他順著這條思路想了下去，聽到甘迺迪下一句話時，一時間嚇了一跳。「我覺得，是時候去一趟雪松懲教所，去看看馬丁・平克了。我們去和狩獵人聊一聊吧。」

即使上了鐐銬，坐在監獄談話室不鏽鋼桌前的男人卻依然顯得危險至極，似乎隨時可能發難。平克頂著光頭、留了鬍子，被監禁這些年變得比從前壯碩了。他個子不高，但全身都是肌肉，且行動受鐐銬限制的他仍然散發出一種自信——再考慮到他長年關在單人牢房裡，這點就更令人感到不安了。

真正令傑森不安的是，自己竟然恨不得走進談話室，抓著平克的頭往桌上猛砸，砸到他腦漿迸裂為止。傑森沒想到自己再次遇見這個男人時，內心會爆發如此暴力的反應，沒想到自己會產生如此熱切的恨意。他素來鄙視暴力行徑，一向認為自己比那些暴徒聰明得多、品格高尚得多，是個文明人。然而，再次親眼看見馬丁．平克時……他認知到了「文明」這層虛飾是何等薄弱。

他緩緩呼出一口氣，讓自己冷靜下來，然後點了點頭。獄警替他們打開沉重的鋼板門，傑森走進了八呎長、十呎寬、隔絕效果極佳的小房間。

平克冷笑著。「好久不——」他沒有說完，臉上的笑容瞬間消失無蹤。「你誰啊？」

「維斯特特別探員。」傑森在平克對面的椅子上坐下。

「甘迺迪人呢？」

好問題。甘迺迪正在和這所監獄的精神醫師談話，不知為何決定派傑森來和平克對談。至少，表面上是如此——也許他此時利用架設在了平克視線範圍外的監視器材，準備看看布克斯納說的是否正確，傑森是否為平克的門徒。

儘管這個想法荒謬無比，傑森還是有些掛心。他迫使自己集中精神面對平克，不帶感情地觀察對方那顆剃乾淨的頭與銀色山羊鬍、死灰般的淺色雙眼，以及弓形嘴脣。看來，平克在監獄裡至少還能看牙醫。

傑森說道：「我是甘迺迪高級特別探員的同事。」

平克惡狠狠地瞪著他。「我才不管你是誰，就算你是《X檔案》裡那個福克斯·穆德探員我也不管。我只答應要跟甘迺迪談話，其他人我都不接受。」

「甘迺迪在忙別的事情」

平克似是愣住了，嘴脣微微分開。片刻過後，他說：「他不敢來面對我。」

「是啊。被你猜到了。」傑森說道。「他現在嚇得半死喔。」他翻開了資料夾。

平克可不高興了。「我才不要跟什麼廢物 G-Man 談話。如果不是甘迺迪，那我什麼都不說。」

「那你就什麼都別說吧。」傑森「啪」一聲蓋上資料夾，起身對獄警打了個手勢。

平克滿臉不信地打量他。

「你要是改變心意了，就通知我一聲。」傑森說道。

拜託快改變心意。我不能空手走出這個房間啊……總要拿得出結果吧……混蛋……

平克臉上浮現了鄙夷，他向後靠著椅背，雙手抱胸。「掰啦。」他拖長了語調說。

傑森走到強化鋼板門前，獄警按下開門鍵。

幹。才短短兩分鐘，他就毀了審問平克的機會。到時即使被甘迺迪釘在牆上電，傑森也無從反駁。

說不定平克會妥協？

房間另一頭，只有漫長的沉默。

傑森走出房間，房門在他身後沉重地關上，彷彿畫下了句點。

對此，剛和福克醫師結束談話的甘迺迪不以為意。

在傑森看來，他的反應也太輕描淡寫了。他是從一開始就料到事情會變成這樣嗎？

「好吧，你不用懊惱。我們去吃點東西吧，」甘迺迪說道，「邊吃午餐邊想辦法。」

他們在離監獄好一段距離處找到餐館，點了漢堡與汽水。

「福克至少不是聖母型的。」等餐點上桌時，甘迺迪說道。「他原則上不喜歡把受刑人關進單人牢房，但他也沒有特別幫平克爭取什麼權益。」

「依我看，沒有比單人牢房更適合平克的地方了。」傑森說道。

「他好像把你給惹火了啊。」

傑森被惹火了嗎？是啊，他的確火大了，平克可是謀害了傑森深愛的摯友。不過他現在不能表現出惱火，甘迺迪想必已經認為他無法公正無私地辦案了，傑森不能印證甘迺迪的臆測。

女服務生送上了汽水，甘迺迪那杯是薑汁汽水，傑森則是喝可樂。傑森撕下吸管包裝紙，說道：「所以根據福克的說法，平克不可能有機會結交其他受刑人，其他人也不可能在出獄後模仿他作案了？」

「對，絕對不可能。平克每天有二十三小時都關在他的牢房裡。」甘迺迪說得斬釘截鐵。「他每天只能出去一個小時，都是在獄警陪同下去洗澡，或是去戶外那個和狗舍差不多的院子裡，和其他被終身監禁的傢伙一起運動。至於他和監獄外的人有沒有聯繫，我們就無從確認了。」

平克理論上一直和外界保持零接觸，即使接收外界資訊，那也是透過廣播、電視與經過篩選的讀物。然而在實際層面上，人們完全可以賄賂獄警，透過形形色色的手段與媒介傳遞訊息。

「外面的人可以來探視他嗎？」傑森問道。

「他的家人每個月可以來探視兩次。」

「那他有家人嗎？」

「沒有。」

他們暫停對話，等服務生將擺了漢堡與薯條的兩個白色厚盤放到桌上。她問他們需不需要佐料，甘迺迪要了芥末與番茄醬，傑森要了沾薯條用的田園沙拉醬。

服務生替他們添加飲料、送上醬料後，甘迺迪像不曾被打斷似地接著說：「他每個月還能打兩通電話。」

「有人會打給他嗎？」

「有。他的未婚妻柯蘿・南恩，還有——」

「他有未婚妻？」

甘迺迪滿口漢堡地回答：「她還是學生時，參加了清白專案之類的組織。」

「那種組織怎麼會把時間浪費在馬丁・平克身上？」

甘迺迪匆匆嚥下滿口食物，清了清喉嚨說：「應該說，她的組織並沒有接下平克的案子，不過他們就是這樣認識的。其實『認識』也不算是正確的說法，但總之他們有在聯絡，她也會打電話給平克。」

「平克可是姦殺了七名少女。」

甘迺迪眉頭一皺，說道：「這我知道，不過你不用說給整間餐廳的人聽。」

傑森瞥向對面雅座上一張張震驚的面孔，皺起了臉以示歉意。「嗯，對。但我就是不能相信——」

「真的有這麼不可思議嗎？你又不是沒修過心理學，你也知道這種事情就是會發生啊。這是『掠奪性倒錯』，又稱邦妮和克萊德症或壞男孩控。」

傑森確實知道。每個連續殺人犯似乎都能吸引一群對他刻骨銘心的女粉絲——不過在他罪行被揭發前和他結婚的女人，對他的愛往往沒這麼深。

甘迺迪說道：「除了未婚妻以外，波士頓一位醫師也偶爾會打給他。那個醫師名叫吉瑞米・凱瑟。」

「沒聽過這號人物。他是什麼專科的醫師？」

「他似乎是心理學者，最近在寫一本和連續殺人犯大腦有關的書。」

「獄方怎麼會允許他聯絡平克？」

甘迺迪雲淡風輕地說道：「他們大概是認為我們對連續殺人犯的大腦懂得越多，整個社會就越安全吧。」他又咬了一大口漢堡。

傑森用細薯條沾了沾田園沙拉醬，沉重的想法壓在心頭。他終於承認道：「我沒把事情搞定。我沒把他搞定。我應該先恭維他，先引出他惡劣的天性的。」

甘迺迪凝視著傑森。「這不一定比較有效。他應該是預期你會這麼做沒錯，他也等著我們用這種手段對付他。他會想和我們對談的。這是他十年苦等才等到的機會，我覺得他不會提太多要求——除非他認為你是在虛張聲勢。」

「我的確是在虛張聲勢啊。」

甘迺迪對上他的視線，粲然一笑，露出了滿口整齊白牙，整體看上去年輕許多、親切許多，看得傑森微感訝異。

「不管是誰當然都會虛張聲勢了，重點是，你還真的就這麼走人了，他絕對沒料到這一點。」

「那就不一定了。」

甘迺迪仍然不以為意。「我們以前要他安靜，他還靜不下來呢，現在他在單人牢房裡關了十年，應該很快就會對我們妥協了。我們今天一定能和馬丁．平克說上話。」

結果呢，他們連午餐都還未吃完，就收到了來自平克——或者說是來自典獄長——的消息。

甘迺迪按下手機、結束通話時，臉上掛著一如既往的諷刺微笑。「恭喜，他又想接見你了。」

傑森算是鬆了口氣，幸好案件沒被他搞砸。但與此同時，他也十分不願意回去再見平克一面。他不是怕自己遇到人身安全上的問題，也不是怕自己失控掐死平克，令他擔心的並不是這類問題。不知為何，平克總令傑森感到不安，光是想到那男人做得出什麼事情……不對，那種東西也能稱作男人嗎？平克根本是怪物，是衣冠禽獸。這種說法當然政治不正確，也不符合心理學，不過在傑森眼中平克就是徹頭徹尾的怪物。平克對哈妮和另外幾個女孩子做的事情——那不是人類做得出來的事，他甚至比禽獸還不如。

傑森之所以不安，很大一部分是因為他知道平克並沒有因為年齡增長而變得溫馴，沒有因獨自反省而悔悟，他至今仍舊做得出那種獸行。光是注視著那雙死灰般的眼珠子，你就知道平克要是還有機會，一定會故態復萌，只不過這回他會更努力避免被逮。

這並不是瘋癲，而是最純粹的邪惡，兩者之間存在巨大的差異。非常巨大的差異。

面對他的冷漠與惡意，任誰都會受影響，至少傑森感到了毛骨悚然。至於甘迺迪呢，他的心志顯然堅毅得多，畢竟他的工作就是追緝平克這種惡獸。

「什麼時候？」傑森不情願地問道。

「今天。現在。」甘迺迪說。

「**現在？**」

也不知道甘迺迪是否聽出了傑森的不情願，總之他沒有多做評論。「那麼，這次我們採取不同的策略。」他說道。「你的個性應該比較適合這種策略。」

「我的個性？這是什麼意思？我的個性怎麼了？」

甘迺迪不算在笑，嘴唇卻多了個譏諷的弧度。「你這個人好奇、富有想像力，而且言行浮誇。你愛說話，天生嘴賤，要你照著劇本唸你就嫌無聊。」

「什麼鬼話。」傑森抗議道。**言行浮誇？天生嘴賤？**「你也才認識我兩天好不好！」

甘迺迪聳了聳肩。「這是我的專業啊，你忘了嗎？」

「你是匡堤科的神諭，這我怎麼可能忘得了呢？」

甘迺迪露齒一笑。傑森聽見自己說出口的話語，窘得上唇都捲了起來。

「你確定不親自上陣嗎？」汽車在訪客停車場停妥後，傑森開口問道。他盯著前方令人生畏的長形白建築。「由你去問，應該能問出更多情報吧。」

「這的確很誘人。」傑森發現甘迺迪不是在開玩笑。「但我不想讓他得逞。」他唇角微微上揚。「維斯特探員，我相信你的能力。」

「最好是啦。」傑森諷刺道。「但還是謝了。」

甘迺迪忽然伸手用力一捏他的肩膀，令傑森微微一驚。以友好的肢體接觸而言，這個動作介於「小子，加油啊」和「我們另一頭見」之間。

這其實有點尷尬，畢竟傑森說什麼也不想讓甘迺迪認為他無法完成任務——甚至是認為他怕了。傑森瞄向甘迺迪，只見對方凝望著擋風玻璃外面，正在皺眉沉思，已經沒有要理會傑森的意思了。

傑森下了車，朝監獄的訪客入口走去。

談話室的門在傑森身後關上時，他看見平克臉上大大的笑容。平克的表情近似親切友善，眼神卻依舊冰寒。「穆德特別探員啊，你想聽我說什麼呢？」

在為第二次與平克交戰制定策略時，甘迺迪只給了兩道指令：相信自己的直覺、別讓平克摸清狀況。

「還是別玩這種幼稚的遊戲吧，你也知道我為什麼來找你。」傑森說道。

在那一瞬間，平克露出了困惑的神情。這當然是好事了，這就是他們的目標。從下車到走進談話室這一路上，傑森一直在思索不讓平克摸清狀況的方法，只可惜他自己也彷彿在霧裡看花。

傑森簡明扼要地說：「你說說狩獵人的事吧。」

平克盯著他，眼睛眨也不眨。

傑森再次意識到了平克不自然的鎮定與專注力，一個多年來幾乎沒和任何人交談的受刑人，不該如此平靜才對。一般長時間關押在單人牢房的受刑人，往往無法對上他人的視線、無法靜靜坐著，也無法壓抑心中的恐懼。然而平克絲毫沒有這類表現，更沒有流露任何一絲恐懼——他不怕離開牢房，也不怕傑森。

「你好眼熟。」平克忽然說道。「我認識你嗎？」

傑森冷冷問道：「你認識我嗎？」

傑森還記得平克，但印象不深。他記得從前看過平克在霍利奧克塘岸邊釣魚，記得自己曾對哈妮開玩笑說平克只在哈妮當救生員的日子釣魚，傑森上班的日子都不見他蹤影。記憶中的平克相當古怪，是他不會想接近的人，但也不是他會害怕的人。你幾乎想都不會去想到對方，怎麼會怕他呢？

現在不是回憶這些的時候。

平克瞇起了雙眼，仔細端詳傑森。「你幾歲？二十九嗎？還是三十？你太年輕了，不會是之前抓狩獵人的警察。唔，嗯，我見過你啊。」他微微一笑。「我只要看過別人的臉就忘不了，等等就會想起來了。」

傑森肩胛之間微感麻癢，不過平克這句話無疑是在嚇唬他，畢竟連續人犯最注重的就是形象了。

他保持平板且不帶情緒的語調說道：「我聽說你在牢裡還是能看電視、聽廣播，那你一定也知道金斯菲爾德最近的狀況了吧。狩獵人——真正的狩獵人——回來了，你別跟我假裝自己毫不知情。」

「真正的……」平克沒有說完，反倒哈哈大笑，高亢的氣聲令傑森後頸毛髮直豎。平克不再笑了。「不過是小女生被她男朋友折斷了脖子，你們就以為是狩獵人作祟？」

「這個犯人和從前的犯罪模式一模一樣。」

「**這個犯人。**」平克模仿傑森的語氣重複道。「你怎麼知道——不一樣？」

「犯人瞭解過去那幾樁案件的細節，除了真實的狩獵人與執法人員之外，不可能有人知道那些細節的。」

「真實的——」平克控制住脾氣，再次露出微笑。「你怎麼知道我沒有——沒有門徒？」

傑森仰天大笑。也許甘迺迪說對了，也許他還真有些浮誇。「說什麼傻話呢，搞不好你才是他的學徒。」

「我不是。」

傑森聳了聳肩。

平克瞇起雙眼。「他不可能什麼都知道。我敢跟你打賭，你們那個新的狩獵人，他不可能什麼都知道。」

傑森一臉好笑。「那你說，他不知道什麼？」

平克注視著他，似乎想讀懂他的心思。平克應該非常擅長揣摩他人心思吧。傑森直截了當地盯了回去，心中又浮現同樣的想法：平克實在不像是長期被獨自監禁的受刑人，他絲毫沒顯露出長時間獨處的心理耗損。這就讓傑森有點失望了，他其實很希望平克在監獄裡受苦。

「你個人很在意這件事，對吧？」平克忽然說道。

傑森感受到一閃而逝的侷促。「是啊，我個人非常痛恨變態殺人犯。」

平克往後靠著椅背，臉上浮現了瞭然的笑容。「果然。這件事跟你個人有關。」他雙手交扣，輕輕晃動鐐銬，彷彿在享受鏈條叮噹聲。「我來告訴你那個新的狩獵人不知道的事情吧。這些是你不知道的事情，是那個該死的甘迺迪和警察都不知道的事情。」

「哪些事情？」

「你在釣我。」平克窄小的嘴輕蔑地一抿。

「你在裝腔作勢。」

平克空洞的眼眸深處，亮起了充滿敵意的精光。「小鬼，我可不是在裝。你叫甘迺迪回去檢查以前的報告，把所有的檔案、所有的筆記、所有犯罪現場的照片、所有的驗屍報告都重看一遍。他十年前漏了一個關鍵——不管是甘迺迪或是警察都漏看了，他們從一開始就該注意到那個細節。你叫他再回去看一次，看得仔細一點，然後自己回來見我。我才不要浪費時間跟他的小嘍囉說話。」

傑森點了點頭，拿起資料夾站起身。平克面色冰冷卻又得意地看著他起身。

「喔，等一下。」傑森轉過身，故作恍然大悟貌。「你說的細節，該不會是人魚吧？」

談話室裡沒有時鐘，但在話音落下後的死寂之中，傑森還是清楚聽見了時間流逝的滴答聲。

平克似乎由衷動搖了。他全身靜止，盯著傑森，似乎連呼吸都停了。

傑森微微一哂。「你不知道我在說什麼，對吧？」

平克結結巴巴地說：「你、你——他們——你是怎麼知道的？從來沒有人——」

眼見平克的信心土崩瓦解，傑森感到有些新奇。這麼多年來，這個祕密一直深藏在平克扭曲、黑暗的心中，他一直深信自己直到最後都瞞過了眾人，即使只是這一個小細節，他也成功騙過了所有人。

在他心目中，這個細節想必有著非凡意義吧。

傑森說道：「當初對你不利的證據堆積如山：你從被害人身上取走的戰利品、小貨車上噴得到處都是的DNA，還有實實在在的鑑識證據。沒有人想美化這一連串的殺人案，所以警方一直藏著這份情報，想等到必要時再拿出來用。結果呢，他們根本沒有揭密的必要，陪審團只用了短短八小時就達到共識，直接判你有罪了。」

「沒有人知道啊。」平克悄聲說道。「不可能有別人知道啊。」

「有人知道。我覺得啊，那個人才是貨真價實的狩獵人。」

「我就是狩獵人！」平克一躍而起，卻因鎖在地板上的腳鐐而差點摔倒。他抓著不鏽鋼桌的邊緣穩住身體，粗重地喘息。「我是狩獵人。我就是。沒有別人了。」

獄警剛才開了門，但傑森舉起一隻手制止他，同時半轉頭喊道：「我們沒事。」

平克再次在椅子上坐下，開始焦慮、緊繃地微微搖晃。

「為什麼是人魚呢？」傑森問道。

平克一個古怪的眼神朝他投來，卻沒有回答。

「嗯，看來我是白問了，反正你也不知道答案。」

這回，從平克投來的目光看來，兩人今天若是在不同情況下談話，傑森早就死透了。然而，他們並非處於不同的情況，所以平克只能繼續前後搖晃。

「因為，你根本就不是狩獵人。」傑森鍥而不捨。

「我看過人魚。」平克低頭盯著桌面。

「在哪裡看到的？」傑森想起了雷克斯福。平克過去常在金斯菲爾德附近打獵與釣魚，一定十分熟悉雷克斯福的環境。也許他看過那條斐濟美人魚，也許他是被那驚悚的畫面嚇瘋了。

或者，他從一生下來就精神不正常。

「她有一頭藍色長頭髮。」平克說道，在回憶往事的同時臉上浮現了笑容。「頭髮長到了腰間。她的尾巴上有藍色跟金色鱗片，還有可愛的小魚鰭。她的奶子罩著兩片金貝殼。」

「你是在哪裡看到的？」

「她對我吐舌頭。」平克仍然面帶微笑。「那時候我就在想……他媽的賤魚婊子，我有天一定要打開妳的大嘴巴，把那根可愛的小舌頭割下來。」

平克靠上前，以令人膽寒的惡毒語氣吐出最後那一句。傑森全身靜止，不讓臉上浮現任何一絲情緒。

他心中想的是：**他們早該趁之前還有機會時，了結了你這條狗命。**

「應該常常有人那樣對你吧。」傑森說道。

平克歪過頭。「你說你叫什麼名字？什麼探員？烏斯特？瓦斯特？沃斯特？喔，是維斯特吧。」

「沒錯。」傑森說道。「維斯特特別探員，電話簿上的稱呼是『你去死』。那你說說，這次的模仿犯怎麼會知道人魚的祕密？你一定對誰說過這件事吧。」

平克轉了轉眼珠子，不知是在動歪腦筋，還是刻意擺出了動歪腦筋的模樣。在傑森看來，他只讓自己顯得更瘋癲而已——不過他畢竟是殺人魔，瘋癲也是理所當然。

「他答應過我的。」平克喃喃說道。「他答應過不會說出去的。這是我們兩個的祕密，其他人不可能知道的。」

傑森疑惑地問道：「你是不想讓誰知道？」

「他。我的徒弟。」平克霍然起身。「警衛！」他用被鐐銬鎖住的雙手敲打桌面。「警衛！我們結束了。警衛！」

獄警走進了房間，傑森從桌邊退開。

被獄警帶出去時，平克對上了傑森的視線，眼中閃過一絲陰險的笑意。

「你覺得平克有共犯？」甘迺迪問道。

離開監獄後，他們去了間咖啡廳，不過這時候的傑森已經開始渴望酒精了。他坐在咖啡廳的露天座位，享受戶外的空氣與陽光，即使是小停車場周遭的汽車廢氣也比雪松懲教所灰暗的氣氛清新許多。

「我覺得他最後是想讓我以為他有共犯。」傑森回道。

甘迺迪此時面色凝重，這傑森也能理解。倘若他過去漏了這個關鍵——沒發現平克是在共犯的協助下犯案——那他就別想逃過名聲掃地的命運了。

傑森相當肯定平克沒有共犯。他說道：「在我看來，他是想亡羊補牢，製造出他是犯罪首腦、一切都在他掌控下的幻象。他想讓我們以為他才是最重要的主犯。」

甘迺迪用指尖敲了敲露天座位的粉紅色密胺製桌面，若有所思。「維斯特，你做得不錯嘛。」

傑森沉下了臉。「你在驚訝什麼？我也是從國家學院畢業的。」

忽然間，甘迺迪的注意力似乎完全集中在了他身上，開始批判他。「我知道，而且你的成績非常好，是第一名畢業的，我還聽說你在局裡幾乎是平步青雲。我倒是很好奇，一個有藝術史碩士學位的人，怎麼會想從事執法工作？」

「我不喜歡閒著。」傑森將紙杯捏扁，丟進垃圾桶。

甘迺迪仍然端詳著他，臉上浮現了毫無笑意的微笑。

甘迺迪居然費了心思調查他的背景，傑森不知這究竟是罕見的榮幸，還是某種警告。尤其在這個時間點……

「而且，你還是哈雷家的人。」

傑森不悅地瞇眼。

「別擔心，我壓根不知道哈雷家都是些什麼人物，我也懶得去管這些。」

這就不意外了。傑森問道：「你老實告訴我，為什麼派我去和平克見面？為什麼不親自審問他？」

甘迺迪凝視著他，藍眸陡然冷了下來。「你要我老實告訴你？好啊，因為我需要你公正客觀的判斷。」

傑森思索片刻。「你要我判斷平克是不是真正的狩獵人？」

「沒錯。你來這裡，就是為了這件事吧？你是來確認我沒把上一次的調查搞砸——同時也是來確保我不會把這次案件搞砸的。」

「沒有人說你把上一次的案件搞砸。」

甘迺迪的眼神多了幾分譏諷。「說得真是委婉。你以後很適合當主管喔。」

「去你的。」傑森靜靜說道。

甘迺迪的金色眉毛揚了起來。

「……長官。」傑森補了一句。

甘迺迪笑了，這是發自內心的笑聲。「我可能得撤回前言了。你別對我『長官』長『長官』短的，你也知道我不是你的上級。」

是啊，他們雙方都對自己扮演的角色再清楚不過了，儘管如此，傑森還是對自己的反應有些驚訝。甘迺迪這人總是能挑動他最敏感的神經——不過話說回來，無論是誰的神經甘迺迪都能輕易撩撥，這就是他如此擅長這份工作的原因。

這也是他在需要友人幫助時，卻發現自己形單影隻的原因。

傑森說道：「你如果是真的擔心狩獵人另有其人，那大可以放心了。我百分之百相信平克就是狩獵人，也不認為他和任何人合謀過，他應該從頭到尾都是獨力犯案。至於收徒弟呢，在我們剛開始談話時，他明顯不敢相信會有任何人成功模仿他犯案。」

甘迺迪說道：「但還是不能排除他有徒弟的可能性。」

「他可不知道自己有徒弟，而且這對他而言是極差的消息。」

「或許吧。」甘迺迪似乎未被說服。他是真心害怕自己過去漏了關鍵細節嗎？自我懷疑這種情緒放在他身上，實在很不搭調。

傑森說道：「我不認為平克能和別人處得好——他是瘋狂殺人魔這部分是個明顯的大問

題，但不僅如此。我不覺得他是能和別人共享光榮或血腥的類型，他那個人喜歡獨占鰲頭。」

「是啊。」甘迺迪仰天將咖啡喝乾，然後將杯子丟進垃圾桶。「但有人接了他的班。」

走回停車位的路上，傑森說道：「他完全沒料到你會知道人魚的事。我不知道他憑什麼相信整支調查小組的人都漏看了那個細節，不過他是真心相信你沒注意到那些人魚。他似乎十分重視這一點，他需要相信自己把這個祕密瞞過了你們，需要相信事件當中還有專屬他一個人的祕密。」

「這很有可能。這是他和被害人最後的親密象徵了。」

面對傑森不解的眼神，甘迺迪說道：「犯人從被害人身上拿走戰利品，實際上就是為了這個。連續殺人犯喜歡緬懷自己和被害人所謂的『關係』，戰利品就是幫助他們回味過往用的。」

「你說的『關係』是指謀殺吧。」

「所謂的關係沒那麼簡單，不過謀殺的確是關係的基礎。戰利品就和護身符一樣，是看得見、摸得著的東西，可以證明事情真正發生過。平克不僅拿了戰利品，還把自己的東西留在了被害人身邊，這也是他維繫雙方關聯的一種方法。」

「棒喔。」傑森語調苦澀。

「某些方面來說，平克其實滿天真的。他能逍遙法外那麼久，不是因為他詭計多端，而是因為他運氣好。要是在都市環境，他一定馬上就會被逮到了。」

「人魚的意義到底是什麼？他對我說了一段莫名其妙的故事，說他看過人魚，人魚還對他吐舌頭。他指的應該是藍人魚酒吧扮演人魚的女孩子吧，不過就我所知，那些女孩子沒有一個遭他毒手啊。」

「是啊，我們到現在還是不曉得人魚在案件中有什麼意義。」

傑森凝望高速公路上川流不息、奔向遠方虛無的車流。

甘迺迪瞟了他一眼，說道：「你再怎麼執著於『為什麼』，都不可能得到令你滿意的答案。連續殺人犯殺人的理由和一般人不同，他們不是為了利益、復仇或性欲殺人，對理性的人而言他們那些動機根本就稱不上動機。」

「精神失常並不是醫學診斷，而是一種法律定義。」

「的確，但一個殘暴無情的惡徒為了自己的快感而謀殺和虐待別人，不就是精神失常嗎？除了這以外，你還能怎麼定義他的大腦狀態？人們往往想理解案件背後的原因與手法，不過有些事情真不是我們能理解的。」

嗯，甘迺迪說得沒錯。儘管受過訓練與教育，傑森仍然想理解凶手的心思，仍然想理解這……無可理喻的一切。無論法律上的定義為何，一個人要是能犯下平克那種傷天害理的罪行，那就絕對沒資格稱作「正常人」。

傑森迫使自己從實務角度思索。「不能查出人魚吊飾的製造商嗎？」

「我們試過了，後來沒查到什麼。喬治．辛普森那一年才剛買下那間禮品店，平克買的人魚吊飾都是禮品店原有的最後一批存貨，賣完就沒了。這完全是條死路。」

甘迺迪用汽車遙控開鎖，兩人上了銀轎車，但甘迺迪沒有馬上發動引擎。他若有所思地坐在座位上。

「哪裡不對勁嗎？」傑森問道。

「沒什麼。」甘迺迪瞥了他一眼，眼神相當古怪，彷彿在估量他這個人。

「真的？」

「嗯。嗯，沒事。」甘迺迪注視著擋風玻璃外的世界。「我們今晚在波士頓過夜吧。」

「波士頓？為什麼？」

「兩個理由。我想討論關於案件的幾個疑點，而且我不想在別人面前討論這些。」

「好喔。」

他們在金斯菲爾德確實十分惹眼，雖然在傑森看來還不至於不能自由討論案件——尤其在私底下討論應該更不成問題——但既然甘迺迪認為需要遠離小鎮數小時，那也沒問題。反正傑森沒有急著回去。

他心中的困惑想必都清楚寫在臉上了。

甘迺迪說道：「你還沒發現嗎？」

傑森小心翼翼地說道：「發現什麼？」

「假設平克說的是真話，那模仿犯很可能是原始案件的調查人員之一。」

傑森說道：「你指的是當地執法人員嗎？嗯，我有想到這點。」

甘迺迪露出了不置可否的神情。「那是其中一個可能性——相信我，我當然也不希望犯人是當地警察——不過你別忘了，當初的調查團隊人數很多，總共有好幾百人參加調查行動，包括犯罪現場技術人員和州警都得算進去。」

「是沒錯，但我們也得考慮平克說謊的可能性，他說不定真把人魚的事告訴了別人。或者他沒有說謊，而是單純忘了自己對他人透露過這份情報。」

「既然他在牢裡幾乎和外界沒有往來，就算有人聯繫他，那幾個人也都經過了篩選……」

傑森說：「嗯，我覺得首先該再派人調查一次他那位未婚妻。」

甘迺迪點了點頭。「還有那個醫師，凱瑟。平克可能會在醫師面前誇耀自己的事蹟，而且對方又正在寫一部和連續殺人犯有關的書，平克搞不好會忍不住分享這份關鍵情報。」

「還有一點是，平克可能在被逮捕前就分享過這份情報了。你說他作案時用到了哥哥的小貨車，那也許他哥哥也有涉案，只不過沒被發現而已，或者有別人參與了謀殺。也許平克身邊真有個徒弟，只是他自己沒發現而已。」

「平克他哥已經死了。」

「我知道，但他死前可能對別人說過這些。你要人三緘其口，那可是難如登天。」

「的確。」

傑森忽然說道：「布克斯納和平克都用了『門徒』這個詞。」

「這種說法並不少見，在討論模仿犯罪時經常有人這麼說。」

「也許吧。布克斯納當晚在場，他也有權調閱以前的案件檔案。他承認自己讀過哈妮的檔案，所以才知道我曾經被當成殺害哈妮的嫌疑人。」

甘迺迪眉頭一皺。「瑞貝卡和布克斯納談完以後不是平平安安地回去開趴了嗎？你的意思是……你是什麼意思？你覺得布克斯納和她約好了之後見面嗎？而且是約在樹林裡見面？」

「他對我的那一套指控同樣適用於他自己。你說過這次的命案可能和當地執法人員有關吧，我可不覺得桔法斯局長是連續殺人犯。」

甘迺迪認真回答道：「沒錯，桔法斯完全不符合犯人的心理側寫，布克斯納也同樣不符合。不可能有人看到美人魚對他吐舌頭，就突然變成連續殺人魔的。」

「好吧，那原始案件的犯罪側寫和這次的案件相符嗎？」

甘迺迪皺起了眉頭。「這次是不同人在犯案。」

「但假如犯人是平克的徒弟或從前的共犯……那他的心理側寫不是該在某些方面和以前的案件吻合嗎？」

「在某些方面的確相符，那些部分正好能用來排除桔法斯和布克斯納。」

好吧，這套理論確實過於牽強。傑森說道：「那喬治・辛普森呢？他有參與過十多年前那場調查嗎？」

「沒有。他當時因公受傷，才剛領了殘障撫恤金退休在家。他就是因為不當州警了，才會開始經營禮品店和汽車旅館。」

「話雖如此，他在執法單位應該還是有不少朋友吧。警察就和一般人一樣，遇到朋友還是會聊各種八卦的。」

甘迺迪靠上前，發動了汽車引擎。「我們邊吃晚餐邊討論吧。我想先打幾通電話。」

做這份工作就是得時常遠行，傑森早已習以為常，但還是不怎麼享受一路上的舟車勞頓。旅館不大但相當整潔，相鄰的餐廳也附設了吧檯，這下傑森就對甘迺迪挑的住宿地點毫無異議了。

他沖完澡後趴在床上，自己查了下資料。瀏覽過聯邦調查局內部人員的資料後，他只得知甘迺迪來自懷俄明州，擁有犯罪心理學碩士學位。甘迺迪受過多次表揚，這部分傑森已經知道了。那傢伙沒分享任何興趣、婚姻狀態或職場人際關係之類無關緊要的資訊，也從沒在員工論壇上參與任何討論。他那張毫無笑意的大頭照是數年前拍的，不過和現在的甘迺迪幾乎毫無區別，只不過現在的他多了些稜角。

「懷俄明啊。」傑森喃喃自語。難怪甘迺迪說話時偶爾會有種慵懶的腔調，他那種獨行俠心態也完全說得通了。

甘迺迪想必打了不少通電話，直到八點過後才來電要傑森在樓下和他會合。

傑森來到餐廳時，甘迺迪已經入座了，正用諷刺的目光審視著牆上裝飾——牆上滿是老舊的廣告單，廣告商品包括古柯鹼牙痛藥水、罐裝牛奶，以及哈德遜汽車。

「那幾通電話還算順利嗎？」傑森拿起了菜單。菜單上盡是老派咖啡店常見的餐點：湯品、冷熱三明治，以及燉肉、肉捲等幾樣經典菜色。

「收穫不少。」甘迺迪補充道：「這家的食物還不錯。我以前也住過這裡。」

傑森抬眼看向他。「你好像經常在外出差呢。行為分析小組一般不是定點工作就好了嗎？」

「確實。」這句乍聽下像是終結了對話，沒想到甘迺迪卻放下菜單，直截了當地注視著傑森。「我這個人喜歡親力親為。」

傑森點了點頭。這點絲毫不意外，甘迺迪絕不是站在旁觀者角度辦案的那種人，絕不可能甘心待在總部讀別人寫的報告。然而在親自來到犯罪現場時，他必然會面對無法完全保持客觀的問題，而客觀態度無疑是行為分析的關鍵之一。不過話說回來，無論是何種執法人員，都必定得面對客觀與主觀之間的拉鋸。

服務生來了，甘迺迪點了杯威士忌沙瓦與烤鮭魚，傑森則點了炸雞沙拉與一杯神風雞尾酒。

「神風？」服務生離開後，甘迺迪出聲問道。「怎麼，你今晚想藉酒消愁？」

「我今天過得太苦悶了。」

他是用半開玩笑的方式說話，卻在甘迺迪平穩的視線下感到有些不自在。

而甘迺迪接下來的發言令他更加困窘了：「我知道。你今天下午幹得不錯。」

「這還不能肯定。」

甘迺迪淡淡一笑，仍然以平穩鎮定的目光端詳傑森，那雙藍眸令他有些……不安。沒錯，在甘迺迪毫不猶疑且全神貫注的注視下，傑森感到不安了。

老天啊，那雙眼睛也太藍了吧。

幸好他們的飲料在此時上桌，傑森得以擺脫甘迺迪的如炬目光。

「為什麼選藝術犯罪調查小組？」甘迺迪問道。

傑森花了片刻整理思緒。「因為我有藝術史碩士學歷，但是不想當老師。我滿心想體驗驚險刺激的冒險。」他自嘲地一笑。「我滿心想當印第安納．瓊斯啊。」

「印第安納．瓊斯不是考古學者嗎？」

「等我發現這個問題時，已經來不及轉系啦。」

甘迺迪嗤笑一聲。「所以，你就決定加入調查局了。」

「別這樣，聯邦調查局的職員可是職業與學業背景各異，不只有執法單位或軍方的人。」

「我知道。」

「那你知不知道，最初的調查局探員全都是會計師和簿記員？」

「我當然知道，只要是國家學院畢業的人都知道。」甘迺迪又專注地看了傑森一眼。「你是藝術犯罪調查小組最年輕的成員。一般情況下，只有實地工作過至少五年的探員才會被編入那個小組，但你只有三年實地工作資歷時就被派過去了。」

傑森聳了聳肩。「你怎麼知道我不是靠關係進去的？」

甘迺迪瞇起雙眼。「你是嗎？」

傑森又一次被甘迺迪的目光緊鎖，幾乎無法別開視線。是他的錯覺嗎？甘迺迪似乎不會滿足於簡單直接的回答，而是想知道最深層的原因。

傑森回道：「我是憑自身實力加入這個小組的。」

「嗯。」接下來這句話，甘迺迪說得有些諷刺：「上頭的人們似乎對你寄予厚望喔。」

「我當然也不打算辜負他們對我的期望。」

甘迺迪揚起眉頭，但不予置評，只招呼服務生過來加點一輪飲料。

主餐在第二輪酒上桌前先來了。這應該是好事，不過傑森現在才想到自己不該光點沙拉的。出差在外時真的很難吃得健康，時不時得跳過幾餐、吃宵夜，或者在別無選擇時靠販賣機的零食果腹，傑森因此儘量在晚餐時吃沙拉。但是話說回來，他一般吃晚餐頂多喝一兩杯啤酒，而不是喝辛辣的調酒。

甘迺迪倒是時常在外闖蕩，看上去卻仍然健壯，可見他的生活習慣沒什麼問題。

「怎麼了嗎？」甘迺迪問道。

「為什麼問這個？」

「你幹嘛對我繃著臉？」

「呃，沒事。我只是在想事情而已。」

「你表情這麼痛苦，當然是在想事情了。」甘迺迪露齒一笑。明明已經見識過他一口閃亮白牙與危險至極的笑容，傑森還是不由得愣愣眨眼。「那你說，你最喜歡藝術犯罪調查小組的哪一點？」

甘迺迪居然在和他開玩笑，而且還特地和他正常談天，甚至可說是對傑森——對傑森本人——饒富興致的樣子。傑森默默消化了這份資訊，心裡有些飄飄然。但那也可能是第二杯神風的效果。

「最喜歡的點嗎？唔，我喜歡做一些可能帶來長期影響的工作。一般人對我們的工作有許多誤會，我們的職務不僅是尋回失竊的藝術品，和教博物館如何正確保護藏品——但這還是非常重要。這樣說吧，如果今天解決了一樁謀殺案，明天還是會發生新的謀殺案，不過如果今天救下了《蒙娜麗莎的微笑》，那就等於救了一件珍寶，而這件珍寶未來還能為好幾代人帶來感動、啟發與喜悅。」

「你覺得解決凶殺案不重要嗎？」甘迺迪說道。

「當然很重要了。我不是那個意思，就只是說……人們終究會持續殺人，這是人性最醜惡的一面。至於藝術呢，這就是事情的另一面了，它象徵人性最美好的一面。我就是想守護這份……歷史傳承。這是我們文化的傳承，而我說的『我們』是指全人類。這是我們全球的文化歷史，是全世界的歷史。藝術就是全世界，它是歷史，是文化，是靈性。它……它是我們和動物之間的區隔。」

「它是事情的另一面。」甘迺迪嚴肅地重複道。

傑森在腦中回顧過去五十八秒的對話，忍不住皺起了臉。「我好像不該空腹灌兩杯神風的。我是不是說得好像自己的工作比人命還重要一樣？我不是那個意思，我的意思是，你這種工作我做不來。硬要我去做的話，我會……絕望。」

甘迺迪微微蹙眉，片刻後說道：「我剛才說的是真話。你今天幹得非常好。」

傑森詫異地抬頭。

「我知道你不想進去和他談話，也知道這對你來說是一大挑戰。我們需要瞭解事態，而你從他口中問出了情報。」甘迺迪不是在安慰他，只不過是平鋪直敘地道出了自己觀察的結果。

「他在單人牢房裡關了那麼久，狀態卻比我料想的好太多了。」傑森難掩怨憤。

「他是求生意志很強的人。」

「在加入調查局以前，我一直認為該廢除死刑。即使在哈妮遇害以後，有一段時間我還是相信每個人都有機會改過自新。」傑森舉杯，掩藏了臉上扭曲的微笑。

「很可惜，」甘迺迪說道，「你錯了。」

「我聽說連續殺人案件逐年增加，這是真的嗎？」

甘迺迪在半晌過後才回答：「逐年增加的，是隨機暴力事件。在從前，幾乎每一次命案的凶手和被害人都相識，或至少算是熟人。可是近年來，情況就和從前不同了。」

「這就是我對藝術犯罪調查小組最喜歡的一點。」傑森說道。

甘迺迪舉杯致敬。

那之後，他們轉而聊起了較中性、較一般的話題。雖然兩人會在波士頓過夜與共進晚餐理論上是為了辦案及討論案情，不過他們沒怎麼談到案件，而不出傑森所料，甘迺迪也沒怎麼談論他自己。

音樂倒是個安全的話題，甘迺迪坦承自己偏愛孟德爾頌的曲子。

「孟德爾頌？我還以為只有連續殺人魔才愛邊聽古典樂邊牛飲奇揚地酒呢。」

「你就算給我錢，我也不喝奇揚地。『牛飲』這句話還真是說對了，只有牛才會喝那種東西。不過我是真的喜歡古典樂，還有喬治・溫斯頓我也喜歡。我聽過他幾場鋼琴演奏會。」

「喬治・溫斯頓？我爸媽最愛他的音樂了。」但傑森心裡想的是：**你會聽演奏會喔？**他實在無法想像那個畫面。

也許他臉上顯露了心中所思，只聽甘迺迪諷刺地說道：「沒錯，我也是會聽音樂的。而且我說了你可能不信，不過我公寓牆上掛的可不是犯罪現場照片。」

傑森驚嘆道：「你有公寓啊？」

「你少來。」

傑森笑了。「你喜歡什麼樣的畫？」

甘迺迪臉上難得閃過了一絲羞赧。「我喜歡的藝術類型你應該看不上吧。我收集了格蘭維爾．雷蒙德的幾幅畫。」

傑森愕然盯著他。「格蘭維爾．雷蒙德？」

「怎麼了嗎？」

「你在開玩笑吧？」

「啊？不是啊。」

「格蘭維爾．雷蒙德是加州印象派藝術家當中的重要人物，我**超愛**他的，之前碩士論文就是在探討他的藝術作品。我還曾協助洛杉磯警局將他畫的《薄暮海景》尋回來耶。」

甘迺迪似乎有些驚訝，而在傑森口若懸河地花二十分鐘大談加州印象派藝術與格蘭維爾在此運動中扮演的角色之後，甘迺迪的驚訝轉變成了好笑。其實甘迺迪這個人很好聊嘛。

或者說——傑森想起了玉后餐廳那頓晚餐——他想聊的時候很好聊。在他沒心情和人禮貌對話時，就連冰川也比他溫暖親切得多。

時間不早了，餐廳裡其他客人紛紛離去，傑森在一整晚眼神接觸與低聲交談——以及第三、第四杯酒下肚——過後，終於鼓起勇氣問道：「可以問你一個問題嗎？」

「你說。」

「威斯康辛州長和你究竟有什麼過節？」

甘迺迪微微一笑，但這並不是傑森過去數小時看得有些習慣的笑容，而是令人頭皮發麻的冷笑。

「我不喜歡無能的人。」甘迺迪說道。「更不喜歡無能卻又居高位的人。」

「嗯。」

「你想必也注意到了，我被派去處理的案件，通常都已經不可能有好結果了。有些人就是不明白這一點，其中也包括一些請我去幫忙辦案的人。」

這不算是在回答傑森的問題，但傑森似乎聽懂了甘迺迪的言下之意。

「發生這種事件時，他們還是會請你幫忙對吧。」

甘迺迪對他投了個古怪的眼神。「對。」他說。「可是我不能再讓威斯康辛州的失敗重演了，這次只有成功一條路可選。」

上方電燈閃爍一次、兩次，挑出了甘迺迪金髮當中的白金色髮絲，也使他藍色眼眸中閃過神祕難解的微光。

服務生又出現了。「兩位先生，這次是最後加點囉。」

甘迺迪對傑森投了個詢問的眼神，傑森搖搖頭。「我不用了。」

「我再來一杯。」甘迺迪說道。

傑森再次錯估了甘迺迪，他本以為甘迺迪嚴以律己，即使等等只需徒步回旅館，也不會冒險喝到超過合法駕駛的酒量。也許當你見過甘迺迪見過的一切，就再也不可能遠離酒精的安慰了。

當你凝視著深淵……深淵就會邀你買醉？

甘迺迪的最後一杯威士忌沙瓦送上來時，對話忽然凋零了。甘迺迪兩大口乾了那杯酒，毫無笑意地直視餐桌對面的傑森。

「要走了嗎？」

「好。」

兩人默默走出餐廳，穿過停車場。溼悶夜晚飄著汽車引擎逐漸冷卻的氣味，也隱隱能嗅到溫熱橡膠的氣味。他們沉默不語地進了旅館電梯——他們的房間畢竟在同一層樓，也沒什麼好說的吧？

電梯逐漸上升，甘迺迪眼神陰翳地注視著緊閉的門，傑森則仰頭盯著天花板。他明早絕對會頭痛，甚至可能晚點刷牙時就會開始痛了……前提是他還有力氣刷牙。

電梯停了，門開了，兩人走上長廊。

真是的，地毯這個黑、紅、葡萄紫與萊姆綠色螺旋紋路又是怎麼回事？藝術是象徵人類最美好的一面沒錯，但如果將各種罪行排上光譜，這間旅館的裝潢設計師絕對可以歸類為甘迺迪負責緝捕的那一類犯罪者。

「你結婚或是有對象了嗎？」甘迺迪突兀地發問。

傑森迅速瞄了他一眼。甘迺迪莫非……？不可能吧。

但他這不是發問了嗎？他是純粹感到好奇呢，還是真打算提議和傑森上床？

這也太好笑了吧？不近人情的山姆・甘迺迪高級特別探員竟然醉得如此離譜，邀傑森上床。

但傑森完全笑不出來，而是緊張得要命，心跳快到感覺要窒息了。甘迺迪不可能——既然不可能，他們為何同時在甘迺迪的房門前停下了腳步呢？

既然不可能，甘迺迪又怎麼會注視著他——雙眼在昏暗中閃爍著——等待傑森回應呢？

「呃，沒有。」傑森回道。「都沒有。」

「要進來嗎？」

太不可思議了，傑森竟然真的想要，體內湧升了近似痛楚的慾望。他要甘迺迪的懷抱、甘迺迪的吻，他要甘迺迪進入他，或者由他進入甘迺迪，無論是何者都過分刺激，他幾乎無法正常思考了。他迫切渴望甘迺迪，話語幾乎要脫口而出了。

最後，他只簡單回道：「有何不可呢？」

CHAPTER 12

不可的理由可多了。

傑森設法將這些理由全都拒之門外，看著甘迺迪開門、跟著甘迺迪入內。

房裡沒有開燈，飄著和其他旅館房間無異的氣味，唯一的標誌性擺設就是甘迺迪本人了。

房門關上，門閂扣上，甘迺迪雙臂圈住了傑森。

傑森深切意識到結實的身軀將他壓在門前、帶有酒氣的熱燙氣息落在他臉畔、修長手指熟練地迅速解下他的槍套——甘迺迪顯然有不少解除情人武裝的經驗——經驗豐富的手指很快轉而解開了傑森的襯衫。

「很好。」甘迺迪喃喃說道。「很好。」

好不好呢……現在下定論還操之過急，但目前看來的確很有希望。傑森仰頭找到甘迺迪的嘴，找到了溼熱、酒味與一種辛辣的甜味。甘迺迪沒有拒絕這一吻，卻也沒有回應，而是集中注意力解開傑森襯衫上每一顆釦子。

傑森肩膀寬闊，襯衫是合身訂製的，甘迺迪花費數秒才脫下那件襯衫。他滿意地嘆息一聲，指尖輕緩滑過傑森一塊塊腹肌，描過胸肌之間的線條，又繞回去搔刮因麻癢觸感而瞬間挺立的乳頭。傑森呼吸一滯。

甘迺迪低下頭，舌尖輕碰一邊乳頭——傑森抽了口氣、全身一跳，頭部「咚」一聲撞上門板。

「小心點。」甘迺迪低聲說道，語音多了一種近乎性感的沙啞而顯得陌生。「別把自己撞暈了。」他的語調帶有笑意。

幸好甘迺迪沒開燈，在黑暗中這一切才得以存在。傑森對這個男人反應激烈到讓自己都有些侷促了——他當然不是第一次發生一夜情，但不知為何，當他知道觸碰他、溼熱舌尖刮過他乳頭的人是甘迺迪之時，一切都變得無比刺激。

他喉嚨深處哽著一聲呻吟，寧可去死也不願釋放這赤裸的聲響，但在甘迺迪將注意力轉移到另一邊乳頭時，他幾乎因強忍的呻吟而窒息。傑森盲目地伸向甘迺迪的皮帶，甘迺迪也靠得近些，方便他解開皮帶。

「嗯，你要什麼都行。」甘迺迪輕聲說完，嘴唇便含住了傑森敏感的乳頭。甘迺迪吸吮了起來，令傑森全身上下因快感而陣陣發疼。不會吧，他的反應怎麼會如此劇烈，難道過去從沒有人這樣觸碰過他嗎？他想不到還有哪個男人花這麼多心思玩弄他的胸——傑森從沒提出這樣的要求，也不曾想過自己會如此享受這種感受——然而在甘迺迪舔弄與輕咬之時，陣陣快感順著傑森的背脊流竄了起來。

傑森的下身緊頂著褲襠，當甘迺迪雙手解開鈕扣、避開脆弱肌膚與盲目挺動的肌肉拉下拉鍊時，傑森瞬間如釋重負。他自己雙手靜靜搭著甘迺迪精瘦的髖部——他一直因甘迺迪片刻不停的快感襲擊而分心——但現在他努力集中精神，手指笨拙地解開皮帶，不顧褲子合身與否便直接下拉。他想要更多更多，想要那份重量與溫熱……以及那種難以言喻的完滿。現在就要。

甘迺迪的硬物彈了出來，和飄著淡淡鬚後水、麝香與性愛氣味的黑暗一同擠向了傑森。

「好美。」甘迺迪一面說一面伸出手，手掌包覆住傑森的分身。「太美了。」

的確很美。在籠罩著死亡陰影的一天過後，性愛彷彿印證了他們的生命，成了美麗的藝術。

甘迺迪拇指撫過傑森脹痛的硬物，性感的動作雋刻在傑森一寸寸肌膚上，傑森本想嚥下的呻吟終於脫口而出，充滿了赤裸而誠實的欲求。

甘迺迪會意地低聲一笑，一手環抱傑森的腰，將他往門上推——真是了不起的上身力量——傑森也扶著甘迺迪雙肩，雙腿本能地纏上甘迺迪腰臀，同樣展現出不弱的肌力。甘迺迪的手微微一滑，兩人半倒在門板上。

傑森嚥下一聲驚呼與笑聲，甘迺迪則站穩了腳步。傑森扭動身體，靠著光滑的門板將自己往上推，旋轉動作引發了又一波快感與動態。無論是何種角度的肌膚摩擦都好。

「嗯。那裡。那裡……」

「很好。」甘迺迪催促道。「真的太……」

傑森挺身向甘迺迪推擠，甘迺迪也用力頂了回來，推拉很快演變成了撞擊。

傑森弓起背部，甘迺迪收緊了環抱他腰間的雙臂。傑森的背撞上了門把，他卻幾乎沒注意到痛感，現在即使摔倒在地上也毫無差別了。兩人緊鎖在一起，彷彿在進行性愛的殊死搏鬥，腰臀挺動、下身互相突刺，動作時而彆扭、時而疼痛，大部分時候卻舒服得令人痴狂。

這可是甘迺迪。是甘迺迪的老二頂著我的胯。是甘迺迪的老二溢出了滑潤的液體……

隨著每一次挺動，甘迺迪便在傑森耳邊低哼一聲，粗啞、凶猛的聲響令傑森血脈賁張。

他們雙方都呼吸粗重、大汗淋漓，奮力掙扎著朝最終的快樂邁進——嘖，電視上演的還真是輕鬆，實際做起來就困難得多了。傑森下滑數英寸，不耐煩地咒罵一聲。甘迺迪再次收緊了環抱他的雙臂，將他緊緊壓在門前，傑森也夾緊大腿對著興奮跳動的硬物前後挺弄。

「天啊，好棒。」傑森呢喃道。「好棒。好棒。」

「噓。真是的。」甘迺迪的笑聲微微顫抖。

他們在一次次碰撞中找到了某種韻律，房門在他們的撞擊下搖搖晃晃，但這都不重要了。

即使沒對上頻率也還是能行，他們這不就做到了嗎？

讓人如此舒爽的事情，怎麼可能不行呢？傑森再次忘我地仰頭……痛……這回甘迺迪沒再笑他了，可能連碰撞聲都沒有聽見——傑森也幾乎沒感覺到疼痛，只再次迎向甘迺迪越發緊促的挺進。

好爽。好舒服。好棒，好棒。好舒服。不會吧，我竟然和甘迺迪——不對，別去想這件事——

傑森囊袋一緊，眼前冒起了金星。他最後一次靠著門一挺，接著一頭栽進了夢幻閃耀的碧藍通道，直到海浪般的高潮襲來，捲起他的衝浪板、將他沖向燦陽與白浪。

燦爛……閃爍……耀眼……極樂。他彷彿抽離身體、飄上了九天，感受到一道道鮮明的祕密快感刺穿自己，令他迷醉……拜託別停。他乘著快感，飄盪在甜美快樂之中……

傑森憑藉最後一絲理智，將吶喊埋入甘迺迪寬闊有力的肩膀——媽的，他已經太久沒釋放自己的全部了。

他全身溼透、雙膝發軟、顫抖不停地被沖上岸——被扶起身、扶到床上時，他也沒有抗拒。他不記得自己是否脫下了衣物，只知道自己滾倒在微涼棉被與溫暖臂彎之中。一條薰風般輕暖的被子蓋了下來，意識如飛沙般消散風中。

他在淋浴聲中甦醒。

只感到頭痛欲裂。

血液隨心跳在太陽穴鼓譟，傑森痛得皺起了眉頭。他在哪裡，怎麼會有人用他的浴室洗澡？他不是回到洛杉磯了嗎？

浴室門開了，傑森猛然睜眼——一波帶有香皂味的溼暖空氣飄來，同時捎來了熟悉的鬍後水氣味，頓時將他腦中的迷霧吹得煙消雲散。

「維斯特探員，上工了。」甘迺迪說道。「我們可不是來度假的。」

不。會。吧。

難道他——

難道他們——？

還真的是。傑森可是清楚記得——好吧，有一些部分比較模糊——但傑森可是記得昨晚的……很多很多。太多了。其中包括甘迺迪的尺寸。他雙手緊抓著傑森臀部、舌頭刮過傑森乳頭的觸感，以及他唇舌的滋味。

老——天——啊。

傑森猛然坐起身，雙腿踩上地面。他小腦中彷彿有個憤怒的小人，不住用拐杖敲打天花板，大聲呼喊著：**兩個放肆的小子！**

傑森摸索著尋找他的……他是在找什麼啊？他朝甘迺迪偷瞄了一眼。

甘迺迪神情漠然，邊梳整溼髮邊看著傑森不知所措地在地毯上摸索。

傑森找到了四角褲。呵，誰不喜歡在一副馬上要下達命令——而且這絕不會是什麼好消息——的人面前穿褲子呢。傑森昨晚必定是吃了熊心豹子膽才會做出那種事來。

老實說，他不怎麼想回憶起自己所做的一切，以及自己高聲吶喊的一切。

「呃，我還是……」傑森奮力穿上牛仔褲。「去隔壁洗澡好了。」

「隨你便。」甘迺迪轉身走回浴室。

傑森抄起上衣鞋襪匆匆離開甘迺迪的房間。當他踏上旅館走廊的震顫性譫妄風格地毯、來到昏暗燈光下，當一百五十六號房的房門在身後關上時，他才赫然發現自己忘了拿槍套與武器。

將槍套與手槍弄丟——確切而言是忘了拿——可是很要命的失誤。

「你他媽在跟我開玩笑吧？」他懊惱地低語。

他轉身快快敲門。

甘迺迪打開房門，將仍套著手槍的槍套遞了過來。

「謝了。」

甘迺迪眼中閃爍著不太可能是笑意的亮光，但如果他覺得好笑，那好啊，他們兩個至少還有一個人笑得出來。

「我下樓吃個貝果。」甘迺迪說道。

「好喔。我十分鐘後下去。」

雖然沒有人計時，他還是在八分鐘過後到了旅館一樓。甘迺迪一面看報紙，一面在用餐區一角享用歐陸式早餐。

沖過冷水澡後，傑森感覺好多了。他從櫃檯小姐那裡要到了兩顆阿斯匹靈，同時用眼角餘光注意甘迺迪的動態。

我睡過他。他被不由自主冒上來的回憶嚇了一跳——或者，令他驚愕的不是回憶，而是伴隨回憶而來的暖意。

不對，他即使對回憶產生反應，那也該是擔憂才對。他們的關係很可能會攪亂局面，傑森不僅是甘迺迪的搭檔——臨時搭檔——還身負防止甘迺迪闖禍或惹是生非的責任。為了工作、為了所有人，他都必須和甘迺迪保持一段公正客觀的距離。

況且，他甚至不確定自己是否喜歡甘迺迪，他也素來不和自己不喜歡的人上床。

傑森配著滾燙的黑咖啡吞下阿斯匹靈，走向正將報紙摺好的甘迺迪。

「你想吃點東西的話，我們還有一些時間。」甘迺迪說道。

「不必了。」

甘迺迪點點頭，站起身來。

他們從穿著T恤與短褲的兩家人身邊擠過，走出了旅館大廳的自動門。現在是暑假，平日仍有許多人出門遊玩。

甘迺迪開了車門鎖，傑森上車後繫上安全帶。在昨晚發生的一切過後，他覺得自己需要受約束。

「你今早好像有點慌亂啊。」汽車上路、朝金斯菲爾德駛去時，甘迺迪評論道。

「我沒事。」傑森調整了下遮陽板。才大清早而已，陽光也太刺眼了吧？

「桔法斯來了電話，說是收到法醫的鑑識報告了。他想等我們回去再面對面討論。」

「好喔。」

又過了數英里，傑森充分感受到了外在豔陽與內在焦灼。

他突然開口說道：「我不是慌亂，就只是……」他搖了搖頭。「我平常不做這種事的。就是。昨晚那樣。我其實從沒做過那種事。」

「一次都沒有？」

傑森瞟了甘迺迪一眼。甘迺迪是在**調侃**他嗎？不可能。甘迺迪可是個毫無幽默感的人。

「沒和同事做過。我不喜歡把工作和休閒……娛樂……性愛……攪在一起。總之，我喜歡在工作上保持專業態度。」

甘迺迪凝望前方道路說：「調查局沒有親善禁令，這你應該知道吧？」

「嗯。我知道。」傑森以連自己聽著都覺得機械化的語調重複道：「我喜歡在工作上保持專業態度。」

真是的，他有必要為此大作文章嗎？他又沒為自己訂立不和同僚發生關係的規則——不過他倒是很驚訝，甘迺迪怎麼沒有這種規則？傑森偶爾也會和其他探員約會，從沒遇過什麼問題，但是話說回來，那幾次約會都沒有衍生出真正的戀愛關係。戀愛就比較麻煩了。

順帶一提，他們此時的關係和戀愛完全沾不上邊。

「我沒意見。」甘迺迪說道。「我的原則是釣獲放流，這是遵循性格傾向和事態需要得來的結論。」

哇，性格傾向和事態需要啊。

還有，這就是傑森率先出招的理由。他早就知道甘迺迪會用這種話語和他劃清界線，表明昨晚不過是獨立事件，而不是任何感情或關係的伊始。說真的，他們又能發展出什麼感情、什麼關係呢？除了都是同志、昨晚同時情欲大譟之外，兩人根本就沒有共同點嘛。

還好傑森先表明了自己的立場。身分地位與性愛，兩者之間可是存在密不可分的關聯……和某些東西同樣密不可分。

「那我們就這樣囉。」傑森說道。

「沒錯。」

傑森又喝了口咖啡。它似乎在過去一英里路程中變得苦澀了許多。

「好有既視感啊。」桔法斯局長說道。他舉起塑膠證物袋，袋子裡裝著一套櫻桃紅色兩件式泳裝。「凶手用她這件比基尼的上身部分勒住了她的脖子，手法就和以前一樣。」

「她有被性侵嗎？」甘迺迪問道。

「沒有。從驗屍報告看來，瑞貝卡雖然下體附近有瘀青現象，卻沒有被性侵，鑑識人員也沒識別出任何可疑的DNA證據。」

「由此可見，犯人很有可能不舉。」傑森說道。他回頭瞟了坐在桔法斯辦公室門邊的布克斯納一眼。

布克斯納臉色一變，直起身來。儘管明顯有滿腔怨言想發洩，他還是保持了沉默。

桔法斯同意道：「這就和平克不同了。」

「我不認為平克和這樁案件有關聯。」甘迺迪說道。他的語氣仍舊禮貌，但很顯然為一再重複這句話感到厭煩了。

「他的確沒在外頭到處誘拐年輕女性。」桔法斯承認道。「不過他和案件有沒有關聯，這就不好說了。這次的犯人絕對是受了他的啟發。」

「而且這也不是你第一次猜錯了。」布克斯納說道。

「喔？」甘迺迪問道。「我以前什麼時候猜錯過了？」

見布克斯納結結巴巴地試圖回應，傑森暗暗下定了決心——要是甘迺迪將這位親愛的波伊德丟出窗外，他可絕不會出手干預。

桔法斯選擇無視兩人的對話。「死亡時間大概是週六凌晨一點和三點之間。還有一個值得注意的部分，」他說道，「瑞貝卡被勒頸時已經死了。」桔法斯注視著甘迺迪，等著看他的反應。

「那她是怎麼死的？」片刻過後，甘迺迪開口問道。

「她是頭部受鈍器重擊而死。」

傑森問道：「凶手有沒有可能沒發現被害人已經死了？」

「問得好。」桔法斯說道。「法醫認為勒頸是在被害人死亡三十分鐘內發生的，所以凶手可能是太激動或分心，沒發現女孩子早死了，還以為她只是昏過去而已。」

若是如此，凶手的觀察力也太低微了吧。傑森默默等待甘迺迪提出這個疑點。甘迺迪出聲說道：「麻州犯罪現場調查人員怎麼看？她是在陳屍現場死亡的嗎？」

「什麼意思？」桔法斯問道。

「和平克的被害人相比，瑪蒂根家女兒屍體被發現的位置偏遠太多了。」

布克斯納說道：「這傢伙不想像平克那樣被逮到，他比平克聰明，也花了很多功夫藏屍。」

甘迺迪對桔法斯重複了方才的問題：「瑪蒂根是在陳屍現場死亡的嗎？」

桔法斯緩緩地說：「這點他們無法肯定，但他們不覺得死亡地點和陳屍地點相同。而且，我看她也不可能心甘情願跟著凶手去到雷克斯福，如果凶手是先把她帶到雷克斯福再殺害，那瑞貝卡一定是一路掙扎抵抗。」

「這就不一定了。」傑森說道。「廢村對小孩子而言很有吸引力，他們也不會考慮到淹水、木地板腐爛或毒蛇這些問題。」

「如果事情是發生在萬聖節，那還說得過去。」桔法斯說道。「可是瑞貝卡自己在家開趴玩得那麼開心，怎麼可能一時興起去鬼村探險呢。」

傑森仍不認同桔法斯的說法。「『一時興起』不正是青少年的行事準則嗎？況且從親友的證詞看來，瑞貝卡似乎是個經常臨時起意就直接行動的女孩子，假若對方是她仰慕的英俊男人，假若她和對方在一起時很有安全感，而那人又邀她一同前往陰森鬼村、共同冒險呢？想到此處，傑森又朝布克斯納一瞥。

布克斯納感受到傑森的目光，視線也轉了過來，兩人同樣飽含嫌惡、同樣毫不避忌地注視著對方。

傑森說道：「如此可見，案件和原始的連續殺人案有許多相似處，而既然這次謀殺是不同人犯下的，自然會出現一些顯著的差異囉？」

甘迺迪點了點頭。

「說到這裡，我們就不得不再提我的推論了。」桔法斯說道。「我們這次的凶手不是模仿犯，而是平克當初的共犯。我從以前就說了，我就不相信平克有獨自犯案的能耐。」

「是啊，你從以前就這麼說了。」甘迺迪同意道。這幾天和他相處下來，傑森已經聽得出他何時語中帶刺了。

桔法斯同樣聽出了甘迺迪的諷刺，但儘管眼底閃爍著不悅，他還是克制住怒意，拿起咖啡杯喝了一口。

眾人神經緊繃也是正常，畢竟從案件發生到現在已經超過四十八小時了。對當地執法人員而言，四十八小時是極為重要的時間窗口，大部分凶殺案都是在這段時間偵破的——或者說，破案所需的關鍵情報往往是這段時間查出來的。至於沒能在黃金四十八小時偵破的案件，也許會拖上數週、數月，甚至數年……也很可能永無破案之日。

從聯邦調查局的角度而言，調查才剛剛開始呢。一般情況下，地方執法單位直到最初四十八小時過後許久，才會聯絡調查局。

最關鍵的問題是，他們不知道凶手會在何時再次出手。殺害哈妮過後，平克蟄伏了數年，可是他弄死吉妮後不到兩週又殺了一名少女。傑森他們無從推斷平克的共犯或徒弟會何時行動。

甘迺迪說道：「如果硬要把你的理論套用在目前的案件上，就會發現一個問題：它不符合罪犯心理側寫。狩獵人的共犯是不會誘騙被害人一同離開人群的，從前的犯罪手法不包含任何哄騙或勸誘成分，對這個犯人而言，綁架本身就是一大重點。他有能力壓制被害人，迫使不情願的被害人離開最初的地點，這一直都是這一連串連續殺人案的根本要素。」

桔法斯放下咖啡杯。「這都是你的猜測吧。而且你自己也說了，我們這次的凶手是不同人，前一個人用慣的手法，這個人可能用不慣。」

甘迺迪不耐煩地一搖頭，但懶得解釋。傑森理解甘迺迪的意思——局長認為凶手徹底改變了行事風格，但實際上，這種心理特徵是非常難改變的。

「所以說，這次和以前的基本犯罪模式一樣，可是心裡側寫不一樣。這樣就合理了吧。」桔法斯說道。

「我也覺得合理。」布克斯納附和道。「那傢伙就像是沒辦法好好開槍一樣，或者說根本連扣下扳機也做不到。」

傑森藉此機會再度看向布克斯納。「這就再明顯不過了。」他轉頭面向前方時，只見甘迺迪默然凝視著他，臉上笑意全無。

桔法斯不慍不火地說道：「如果不是這樣的話，那就只可能是狩獵人回歸了——只不過他這次狀態不佳。」

甘迺迪露齒一笑，露出滿口森森白牙，令人心生畏怯。

桔法斯也露齒一笑。「說說而已嘛。」

這又是無比漫長的一天。

先前未受邀卻參加派對的客人被一一追蹤出來了，又多了一大疊新的證詞。傑森與甘迺迪分別讀了半疊，卻沒看出任何端倪。

「瑞貝卡雖然狂野了些，」傑森說道，「但絕不是壞孩子。」

「是啊，她不壞。」甘迺迪同意道。「只是從小嬌生慣養，遇到危險也傻呼呼的不知道要怕。」

後者無疑是瑞貝卡雙親的過失了，瑪蒂根夫婦目前正在走廊另一頭的局長辦公室裡，要求局長速速查出結果。瑞貝卡從小相信世上沒有錢買不到的東西，而這正是因為她父母相信世上沒有錢買不到的東西——正義也不例外。

有些事情，是再怎麼多金錢或信用都無法挽回的。

見最後幾篇證詞也毫無幫助，甘迺迪轉而繼續試圖聯絡柯蘿．南恩與吉瑞米．凱瑟醫師。然而，他仍舊徒勞無功。南恩不肯和聯邦調查局溝通，凱瑟舊的電話號碼停用了，而且似乎沒有辦新門號。

「他寫了三本書。」傑森看著iBooks清單告訴甘迺迪。「《黑暗中的聲音：死因的一百篇訪談記事》、《戀屍與食屍：特殊癖好連續殺人犯的案件剖析》，還有最暢銷的《人群中的怪物：淺談精神失常、變態與淫樂殺人》。」

「只要是和腥羶色沾上邊的題材都一定賣得好。」甘迺迪心不在焉地說道。

兩人徒然工作了一整個上午，不過在這個調查階段查不出線索也不意外。到了一點多，甘迺迪出聲說道：「要去吃午餐嗎？」

要。他要。傑森毅然說道：「我晚點再吃好了。」

「那我先走了。」甘迺迪說道——然後就先走了。

約半個鐘頭過後，傑森終於出去吃午餐，同時也撥了通電話給曼寧特別主管探員。他告訴曼寧，調查有了初步進展，但進展不快，他也認為自己對調查毫無幫助，繼續留下來也無用。

「維斯特，我無法認同你的，呃，結論。」曼寧說道。「我要不是認為你，這個，有必要在那邊協助辦案，當初就不會指派你過去了。」

「長官，我不是在跟你謙虛，甘迺迪是真的好好控制住局面了。我是不知道威斯康辛州究竟發生了什麼事——」

「我告訴你那時候發生了什麼事。」曼寧激動地說道。「那個傲慢的混蛋差點毀了整個調查行動，他居然在全國轉播的電視上威脅要一拳打爆當地警長——這是他的原話——『蠢到了家的胖臉』。他可是在**全國轉播**的電視上說了這種話喔，維斯特，對方還是州長的親女婿呢！」

「啊。」傑森說。

「而且他事後又不肯道歉。」

「原來如此。」

「他沒辦法配合團隊工作，他……」曼寧特別主管探員氣得說不下去了。片刻後，他說道：「維斯特，我，這個，之所以能心安，完全是因為有你在那邊控制情勢。我知道有，呃，能夠配合團隊工作的人在那邊，也知道你能提供，呃，關於那邊狀況的情報和意見給我，所以才安心啊。」

「長官，你需要請行為分析小組的人過來幫忙，需要請真正能幫上甘迺迪的人過來——不過他可能也不需要別人的幫助——而我則需要回歸自己的團隊，繼續完成自己的職務。」

「行為分析小組的人我都信不過。」曼寧說道。「假如甘迺迪，這個，又有什麼越界行為，行為分析小組的人是不可能老實告知我的。他們組裡的人不可能幫我蒐集，這個，懲處甘迺迪所需的證據。」

我也不可能幫你懲處甘迺迪的。

傑森沒有將心裡的話說出口，團隊合作的一環就是在某些時刻識相地保持沉默。曼寧的話還沒有說完……曼寧這種人就是愛嘮叨。

「而且啊，維斯特，你也知道這個，呃，藝術犯罪調查小組所有組員都可能在必要時派去支援其他小組。這也算是你，這個，職務的一部分。」

確實，儘管藝術犯罪調查小組人手短缺，儘管他們的工作十分重要，其他人還是將他們視為一般文書工作人員，必要時可以派至其他部門支援調查。他們在局裡不過是小小的螺絲釘罷了。

「還要多久才能結案？」面對傑森的沉寂，曼寧直截了當地問道。

「報告長官，現在還無法估測結案時間，可能還需要好幾週。犯人目前仍逍遙法外，隨時可能再次出手，我們也還沒有查出他的身分。」

「很好。」曼寧說道。「你和甘迺迪合作的時間越長，就越有機會，呃，做紀錄。紀錄是很重要的，你千萬要記得這點。維斯特，你這個人聰明又有野心，以後前途不可限量，這之後我還會欠你一份人情呢。我現在得趕快去參加，呃，會議了。謝謝你幫我，這個，更新近況。」

說罷，曼寧掛斷了電話。

很好？在曼寧眼中，只要有更多機會捉住優秀探員的把柄，即使連續殺人魔在外作亂也算是好事嗎？

傑森將剩下半個三明治丟進垃圾桶，徒步回到警局。

走進和甘迺迪共用的辦公室時，甘迺迪瞟了過來，眉頭一皺。「出什麼事了嗎？」

換作在三天前，他絕不可能對傑森表露出此等興趣，甚至不會表現出注意到傑森走近的跡象。

「沒什麼。」傑森坐了下來。「我想看看原始案件的犯罪現場照片。」

甘迺迪揚起眉毛。「是嗎？」

他那小心翼翼的語調又是什麼意思？

好吧，傑森也許能懂他的意思。意思是，甘迺迪隱隱察覺到了傑森的敏感心性。那又如何？

傑森說道：「人魚掛飾。我想看看能不能從這個角度著手，找出什麼線索。」

「我也覺得一定有線索，但我們以前一直沒找到。」

「這是我的專長，是我專精的領域。」

甘迺迪快速翻過一張張犯罪現場照片，遞了一疊過來，傑森默默接過了照片。他知道甘迺迪是在幫他篩選照片，讓他不必目睹哈妮的慘狀。一個人無論多麼堅強、多麼世故，當暴力事件被害人是自己熟識的人之時，感覺總是和平常查案時不同，內心也總是會掀起沉痛的波瀾。

傑森在辦公桌抽屜找到放大鏡，開始聚精會神地檢視瑞貝卡陳屍現場的照片，將人魚掛飾的每一絲細節都收入眼底。

掛飾整體是立體的圓形，打磨得十分光滑……高度不過兩英寸。他伸手拿取十多年前的照片。

檢視照片中小小的淺色圓形雕飾時，傑森彷彿遭到電擊。這枚吊飾他認得，這就是從前掛在哈妮鑰匙環上的小飾物，他至今仍記得清清楚楚，幾乎能回憶起指尖下細小魚鱗精緻的觸感。

他闔上雙眼，再睜開眼睛。現在可沒有被回憶或情緒分心的餘裕。傑森伸手取過下一張照片，這隻人魚稍微小一些，是用顏色較深的材料雕刻而成，形狀則較接近橢圓。它和哈妮那隻人魚風格一致，不過臉部與尾巴上的鱗片和哈妮那隻有些不同，同時也和瑞貝卡那隻有些不同。

那就不是大規模生產的商品，而是手刻的了。

傑森將六張照片排在桌上，每一隻人魚都有些不同，但整體上大同小異。至少在他的肉眼觀察下，六隻似乎都出自同一位藝術家之手。

他後頸一麻，汗毛直豎。

這位藝術家有沒有可能至今仍藏身暗處，悄悄地興風作浪？

「找到什麼線索了嗎？」甘迺迪問道。

傑森茫然抬眼。「什麼？」

「你怎麼一副見鬼的表情？」

「我幾乎能肯定，這些是同一位藝術家刻的。」

甘迺迪似乎在等他說下去。「好喔。」見傑森不語，他出聲說道。

「它們都有些微的差異，不過這種雕刻風格非常獨特、與眾不同，我敢發誓這都是同一個人刻的。」

「所以現在的問題是，犯人是從哪弄到人魚掛飾的？」

「對。或是說……對。」這真是他們現在面對的謎題嗎？也許吧。這的確是個值得探討的問題。上一次謀殺案已經是十年前的事了，謀害瑞貝卡的凶手是從哪弄到同一位藝術家出品的人魚掛飾？傑森說道：「我在想，如果能查出這個藝術家……」

「你認為藝術家本人和事件有關？」

傑森還未確定思緒的方向，甘迺迪便立即跳到了他逐漸逼近的結論，令他有些侷促。「不曉得。他現在完全有可能還潛伏在外吧？」

「你說呢？」

傑森凝視著甘迺迪。「你──和專門調查小組──從沒考慮過藝術家也有涉案的可能性。也許這個人一直沒發現自己的作品和這一系列命案有關，他或她可能住在別州，甚至遠在外國。」

「說得沒錯。」

「但是，那人也可能就在附近。」

甘迺迪仍然注視著他，仍然在等待。他在等什麼？等傑森出色的推理嗎？等傑森做出對此次調查的實質貢獻嗎？

「原始案件中並不是所有被害人身邊都放了人魚掛飾。」甘迺迪說道。「只有五個女孩子有人魚，我們不確定其他的掛飾是意外遺失了，還是凶手根本沒在犯罪現場放掛飾。第一個被害人的屍──」

「哈妮。」傑森插話道。

甘迺迪快速瞟了他一眼。「對。哈妮·柯里甘身邊就沒有人魚──這樣說也不對，她的人魚掛在鑰匙環上，還在她的車裡。一開始沒有人注意到人魚的重要性，一直到事發好幾個月過後、調查局也著手辦案，我們才把人魚連結到了謀殺案。」

「那是她在被……幾個星期前買的。」

「沒錯。其他幾隻人魚都是平克自己買的，他買下了辛普森店裡的最後四枚人魚掛飾。這時候問題就出現了：這之間有著六年時間差。哈妮的掛飾不是從辛普森那裡買的，因為當時經營禮品店的人還不是辛普森。」

「那當時的禮品店老闆是誰？」

「蓓珊妮・道格拉斯。她把店面賣給辛普森之後就搬去奧勒岡州了。」

「道格拉斯？她是派翠莎・道格拉斯的親戚嗎？派翠莎是瑞貝卡最好的朋友吧，就是週五晚間和她吵了一架的那位？」

甘迺迪微微一愣。「不曉得，我沒注意到她們姓氏相同。」他注視著傑森的目光多了一絲驚訝與讚許，令傑森內心萌生了溫暖。

然後又為自己的得意感到愚笨至極。

「當時有人去問過那位道格拉斯女士嗎？」他問道。

「有。她那時年紀很大了，健康狀況也差。她說掛飾好像是當地某個藝術家做的，印象中藝術家是女人，不過她不是很確定，而且也不記得那人的名字或其他任何細節了。她說這些資訊都給了辛普森，辛普森則堅稱自己手上沒有任何情報。」

「這點就相當可疑了吧。」

「確實。」甘迺迪歪曲著臉。「但是後來我們和好幾個人談過，每個人都說辛普森接管禮品店時，店裡的帳本和紀錄全都亂七八糟，根本什麼都查不到。」

「唔。」傑森將照片疊在一起，一面翻看一面整理。「所以說，哈妮的鑰匙環上掛了人魚吊飾，而一直到茱蒂遇害時才有第二隻人魚出現。後來又出現了空檔，到第六名少女——蘇珊·帕威爾——遇害時，又一次出現人魚。還有最後一個被害人身邊也放了人魚。」

「沒錯。」

「現在，身邊有人魚的被害人多了瑞貝卡一個。」

「沒錯。」

「瞭解了。」傑森拿起放大鏡，繼續細細檢視每一枚人魚掛飾。

說來有趣，這絲毫不像是新英格蘭地區航海者的民俗藝術品，反而讓他聯想到日本的「根付」（netsuke）。根付是用海象牙、貝類、硬木、寶石或瓷器雕刻而成的小雕像。

話雖如此，傳統根付很少有人魚樣式，至少就傑森所知，日本神話傳說中不常看見人魚的蹤影。

無論如何，傑森越看越覺得這幾枚掛飾做工精緻，無疑是藝術家的作品。

甘迺迪忽然將椅子往後一推，打斷了傑森的思緒。他起身說道：「我去原始的犯罪現場看看。」

「好喔。」甘迺迪是想感應那些犯罪現場的氣場嗎？還是想在事發多年後尋找當時遺漏的蛛絲馬跡？

傑森的想法想必都寫在臉上了，甘迺迪補充道：「我主要是需要整理一下想法，出去活動活動筋骨。」

「也好。」

「明早見。」

「嗯。」

這是理所當然——傑森也因此大大鬆了口氣。他當然沒想過要再和甘迺迪共度一夜，心中當然不懷有這樣的期望，而且他當然也儘量保持了冷淡與距離感，表達自己的反對態度。所以，當他感受到竄過身心的失望時，傑森只覺得無比詭異。

他聽著甘迺迪的腳步聲消失在走廊另一端，接著又轉回去用筆電上網搜尋。

還是徒勞無功。

平克有沒有可能弄到了更多人魚掛飾呢？

不可能，如果有，那東西早就在警察搜他家時被搜出來了，也會在他的刑事審判上被當作證據呈現出來了。如此重要的證據，怎麼可能不用以對付平克呢。檢方之所以沒在平克受審時提出人魚這項證據，完全是因為不確定人魚和平克、和案件的關聯為何，畢竟不是所有被害人身邊都放了人魚。

既然無法預測呈現這份證據的結果，那還是別冒險提出這個細節來得好。

總之，人魚是在喬治・辛普森的禮品店買的，而辛普森一直沒能找到最初將掛飾販售給禮品店的神祕人物。

辛普森有沒有可能在說謊呢？他當初受人懷疑，應該不只是因為人魚掛飾是從他店裡來的吧？掛飾有沒有可能是他自己刻的？他有沒有可能蒙騙了所有人？

不可能。辛普森若真有精湛的雕刻技藝，那應該能從他身上看出些端倪。況且，哈妮最初購買人魚掛飾時，辛普森不是還未從道格拉斯那裡買下禮品店嗎？

傑森暗暗決定找時間親自詳閱辛普森的檔案，看看他最初為何受懷疑——以及後來消除嫌疑的前因後果。

至於現在呢……他用辦公室事務機掃描了幾張照片，用電子郵件寄給和他有合作關係的藝術品經銷商與藝廊。

他們可能會馬上發現新線索，信件也可能石沉大海。假如人魚真是當地藝術家或很有天分的業餘人士所造，那或許還真查不出什麼。

不過話說回來，假如藝術家真的是當地人，那十多年前的調查人員應該能辨認出掛飾的來源才對。這幾枚掛飾可是精緻得很。

令人印象深刻。

傑森希望自己的熟人當中會有人認出掛飾的做工——或至少幫助他找到具有此等慧眼的人

物。

他隱隱感覺到，只要找到這位神祕的藝術家，就能夠逼近謀害少女的凶手了。

CHAPTER 14

「晚安。」當晚，傑森離開幾乎無人聲的警局時，考特尼警員提高音量說道。

「晚安。」傑森應道。

今晚，警局停車場幾乎全空，表示桔法斯局長與局裡其餘人無奈地走上了持久戰這條路，開始配速了。

傑森左轉沿著大街走去，最後回到了華倫將軍旅社。

「我把洗好的衣服放到你房間了。」夏洛特對走進大廳的傑森說道。

「謝謝。」

她似乎剛剛哭過，語音顫抖地問道：「你知道東尼在哪裡嗎？」

傑森原本聚精會神想著其他事情，片刻後才想起了東尼．麥恩洛那傢伙。「不知道。」他說道。「他交保釋金了嗎？」

「交了。」夏洛特正想說下去，她父親卻從後方辦公室喚道：「小夏，可以進來一下嗎？」

她對傑森投了個不耐煩的眼神，但還是乖乖回道：「好喔，爸爸。」

傑森離開了大廳。

游泳池和平時同樣空無一人，大部分房間一片漆黑，甘迺迪房裡也沒有隔著窗簾透出來的燈光。他莫非到現在還在荒郊野外尋訪舊時的犯罪現場？

傑森回到自己房間，只覺疲憊不堪、頭部隱隱作痛，但他必須吃點東西，而且要他整晚窩在汽車旅館房間裡也太悶了。他沖了個澡，換上乾淨的牛仔褲與上衣，接著離開旅社朝藍人魚酒吧走去。

酒吧門一開，傑森第一眼就看見山姆·甘迺迪高級特別探員在吧檯前吃炸魚薯條，雙眼盯著酒吧一角的電視。

傑森也朝電視螢幕一瞥，看見淚流滿面的瑪蒂根夫婦，他們想必因害死女兒的凶手仍未被繩之以法而感到義憤填膺。那之後，電視上出現了桔法斯局長困擾不安的臉，他忙著回答記者接踵而至的提問。即使和電視相隔一段距離，即使電視靜音了，傑森仍然看見桔法斯道出「模仿犯」三個字時的嘴形。

傑森腦中閃過了悄悄退出酒吧的念頭，但那也太誇張了。他又不是在躲避甘迺迪，只是不想讓甘迺迪以為他在跟蹤——想法還未完全生成，甘迺迪便抬眼望來。

甘迺迪並沒有露出喜悅的神色，不過看見傑森時也沒顯得過於困擾。半晌過後——感覺還真過了半晌——他點頭打招呼，於是傑森朝吧檯走了過去。

「結果如何？」傑森問道。

「什麼結果如何？」甘迺迪反問道。

「你不是去以前的犯案現場踩點了嗎？」

甘迺迪不置可否地聳起一邊肩膀。「去是去了，但我沒什麼新的靈感。你那邊有什麼進展嗎？」

「你不介意的話，我明天想回波士頓一趟。我在那裡有一些藝術界的熟人，其中幾個專門買賣民俗藝術品，他們也許能幫助我們找出製作那幾個人魚掛飾的藝術家。」

「你覺得那幾枚掛飾真有那麼獨特嗎？」

「嗯，非常獨特。」

說來有趣，甘迺迪對一件事感興趣時，總是這般眼神一亮，彷彿腦中的電路陡然接通了。

吧檯另一側身材苗條的棕髮女服務生稍微停下動作，對甘迺迪說道：「我就說很好吃吧？是不是很讚啊？」

「好，那你去吧。」

甘迺迪低頭檢視自己手裡的炸鱈魚。「還不錯。」

她朝甘迺迪手裡半空的酒杯一點頭。「再來嗎？」

「謝了。」

她轉向傑森。「抱歉讓你久等了，我們的調酒師今天不知道是怎麼了，突然不來上班。想點什麼呢？」

「一杯山姆．亞當斯。」

「那要來點吃的嗎？」

「你們有沙拉嗎？」

服務生笑了。「呃，沒有耶。我們沒有沙拉，只有炸魚薯條、漢堡或雞翅。」

「那炸魚薯條好了。」

「不錯的選擇喔。」她微笑著轉身去忙了。

甘迺迪疑問的眼神朝傑森投來。

「怎麼了？」傑森問道。

「你不打算坐下嗎？還是等等就要跑路了？」

傑森乾笑兩聲，在旁邊的高腳椅上坐下。片刻過後，他開口說道：「我今天和曼寧特別主管探員通過電話。」

甘迺迪咬了一大口炸魚。「嗯？」

「我請他將我調離這椿案件的調查小組，但他拒絕了。」

甘迺迪短促地笑了一聲。「他怎麼可能放你回去呢？有了你在這邊，他每晚才能安心入睡啊。」

怪了，他的用詞幾乎和曼寧一模一樣。

甘迺迪又譏諷道：「他把所有希望都押在了你和你的黑色筆記本上了。」

「你覺得我在記錄你的言行？」

甘迺迪露出歪斜笑容。「如果有，那絕對是很有趣的讀物喔。」

傑森面頰發燙地別過了臉。

「沒有。」甘迺迪說道。「我不覺得你在記錄我的什麼。」他吞下最後一塊魚肉，用紙巾擦了擦油膩的手指。「所以呢，真正讓你煩惱的是什麼？告訴我吧。」

「我不是已經告訴你了嗎。」

甘迺迪擦完手，將餐巾紙捏成一團丟在餐盤上。「並沒有。說吧，你為什麼打給曼寧？」

「我總覺得自己——我不覺得自己——」

甘迺迪那雙犀利藍眸凝視著他。

在拼湊出我的心理側寫呢。傑森諷刺地心想。

見他沒再說下去，甘迺迪說道：「你一開始就該告訴曼寧，你和這樁案件關係太近了，所以因為個人原因無法完成這份任務。」

「**什麼？**」傑森愕然盯著他。「別胡說了。我確實還留有從前的痛苦回憶，這些回憶也許比我預期的多一些，但這並不妨礙我完成工作。」

甘迺迪輕笑一聲。「好啊，我同意。那傑森你說，問題出在哪裡呢？」

傑森。

聽見甘迺迪張嘴直呼自己的名字，傑森微微一愣。

他現在真的不想去想著甘迺迪的嘴。

說到這個，他為何大費唇舌表明自己不和同事上床呢？他當然還想上床了，昨晚明明是如此美好，美好得令他忘我。加入調查局以後，他除了工作以外……就是工作了。

甘迺迪注視著他，眼神專注、嘴角浮現了淺淺的微笑。

「我也不曉得。」傑森喃喃說道。「總之我不喜歡這次的案件。」

「怎麼可能有人喜歡這樁案件？」甘迺迪的語調帶有一絲諷刺、一絲幽默。他輕聲說道：

「我知道你需要什麼了……」

傑森警戒地瞟了他一眼，只見甘迺迪笑得更開了。

「你需要喝一杯，喝好幾杯。你瞧，妮卡這就來拯救你了。」

妮卡在甘迺迪面前擺了新的一杯啤酒，在傑森面前則擺了一盤仍然滋滋作響的炸魚薯條。她開了啤酒瓶，動作純熟地往冰酒杯裡倒山姆．亞當斯啤酒。「還需要什麼嗎？」

「先這樣就好了。」傑森說道。

她對傑森粲然一笑，轉身離開了。

甘迺迪說道：「他們今天下午讓麥恩洛保釋回去了。」

「我聽說了，這其實也是預料之內的事。你該不會認為他——」

甘迺迪搖了搖頭。「不可能。他要是有罪，現在應該已經完全崩潰，把事情全盤托出了。他不是凶手。」

傑森一面吃，一面和甘迺迪討論案情。最後，傑森推開了餐盤，開始考慮是否該再點一杯啤酒。甘迺迪還打算繼續待在酒吧嗎，還是準備回汽車旅館了？如果他要留下來，那傑森就再點一輪酒。這只是再尋常不過的友善社交罷了。

「感覺好一點了嗎？」甘迺迪問道。

傑森扮了個鬼臉。「嗯。好多了。」

甘迺迪讚許地點頭。「很好。你明天打算一大早出發嗎？」

「明天？」

「你不是要去波士頓嗎？不是要去和藝術界的熟人談話？」

「喔。對。可能會早一點出發吧。」他仔細端詳甘迺迪的臉，這才意識到自己即將漏接對方丟來的球。他趕忙補充道：「也沒有**那麼**早出發啦。」

「沒有嗎？」儘管甘迺迪神情嚴肅，傑森還是明顯感覺到自己被嘲笑了。「好喔。嗯，我知道你對自己訂了嚴格的親善禁令，所以我也不想讓你尷──」

「你閉嘴啦。」說罷，傑森自己也笑了起來。

這回，他們雙方都清醒許多，動作也沒有先前那般焦急了。儘管如此，被甘迺迪往床上推、聽見左肩的襯衫縫線崩裂時，傑森還是暗暗慶幸自己請夏洛特洗了衣服。

從門口移動到床上這一小段距離內，他不僅沒了上衣，就連鞋襪也不知所蹤，而甘迺迪丟失的衣物就比他更多了。

傑森在書桌前鏡中瞥見自己的臉──方才進房時，甘迺迪開了燈──看見自己癱躺在床上，頭髮凌亂、雙眼閃爍著狂亂的光芒，任由甘迺迪雙手握住他腰髖、將牛仔褲褪到膝彎。

「要關燈嗎？」傑森問道。他再怎麼浮誇也沒有露出的癖好。

「不要。我喜歡看著你。」甘迺迪將傑森的牛仔褲完全脫下、丟到一旁。他俯身撐在床上，撐在傑森肩膀兩側的雙手握成了拳頭。「你很好看。」

傑森笑得有些羞赧。「小白臉。」他自嘲道。

「是啊。」甘迺迪同意道。「不過你不只是臉好看，腦子也比我想像中聰明。」

傑森氣呼呼地說道：「至於你呢，你倒是比我想像中幽默。」

「這就不好說了。」話雖如此，甘迺迪臉上卻掛著笑容，俯身靠向彈簧床。

接下來數分鐘在肢體接觸與快感之中度過了。甘迺迪雖然不怎麼喜歡接吻，卻絕對算得上凡事以口就之的人，傑森上半身所有敏感部位都受到了他唇舌的關照。被別人輕咬耳朵、舔弄乳頭時，誰還能記得自己原先的煩惱？不過這也引發了新的一層憂慮。

「嗯，好好看。」甘迺迪磨蹭著傑森的肘窩呢喃道。就連這個動作……原來肘窩也能算性感帶啊。

甘迺迪就彷彿單人性欲突襲隊，傑森被逗弄得面頰潮紅、氣息凌亂地翻身趴著，試圖爭取數秒時間，控制住自己的聲音與面部表情。

甘迺迪吻著他後頸，撥開了他的鬈髮，令傑森全身一顫。

「我這就讓你暖起來。」甘迺迪保證道，接著嘴唇緩慢卻又刻意地沿著傑森背脊下移，擦過每一節脊椎，來到了傑森後腰處，輕輕磨蹭。傑森用力嚥了口口水。不忍說，被甘迺迪雙唇碰過的肌膚還真的暖了起來。

「這種感覺真的……」

「沒錯喔。」甘迺迪語帶笑意。

甘迺迪溼滑的指尖探入傑森後庭，令他微微一跳，闔上了雙眼，努力讓自己放鬆身體。

「這樣可以嗎？」甘迺迪問道。這是他難得的詢問句，他是真的在等傑森回答，輕緩的撫摸與按壓帶給了傑森一波波電流般的快感。

「這樣……嗯。好舒服。」甘迺迪的手指轉換角度，加重了按壓力道，令傑森呼吸一滯。

「我喜歡對你這樣。」甘迺迪低聲說道。「明天看到你，我就會回想這樣碰你的感覺。」

傑森呻吟一聲。**我明天會在波士頓。**但這不是重點，他總不可能一輩子躲在波士頓不回來，以後每次看見甘迺迪，腦中浮現的也將會是此時此刻。

他又往鏡子偷瞄一眼，老天啊，這也太……淫亂了。他迎合甘迺迪手指的動作、他臉上的紅暈與焦急的渴望。兩人一絲不掛就算了，這也過於露骨了吧。

他閉上雙眼，闔眼前卻瞥見了甘迺迪的臉。

甘迺迪宛如即將撲上去襲擊獵物的掠食動物，看上去專心致志，沒像傑森這般忘我——或至少忘我的方式不太一樣。他全神貫注地觀察傑森、評估傑森的狀態，因此也注意到了傑森片刻的分神，順著視線望見兩人在鏡中的倒影。甘迺迪微微一笑。

他動了動手指——**什麼鬼？**——傑森微微弓起背部，發出了自己絕對未曾發過的聲音。

甘迺迪顯然沒在工作的時間並沒有全花在喬治·溫斯頓演奏會上，這種動作可不是自己練習就能練成的。如果可以自學，那傑森也很想請教練習方法。

甘迺迪再次扭轉手指，傑森跟著在床上扭動身軀，感受到了小腹猛烈的快感。太多了，要是再吃上一招，他就要當場繳械了。「等一下，」他喘息道，「別……」

甘迺迪沒有停下，不過動作瞬間變了，和緩的觸碰將傑森從高處帶了回來，穩住了他的身心。

「冷靜點啊。」甘迺迪悄聲說道。「等等我。」

傑森閉上眼睛，集中心神，將身體甘美反應以外的一切都杜絕在外。

甘迺迪的重量壓了上來，他雖然高大，筋骨卻意外地柔軟，而他的分身——**喔，有保險套，很好**——用力往傑森敏感的幾處戳了幾下，這才擠到了臀縫中。這就是傑森要的妥協了吧？還有比這更美好的妥協嗎？

傑森的心似乎脹了起來。**就這樣吧。別冒險，別再靠近了。**這還是不夠，他還想要更多，想要全部，想要一切。

他緩慢呼吸，有意識地放鬆身體，抬起腰臀邀請對方。甘迺迪下身一滑，期待地一頂。

「好。」甘迺迪沉聲呻吟道。「我要的就是這樣。」說罷，粗大的硬物推進了傑森體內，傑森感覺自己被豐滿與愉悅撐了開來，感覺意外地吻合、意外地熟悉。

傑森舒服地高聲呻吟——他在床上習慣出聲，即使不組織字句也會忍不住呻吟，這次更是壓不下充盈全身的快感——甘迺迪發出了帶著笑意的低聲，一個吻落在他肩頭。

傑森用手肘與膝蓋撐起身體，迎著甘迺迪的挺進擺動身軀，兩人尋得了自然而然的節奏，推與拉、前與後、領先與跟隨……速度加快了，彈簧床大聲尖響，床頭板一次次撞擊牆面。

「天啊，好棒。」傑森喘息道。「天啊，我需要……」

這個。這一切。溫暖的燈光、濃烈的性愛氣味、滑潤的聲響、肌膚與氣息的溫熱……以及兩人相連的感受。當你經常見證並親身經歷人性最醜惡的一面，自然會渴望生命中較為美好的事物，渴求這些美好事物存在的證據。是啊，他需要健康、快樂的人際往來，而世上沒有比這更親密的連結了。

甘迺迪在他耳畔悄聲說道：「維斯特，你還真不一般。你好不一樣……真的很不一樣……」他同時輕鬆、規律地貫穿著傑森。

你對每一個臨時床伴都是這麼說的吧……

他們開始加速奔向終點，呼吸淺促、肌膚熱燙、肉體相撞。甘迺迪強健快速地深深挺入傑森，深處的甘美快感令傑森從內而外顫抖不停。

傑森隨每一次突刺喘息。「啊……」發自內心、近似痛楚的細微歡聲脫口而出，他開始隨甘迺迪凶猛的喉音不住呻吟。

「啊……啊……啊啊……」

甘迺迪十指扣入傑森髖部，轉換了抽插角度，寬鈍頂部一次次刮過傑森的腺體。天啊。傑森的身體猛然一挺，甘迺迪雙臂鎖住了他的腰，抱著他保持跪立姿勢，緊緊抱在自己寬闊的身軀之前。傑森無力地仰頭靠上甘迺迪肩膀，任由甘迺迪一次又一次深入至最美妙、最柔弱的位置，舒服得背部肌肉時張時弛。

傑森忍不住開始啜泣。他承受不住這……甜美得令人發瘋的感受……簡直像雷劈似的。是啊，簡直像是性感極樂的雷擊。

他彷彿真正被雷劈中，電流從脊椎末梢竄遍全身，從下體一路竄上了腦門。他達到了快感頂峰，激烈到感覺自己即將碎裂。這次高潮可不是和緩的綻放，而是色彩與芬芳的縮時爆炸。他感覺到自己釋放而出的熱液濺在腹部、胸膛，以及甘迺迪雙手。

「嗯，就是這樣……」甘迺迪深深滿足地說道，同時放慢了抽插動作，似乎在慢慢享用傑森劇烈的反應。

傑森氣喘吁吁地仰頭，感覺到甘迺迪的唇擦過肌膚、親吻他的淚痕。

甘迺迪伸手觸碰傑森此時極為敏感的乳頭，但沒關係，傑森配合地扭動腰臀靠近甘迺迪腰胯、催促甘迺迪加速。他自己的高潮即將結束，現在他只想快快結束、在快樂餘韻中進入夢鄉。

甘迺迪再次加快抽插速度，腰臀挺進、撞擊傑森的臀，傑森也配合他擺動。甘迺迪的手指描過他的唇，傑森嚐到了自己的味道，而甘迺迪接下來的低語更是挑起了驚人的情慾：「含著。」

含著？

好喔，只要能讓甘迺迪開心，只要能了結這一切、快快入睡都好。傑森舔過甘迺迪的手指，將指尖含到口中吸吮。他想不通，這到底哪裡性感了？他還是儘量認真舔弄吸吮，口中充斥了又甜又鹹的滋味。沒想到……他感覺自己下身再次昂起頭來，而與此同時，甘迺迪以近乎暴力的態勢在他體內劇烈噴發。

結束後，甘迺迪重重倒在了傑森身邊，沒想到還伸出一條結實有力的手臂環抱住他。甘迺迪喜歡在做愛後相擁而眠嗎？這就有趣了。但其實……這樣也不錯嘛，比傑森想像中舒適許多。

甘迺迪一隻手指輕輕描過粉紅色的螺旋狀疤痕，令他肌膚一陣麻癢。這是穿透傷，傑森肩後的子彈出口處疤痕就更加明顯，也更加怵目驚心了。

傑森喃喃說道：「我們小隊難得去一趟邁阿密，結果我什麼戰果都沒有，就只多了這個該死的彈孔。」

「你是怎麼受傷的？」

「器材故障。」他睜眼對甘迺迪微微一笑，卻見甘迺迪笑意全無。

好吧，這也不是什麼好笑的故事，反而恐怖非常。這是傑森險些一命嗚呼的故事。

「我當時和邁阿密辦公室的人合作，任務是追回將近兩百件前哥倫布時期的古文物。我們發現這些文物都在一群惡徒手裡，那些人需要販賣文物換取現金來支持他們的毒品貿易。我們得知消息之後當然都非常興奮，逮到他們的話，我們就等於立了一石二鳥的大功。」

「很好啊。」

「是啊。我們準備在邁阿密鬧區一間旅館的房間裡逮捕他們。」

「這樣不太理想。」

「對啊，怎麼看都不理想，但歹徒十分精明，態度也越來越謹慎多疑了。總之，我們決定由我去交錢，趁他們數錢時溜出去，接著讓戰術小組進房逮人。房門被我們動了手腳，理論上一推就開了，我甚至不必轉動門把。問題是……門鎖在緊要關頭突然故障，我開不了門。」

「什麼嘛。」甘迺迪輕輕說道。

「我當時也是這麼說的。除了這句還說了不少呢。總之，戰術小組進不來，我也出不去，雖然只有幾秒時間，也足以讓那群哥倫比亞人發現情況不對勁了。你應該能想像他們當下的心情——他們非常不高興，對我更是不高興到了極點。」

甘迺迪指尖輕輕探索傑森的鎖骨線條，從動作可見他對人體構造的熟悉，輕柔的觸碰卻也令傑森肌膚微微戰慄。「子彈打穿你的防彈背心了。」

「是啊，那一顆是打穿背心了。另外兩顆直接打在了背心上。」回憶潮湧而來，傑森停止言語。他當時彷彿被馬蹄猛踹在胸口，連踹了兩腳，兩條肋骨在衝擊下斷裂——但這雖然慘，至少還不是最慘。

他感受到心臟奮力鼓譟、逐漸加速。還是別花太多心思想這些吧。甘迺迪想必也感覺到逐漸加速的脈搏了，傑森可不想讓甘迺迪以為自己無法勝任實地調查工作。

「我那時候也聽說邁阿密發生了槍擊事件。」甘迺迪緩緩地說。「原來那就是你啊。」

「就是我。」

他嚴肅地說道：「還好你活下來了。」

「謝謝。」傑森笑了笑。「我也很慶幸呢。」

甘迺迪放開了他，伸手關燈。

傑森翻身側躺，闔上了雙眼。甘迺迪調整姿勢仰躺著，滿足地深深嘆息。傑森微微一笑，任由睡意將自己拉入夢鄉。

醒轉時，他身邊空無一人。

一兩秒過後，傑森才發覺他並不在自己的房間裡——即使在昏暗中，他也能區分霍默·溫斯洛與亞瑟·夸特利畫作影印圖的差異——然後他赫然想起了昨夜的一連串事件，想起了自己為何在……他瞥了時鐘一眼……星期三上午六點半出現在別人房裡。

他朝浴室一瞟，只見浴室門開著，裡頭同樣空無一人。

那……好喔。甘迺迪也許是出門買咖啡了。那也不錯，甚至可謂發自內心的關心與體貼。

然後，傑森聽見鑰匙卡開門聲，房門開了，他這才發現甘迺迪出門不是為了咖啡。

只見甘迺迪身穿運動褲、海軍藍調查局T恤緊貼著身軀，胸腹中央是一條汗溼的深色直線。他滿頭大汗、氣色紅潤，被汗水沾溼的金髮呈暗金色。

「你怎麼沒——」傑森開口道。

甘迺迪出聲打斷他：「你醒了。很好。我們得趕快去一趟警局，又有女孩子失蹤了。」

康蒂・戴維斯二十二歲，夜間在藍人魚酒吧擔任調酒師，同時還是有望成為奧運選手的游泳健將。她習慣每天上午到霍利奧克塘練習捷泳，結果在週二上午練泳時被人綁走了。

「就我們所知，她已經失蹤大概二十四小時了。」所有人在指揮中心集合後，桔法斯局長說道。局長看上去氣色很差，面色灰敗、神情委頓。「她的車在池塘附近的停車場停了一整晚，救生員在草地上發現了康蒂留下的體育用品包和浴巾。」

霍利奧克塘啊。傑森的心沉了下去。就和當年的哈妮一樣。

桔法斯接著說道：「我們當然得考慮最壞的可能性，不過康蒂有可能還活著。現在的第一要務就是找到康蒂。」

布克斯納緊盯著傑森，傑森說道：「我有不在場證明，你有嗎？」即使是為了譏諷布克斯納，他也不該這麼說的。對方還未出言指控他，他就先行替自己辯解，這樣只會令人更加相信布克斯納荒腔走板的論述而已。

幸好布克斯納沒有回應，就只是轉身背對他。

桔法斯說道：「我們以霍利奧克塘為起點開始搜救。我已經打了電話給州警，而且雖然是平日，應該還是會有不少志願者來幫忙找人。我看天上烏雲越來越密，我們在找人的時候得特別小心，要是真下雨了，馬路和步道都會變成泥塘。」

甘迺迪說道：「我和維斯特先去雷克斯福看看。」

布克斯納說道：「雷克斯福？他怎麼可能把人放在跟上次一樣的地點嘛。」

「雷克斯福既然是廢村，就有不少適合藏屍的地方，他不見得要把康蒂放在同一個地點。而且，我們去確認一下也無妨吧？」

「的確是。」局長一面說，一面對布克斯納投了個警告的眼神。「反正我們也沒有更好的主意了。我們還不清楚那傢伙的思考模式。」

「他不可能蠢到每次都把被害人藏在同一個地方吧。」布克斯納聳聳肩，瞟了甘迺迪一眼。「你愛去就去吧。」

「雷克斯福？」兩人回到借用的辦公室時，傑森開口問道。

「我想不到更好的藏屍地點了。你呢？其他人也絕不會想到要再去搜一次雷克斯福。」

「也是。」

甘迺迪套上了防彈背心。「我都忘了你今天要去波士頓。你想追那條線索的話，我可以想辦法跟金斯菲爾德警局借一輛車。」

「我想追那條線索，」傑森說道，「但我要和你去雷克斯福。」

甘迺迪的笑容十分嚴峻。「維斯特，她就算真在那裡，那也肯定是凶多吉少了。」

「我知道。」

甘迺迪看著傑森檢查槍械。「你去找藝術品經銷商問話，比較有機會查出對案件有幫助的線索，比浪費時間找人有用多了。」

傑森將手槍放入槍套。「經銷商的事晚點再說吧。我要去雷克斯福。」

甘迺迪詫異地抬頭，輕笑了一聲。「你覺得我沒能力顧全自己的安危嗎？」

「我覺得，調查局讓探員兩兩一組外出行動是有道理的。」傑森說道。「我也覺得，我要是想獨自前往雷克斯福，你必定不會就這麼放我去。」

甘迺迪露齒一笑。「可能吧。可是維斯特，你這人太聰明了，才不會隨便提出那種計畫。」

「我這人太聰明了，才不會隨便回應你這句話。」傑森說道。

雷克斯福附近許多樹叢都被清除了，以便警車接近犯罪現場，不過停車之後他們還是得走好一段路方能進入村莊。

廢村裡的空氣較為沁涼，因溼度高而沉悶一些。傑森與甘迺迪動作很快，午間就到了廢棄磨坊旁的岔路。

甘迺迪取出望遠鏡，觀察樹林後方的房屋屋頂與煙囪。陽光透過重重烏雲變成了陰森的銀綠色，照在荒林與鬼村之上——這是不是傳說中的「巫光」？——不過目前為止還只有滴雨的程度而已。

「你覺得呢？」傑森問道。他拿起水壺喝了一口。

「沒什麼動靜。南邊有幾隻鳥在盤旋。」

傑森點了點頭。

兩人繼續行進，靴子擦過岩石與泥土。除了他們之外，唯一的動靜就是在前方遠處穿過了小徑的一隻狐狸。今天的微風和上次風向相反，就連高速公路的車聲也變得模糊不清。

抵達雷克斯福時，零星的雨點開始穩定落下，大滴大滴的雨珠打在塵土上，老建築逐漸剝落的漆也被打溼，顏色變得深了些。

「往北還是往南？」甘迺迪問道。「你選一邊吧。」

傑森簡短地回道：「往北。」他當然不希望分頭行動，但這樣比較實際，想在一個下午搜完整座廢村，他們就必須分頭尋人。儘管如此，雷克斯福還是令他感到十分不安——極為不安。他想必接下來數年作噩夢都得回到這座鬼村了吧。

「你只是想再去和你的人魚女友見面吧。」甘迺迪說道。

「是啊，寶貝。」傑森回道。「我對那條尾巴還真是念念不忘。」

甘迺迪笑了。「小心點啊。」他轉過身，沿著街道往反方向走去。

傑森目送他走遠，暗自嘆息，然後自己也邁開腳步開始搜索。

這次和上回一樣進展緩慢，他還是得慢慢搜遍每一幢建築，提著手電筒照向可能藏下一名成年女性的每一個角落。

至少他上次已經探索過這些房屋了，甘迺迪可沒看過村子南邊的建築物。

最後，傑森來到了水生演講廳。

玩笑歸玩笑，他其實這輩子再也不想踏進這個鬼地方了，遑論重見他的「人魚女友」。照甘迺迪的說法，既然人們不認為精神正常的犯人會在同一處藏屍，那最適合隱藏戴維斯屍體的地方就是這間演講廳了。

傑森穿過仿希羅風大門，經過售票亭與擺著老式潛水罩的展示臺。走近主廳入口時，館內各式各樣的古怪氣味撲鼻而至：腐爛的動物標本、濃濃的霉味、令人胸悶的沼氣，所有氣味都在雨水的作用下濃烈數倍。

他停下腳步，拔出克拉克手槍，退出彈匣、扣下扳機、滑動套筒。他緩緩放開扳機，等待扳機復位的聲響。

喀擦。

手槍沒有問題，他在四小時前檢查時也沒有問題，在邁阿密時也沒有問題。問題從頭到尾都不是出在他的武器上。

而且無論如何，他此時面對的也不是槍手。

媽的，你專心做你的工作不就好了。

他將彈匣扣回原位，手槍收回槍套，接著踏進了主廳。

隨著每一步前進，木板在他腳下吱嘎作響。晶瑩雨珠從天花板的破洞滴落。

傑森再次停步，環顧長形主廳，雙眼過了片刻才適應昏暗的環境。地上塵土中多了數十雙腳來回走動的足印，令他回想起三天前的一切。

屋頂破洞透進了明暗不定的光線，照在顏色發白的木地板上。其中一個仿真模型展示箱中有東西捕捉了微光，微微閃爍著，傑森踏上前檢視箱中物品。

那是顆玻璃眼珠。

是原本鑲在動物標本上的東西吧，只不過標本如今已經不見了。那一顆眼珠似乎陰狠地瞪著他。

傑森轉過頭，舉起了手電筒。今天天候不佳，可見度比上回還要低。

雨水從天花板滴下來，在門外窸窣作響。傑森的心臟開始鼓譟，心中湧生了令人惴惴不安——同時也絕不可能出錯——的感覺……這裡不只他一個人。

他快快回頭一瞥。

什麼也沒有。這裡沒有人。**當然沒有人了。**拜託，現在可是有兩名調查局探員在搜索廢村呢。

真是的，他要是隨隨便便就嚇得魂飛魄散，那還怎麼工作？

他故意轉身背對入口，掃視整間大廳，舉著手電筒用明亮白光探索暗處。

他的目光落在了某個……藍色物體上。那看上去像是……人形。他跨步向前，卻聽見木板發出不祥的吱嘎聲。

傑森猛然止步。

那已經不是單一木板的問題了，而是**整片地板**。一整片幾乎爛透的地板。從那個聲音聽來，整幢建築都快倒塌了。

他屏息等待，如履薄冰地倒退一步。

刺耳的尖響從腳下傳來，不過沒有方才那聲令人膽戰心驚。

一滴汗水從太陽穴滾落。他又後退一步，又是一聲驚人的尖響，他彷彿誤踩了老鼠的尾巴。

不過。目前還好。

他又憂心忡忡地朝癱躺在前方數英尺處的女屍望去，要是地板崩塌，犯罪現場也就毀了。

等等。

她是不是——？

她好像——？

傑森緊盯著少女的臉。她雙目緊閉，面無生氣。不會的，不可能。她這是在呼吸嗎？傑森看不出來。剛才有一瞬間，他似乎看見……不會吧。

不可能吧？傑森看不出她胸口是否有起伏。

要是她真的還活著呢？

可惡。距離這麼遠，傑森實在無從判斷。

他必須設法接近，卻不能踩破地板、害他們雙雙摔死。

傑森又小心翼翼地倒退一步。

又一步。

又一步。

手電筒亮光照到了少女身邊數英寸處的某件淺色物品，也許是樹枝，也許是樹葉。也許……誰知道那是什麼鬼東西呢。

這裡的地板感覺踏實一些——這多半只是傑森一廂情願的想法吧——至少沒再發出驚悚的破裂聲了。傑森小心地往旁邊踩去，什麼都沒發生。他緩緩接近牆壁，嗯，這裡的地板貌似比較堅固。

他亦步亦趨地沿著牆邊走向康蒂。她看上去沒有像瑞貝卡那樣滿身瘀痕與傷痕，身上仍穿著連身泳衣。

她一條手臂癱在地上，手邊是一顆淺色的圓珠，彷彿從她沒了力氣的指間滾了出來。

不對，不是圓珠。而是人魚。

傑森撿起了人魚——掛飾的表面凹凸不平，不可能殘留任何指紋——輕輕在拇指與其餘四指之間轉動它。這和哈妮那枚吊飾極為相像，甚至連指尖下的觸感都十分熟悉。

他朝女孩的身體一瞥，結果險些嚇死。康蒂的眼睛睜開了，雙唇無聲地動著。

她還活著。

傑森將掛飾收進牛仔褲口袋，俯身靠近她。「康蒂？聽得到我的聲音嗎？沒事了，現在都安全了，妳沒事了。」

他快速檢查少女的生命跡象。情況很糟，非常糟糕，她不僅脫水還嚴重休克。不過換個角度想，她還沒死已經是萬幸了……

沒有明顯的傷口，喉嚨附近沒有瘀痕，泳衣也還好端端地穿在身上。他們怎麼會如此走運？她怎麼會如此走運？

傑森撥開她面前的頭髮。「康蒂，聽得到嗎？能告訴我是誰把妳綁走的嗎？妳有看到對方的臉嗎？」

她又閉上了雙眼。

「**可惡**。康蒂妳撐著點，我們馬上帶妳離開這裡。」傑森一躍而起，一把抓起對講機。「維斯特呼叫甘迺迪，請回應。」

甘迺迪立刻回應了。「這邊是甘迺迪。你找到什麼了嗎？」

「她在這裡。在演講廳這邊。」

「瞭解，我很快就——」

「她還活著。」傑森打斷他。

一陣金屬音的停頓後，甘迺迪說道：「維斯特，你再說一次？」

「她還活著。我準備呼叫急救——」

他身後的木板忽然發出斷裂聲，傑森伸手拿槍，直到最後才發現危險不是來自入侵者，而是來自地板本身——他腳下的地板猛然下陷。

「……聽得到嗎？」

潮溼。

腐臭、黏滑的潮溼。

什。麼。鬼。

「幹，今天到底是觸了什麼霉頭？傑森？」

他躺在什麼東西裡？他躺在什麼東西上？

柔軟，卻不是舒適的柔軟。海綿般的綿軟與潮溼。

等一下……

「傑森？維斯特？傑森，聽得到嗎？」

他在哪裡？傑森眨眼看向……屋頂的破洞……以及一張焦慮、緊繃且蒼白的臉……以及那張臉上方屋頂的破洞……以及太陽蒼白的臉……

在他的注視下，蒼白無血色的太陽被陰影覆蓋，黑暗再次降臨。

傑森闔上雙眼。他感覺很差，還是別動好了。

上方的聲音低聲咒罵著。「我要下來了。」聲音說道。

要下來了。

傑森猛然睜眼。

不行。

絕對不行。

之前「下來」的東西還不夠多嗎。

「等等。」他勉強出聲。

「**傑森？**」

甘迺迪。

是他啊。

傑森的心微微一暖。他喜歡甘迺迪。

「媽的，你差點把我嚇死了。」甘迺迪喊道。他聽上去確實有些害怕，但主要還是憤怒不已。

「這邊。」傑森啞聲說道。「我在這邊。」

「我當然知道你在那邊了。」甘迺迪喝道。「你還好嗎？」

「還好。」也可能不好。不太好。傑森試圖坐起身，也許只要慢慢來，他就不會嘔吐或癱倒或繼續出糗了。他不確定自己究竟在哪，也不確定自己為何會來到此處。他應該是撞到頭了吧——但他不確定那種黏膩的觸感是鮮血，還是更可怕的東西。他此時正躺在——現在是坐在——約一英寸深的「更可怕的東西」裡。手電筒和對講機不見了，不過手槍還在身上。不錯嘛，要是情勢急轉直下，他至少還能舉槍自盡。

「發生什麼事了？」他提高音量問道。

太陽從屋梁後方探出頭來，微弱光線照亮了周遭一片片滿是泥濘的毛皮。老天啊。他難道是摔在……他到底摔在什麼東西上了？這些是腐爛的家具飾物，還是腐爛的標本？他抬起頭來，看見上方距離頭部僅數英寸、形狀扭曲的鏽鐵釘，胃中又是一陣翻騰。

甘迺迪仍在對他說話。「你踩破地板摔下去了。我已經呼叫救援了。你確定沒受傷嗎？」

「我到底摔在什麼東西上了？」

好問題。那東西多半救了他一命，或至少救了他的脊椎。

傑森試著站起身——過程中小心避開了上方滿是鐵釘的木板。他「嘩啦」一聲踩進了深及小腿肚的水裡，水溫冰寒徹骨，簡直像融冰。

上方天花板——上方地板——上方不知道什麼——的破洞離他約二十英尺。他不可能從洞口跳出去或爬出去了，而且即使真能爬出去，餘下的木板可能也支撐不了他的重量。

「你在幹什麼？」甘迺迪的語音又多了一絲驚恐。

「我要去……」

「你離開我的視線範圍了。快回到我看得見的位置，別在下面亂走動。地下室淹水了，整棟建築都非常不穩固。」

這還用你說？

傑森儘量觀察周遭環境，發現自己站在曾經的貯藏室裡。淹水的房間裡沒有窗戶，一面牆邊擺滿了架子，架上盡是裝著霧狀液體、灰塵滿布的玻璃瓶，對面牆邊則堆了許多木箱。還有一排架上擺著……頭骨。雖是動物頭骨，那也仍舊是頭骨。

在傑森的注視下，一條蛇從其中一顆頭的眼洞鑽了出來。

沒錯，這不是標本，而是活生生的蛇。

「她還好嗎？」他喊道，目光卻緊盯著那條蛇。一個人受困在滿是骷髏頭與蛇且又淹水的地下室，能用如此正常的聲音說話就已經很了不起了。

「她還有氣。傑森，快回到我看得見的位置。」

「東面牆邊好像有樓梯。」

「傑森**你聽我說**。我已經請人來支援了，你待在我看得見的位置別動。」

手電筒也掉進地下室了嗎？傑森在黏稠的水中走出幾步，朝混濁的水裡望去。太陽再次藏起面容，房裡的黑暗頓時濃稠如墨。

傑森猛然吸氣。不行，他真的做不到。

「傑森——」

「我想試試那邊的樓梯。我會一直喊『馬可』，你就喊『波羅』，這樣你聽到我的聲音就知道我沒事，我聽到你的聲音就能判斷我們之間的距離。」

「你是──？那要是你有事怎麼辦？我是要怎麼去救你？」

「馬可。」

「維斯特，你別惹我發火。」

「馬可。」

「我們至少該照著對講機對話的程序互相聯絡。」

「馬可呼叫甘迺迪。結束。」

甘迺迪惡狠狠地回道：「波羅。」

傑森笑著朝房間對面摸索，即使只遠離天花板破洞數英尺，光線也暗到幾乎什麼都看不見了。

拜託別讓我一摸就摸到蛇。

此時的情境還真是糟糕。在半淹水的地下室盲目摸索就已經夠糟了，他也擔心蹲在樓上的甘迺迪，要是地板再次破裂就麻煩了。甘迺迪當然不願意留搭檔獨自待在地下室，傑森當然也十分感激，不過……

總之，傑森說什麼也不願承認的是，他其實已經怕得不敢保持靜止了。這間淹水的房間激發了潛藏在他腦中的本能恐懼，黑暗、潮溼、死亡與腐敗的氣味……

「馬可。」

「波羅。」

甘迺迪的聲音離他遠一些了，傑森幾乎完全處於黑暗之中。他伸出手，碰到樓梯的扶手，扶手摸起來相對結實，但也只是相對而已。

「波羅？」甘迺迪語調尖銳地喚道。

「抱歉。嗯，我找到樓梯了。」

太陽羞怯地短暫露面——好，他找到樓梯了，光是遠離積水就令他大大鬆了口氣。剛才在水裡走動，傑森滿腦子擔心被漂在水裡的浮屍絆倒。不對，墓園和此處有一英里距離，周遭綠水裡也沒有載浮載沉的死屍，水面下倒是有類似鯊魚骨架的東西。

鯊魚骨架總比人類骨架來得好。

水裡還真有動物的骨骸。和人類的硬骨相比，鯊魚的軟骨會不會較快分解？

他在泥濘吸扯聲中爬上搖搖晃晃的樓梯。

「我到樓梯頂了，聽得到嗎？」

「你到樓梯頂了。有辦法出來嗎？」

「門鎖住了。」傑森轉了轉圓形門把，絕對是上鎖了。他摸著掉漆的門板，雙手被木板的細刺刺了好幾下。「我說不定可以……」

「什麼？我聽不到。」

傑森用肩膀猛撞門扉——這個動作本就蠢到了極點，更何況他是用受傷的肩膀去撞門。他頭暈目眩地向後靠上樓梯扶手，揉著肩膀低聲咒罵。

甘迺迪又在叫喊了。

「好！」傑森勉強高呼。

「你那邊發生什麼事了？」

「我沒事。」

「你沒事？」

傑森聲音微顫地笑了。「應該說，一切都還在我的掌控之中。」他小心翼翼地倒退兩步，稍微撐著扶手穩住身子，然後全力朝可能是門柱的位置一踢。在那一瞬間，他腦中閃過了自己是否會一腳踢在牆上、腿腳骨折的想法。

木頭發出了令人滿意的脆裂聲。

甘迺迪又喊了起來。

傑森不理他，再次後退、再次用力一踢。整扇門被他踹飛，撞上了後方的牆壁，水氣迷濛的日光灑落，傑森在光線中看見了窗戶與又一道樓梯。

「我出來了！」

「什麼？」

「門開了。上面有一扇窗戶，還有樓梯。我這就上樓。」

這回，甘迺迪沒有回應，傑森多少也猜到了為什麼。他隱隱聽見逐漸接近的警笛聲了。

CHAPTER 16

「犯人怎麼沒將她徹底弄死呢？」傑森問道。

甘迺迪搖了搖頭，神情閉鎖。

兩人在甘迺迪旅館房間的浴室裡，傑森不甚舒適地坐在浴缸邊緣，由甘迺迪替他抹上大量雙氧水與消毒藥膏。這都是傑森自己能完成的例行公事，他十分擅長照料自己，之前在演講廳也拒絕了急救人員的救助——但當甘迺迪命令他別耍蠢時，他終於退讓了。傑森一向以不耍蠢為傲，於是他接受了腦震盪檢查，得到一切正常的檢查結果後，他回汽車旅館沖熱水澡，沖了良久。

洗完澡後，他本想直接倒頭就睡，沒想到甘迺迪來敲門了，堅持要幫他消毒傷口。傑森雖然沒腦震盪，身體卻冷得出奇，不住顫抖——根據甘迺迪的說法，這是受了震驚所致。傑森對此說法不屑一顧，但還是不得不承認，將自己交付甘迺迪粗率的雙手、接受照料時，他還是感到有些安慰。

甘迺迪的動作其實並不粗魯，而是意外地小心，他將白色消毒藥膏塗在了傑森指關節上。

他開口回答傑森的問題：「不管犯人這麼做是為了什麼，他現在是不可能再傷害那個女孩子了。」

康蒂已經被直升機帶離雷克斯福——直升機飛來比車輛進出快多了——送到波士頓一間醫院，打鎮定劑後沉沉睡去了，身邊也有警員守著。

「這不符合之前的罪犯側寫吧？他不是犯案過程中被我們打斷，而是已經綁架康蒂超過二十四小時了。這二十四小時內，犯人沒有性侵她，沒有對她出手，就只是將她綁走後丟在那個——」傑森中斷了語句，又緊張地大大打了個哈欠。他今天怎麼頻頻被自己誇張的哈欠打斷？

「犯人可能受到了某種未知的時間限制。」甘迺迪說道。

「不過他這次其實時間比上回充裕吧？我們是在事發將近二十四小時後才發現康蒂失蹤的。」

「你肩膀這片瘀青也太嚴重了吧。」

「我不小心撞到門了。」

「嗯。」甘迺迪往傑森劃傷的頸項搽了點新孢黴素，動作俐落地貼上OK繃。「你應該有定期打破傷風疫苗吧。」

傑森微笑著抬頭，沒想到甘迺迪也在此時湊近，用雙唇覆蓋了傑森的嘴。

出乎意料的吻落在了傑森訝異、微張的嘴上，感覺有些奇怪——也許連甘迺迪都被自己的舉動嚇了一跳。這一吻並不飢渴，不帶欲求，但應該也沒有甘迺迪最初預期的那般輕鬆友善。

甘迺迪的唇溫暖而堅定，帶有深沉卻又甜美的味道，味道複雜而陽剛，獨一無二。很美味，非常美味。

兩人分開時，山姆——不對，是甘迺迪——在傑森看來似乎也有些迷茫無措。

「她年紀比其他被害人大。」傑森語無倫次地說道。「這說不定是導致她存活下來的因素之一。她已經不算是青少女了。」

「可能吧。」甘迺迪說道。從這句不置可否的評論聽來，甘迺迪完全不相信這套理論。

那麼在他看來，擄走康蒂的犯人為何沒傷害她呢？

傑森今天已經精疲力竭，沒心情探討這個問題了。

甘迺迪幫傑森包紮完畢，後退一步審視包紮結果。「這樣就沒問題了。」

「謝謝你啦，南丁格爾。我今年打算捐一大筆錢給紅十字會喔。」

「會餓嗎？」

傑森搖了搖頭。「不會。我累死了，還是早點睡好了。」他站起身，因又一次突如其來的哈欠而微微搖晃。「現在要我大睡一整年不起床都不成問題。」

甘迺迪動手收拾鑷子、指甲剪與OK繃包裝，轉頭說了一句：「要不乾脆在這邊睡算了？」

傑森面帶抱歉的微笑，搖了搖頭。「感謝邀請，不過我今晚真的沒力氣了。」

甘迺迪轉身面對他。「不是。我是指單純的睡覺。」他神態認真。

「呃……嗯，如果你……」如果他怎樣？**不介意的話？希望能和傑森同寢的話？**傑森對甘迺迪的提議大感吃驚，已經不確定自己想問什麼了。說實話，他今晚也不想獨處，即使到了現在，他每次闔眼時看見的都是那間陰森地下室，腦中滿是變幻莫測的陰影、成排的骷髏與蛇。是啊，他今晚不介意和人同寢，感受有人陪伴的溫暖。

「那好啊。」他說道。「但我必須先警告你，我會打呼喔。」

甘迺迪說道：「我知道你會打呼。」

「是喔？喔。好喔。那你說了算。」

甘迺迪微微一笑。

傑森如釋重負地踉蹌走出浴室，癱躺在床上。

他全身一顫，只覺房裡的氣溫和冷凍室差不多低。傑森奮力踢掉牛仔褲，爬到被單之下，將被子往上拉。他隱隱感覺到甘迺迪在房裡走動，關冷氣、關燈、收拾物品——他到底是有多少東西要收拾？——傑森的眼皮越來越沉重了。

冷氣關機後，他聽見了夏季落雨輕拍窗扉的聲響，穩定的節拍令他心安。真好。夏季的雨聲還真和其他季節不同呢。

即使甘迺迪仍在忙東忙西，他的存在感也令傑森心安。

「你不會在看email吧？」傑森呢喃道。

「我馬上來。」甘迺迪心不在焉地回道，手指在筆記型電腦上點擊著。

最後，書桌的檯燈也切了電源，片刻後彈簧床被壓得下陷，甘迺迪修長、精實的身軀滑到了床單與被褥之間，在傑森身旁躺下。傑森方才陷入了不安的淺眠，此時又被床鋪的動態弄醒。

「夠暖嗎？」甘迺迪問道，聲音低沉而私密，是只在床笫之間才聽得到的語音。

「喔，嗯。暖得都快沸騰了。」但這是謊言。傑森胸腹中彷彿打了個冰寒的死結，他不時全身顫抖——也許甘迺迪的說法並不可笑，也許他今天真受了驚嚇。

甘迺迪一條手臂鑽到傑森雙肩之下，將他整個人拉近，另一條手臂也抱住了傑森。傑森平時不喜歡被人抱著睡，不過今晚甘迺迪的熱度與身軀卻為他帶來了安慰。他闔上雙眼，逐漸放鬆。

一段時間過後，傑森終於停止顫抖，陷入舒適的惺忪睡意，但他也感覺到甘迺迪仍然醒著，甚至能感覺到甘迺迪的大腦仍在不停運轉。

傑森低聲問道：「你還好嗎？」

「當然了。」甘迺迪輕吻傑森的太陽穴。「放鬆休息吧。」

「我要是再放鬆，口水就要流到你身上了。」

他感覺到甘迺迪的微笑。甘迺迪用臉蹭了蹭他，動作卻漫不經心，他的心思似乎飄得很遠很遠。

好吧，也不是真的很遠，他仍然有意識地安撫著傑森，確保傑森溫暖舒適。然而，他的心思並沒有集中在傑森身上。

「你是怎麼進入罪犯心理側寫這一行的？」傑森睡意迷濛地發問。

他感覺到甘迺迪猛然集中精神。半晌過後，甘迺迪出聲回答問題，聲音卻異常地平板，少了所有的抑揚頓挫。「我喜歡狩獵。」

「那你為什麼想獵捕連續殺人犯呢？」

那之後的沉默不斷延伸，感覺甘迺迪不會回答了。

「那是很久以前的事了。」甘迺迪終於說道。「我不愛提那件事。」

在傑森看來，甘迺迪無疑是摔上了門、中止了這個話題。「好喔。」

甘迺迪再次輕吻他，動作仍然意外地輕柔。「以後有機會再告訴你吧。這不適合當睡前故事。」

「好啊。」傑森說道。他回應了甘迺迪的吻。「你以後想說再告訴我好了。」

在此之前，他從未想過自己和甘迺迪在這樁案件了結後，還能維繫任何關係。也許甘迺迪並不是真的要改日再討論過往經歷的意思，而是委婉地拒絕了傑森。不過他這人很少對人禮貌、對人委婉吧？

難道傑森和甘迺迪真有可能……？

有可能……怎樣？

他們可是住在不同州分。但他們也都會出差，很難說再也不會見面、再也不會同床共枕。

甘迺迪想必沒別的意思了。他們的身體很契合，所以未來若恰巧去到同一座城市又剛好有空，當然沒理由拒絕，嗯，「社交」了。而也許在那無可預知的未來，甘迺迪可能會難得放下心防，和他分享自己的過去。這就是甘迺迪的意思吧。

是這樣沒錯吧？

這樣也好。兩者都好。傑森喜歡甘迺迪，但他也沒有要發展長遠關係的意思。他不介意未來再度和甘迺迪建立連結，而若當真再會了，他不介意聽甘迺迪分享舊事——不過甘迺迪如果想將祕密藏在心底，他也不會介意。

每個人都有自己的祕密嘛。

傑森在稀薄脆弱的陽光下醒轉，意識到自己孤身一人。這已經是第二次了。

他睜開雙眼朝時鐘望去，然後又看向身旁微微凹陷的枕頭。

星期四清晨五點半。老天啊，甘迺迪也起得太早了吧？他難道不懂在溫暖的床上、在床伴身邊醒過來，用那段寧靜時光迎接新日子的享受嗎？

好吧，他大概是真的不懂，畢竟就傑森所知他昨晚幾乎沒睡。對甘迺迪而言，比起滿足自身睡眠需求，夜晚較像是配合他人作息用的。

他竟然邀傑森在房裡過夜，還真是體貼。傑森現在才意識到，自己在摔落地下室時受了不小的震撼。他記得昨晚在下墜的感覺刺激下猛然驚醒，全身本能地一抽——然後感覺到甘迺迪收緊了環抱他的手臂。

「沒事了。」甘迺迪輕聲說道。僅僅一句話，傑森卻在半夢半醒間聽見了，也深深相信了。

回想起那一刻，他忽然感覺腹中萌生了奇怪的震顫，也許是即將愛上甘迺迪的前兆——也可能是他亟需進食的意思。希望是後者。

吃早餐的想法才剛冒出來，房門便開了，甘迺迪穿著棉褲與T恤、戴著墨鏡、拿著咖啡及飄著三明治香味的紙袋走進門來。傑森的胃咕嚕叫了起來。

「我聽到啦。」甘迺迪說道。

傑森坐起身來。「我還想說你大清早跑哪去了。」

甘迺迪臉上閃過了微笑，將紙袋放在書桌上，咖啡杯交給了傑森。傑森打開杯蓋，確認咖啡沒添加任何汙染物——甘迺迪總是在他自己的咖啡裡加一堆糖與奶精——這才喝下第一口救命的瓊漿玉液。

「謝謝。我復活了。」

「睡得還好嗎？」

傑森點點頭，有些忸怩地說道：「這部分也多謝了。」

「香腸加蛋，還是培根加蛋？」

「香腸。」

甘迺迪將一份早餐三明治拋給他。

「你該不會完全沒睡吧？」傑森問道。

「我？我當然有睡了。」甘迺迪打開三明治包裝咬了一大口，對傑森露出鯊魚般的大大笑容。

「我覺得。」傑森小心翼翼地挑出了口中的紙片，剛才吃三明治吃得太急了。「布克斯納就是犯人。」

「是嗎。又是這套理論了啊。」

「他不希望我們去雷克斯福找人，這你也注意到了吧。」

「他只說那是在浪費時間，但我不覺得他是想阻止我們。」

「他在派對那晚去了瑞貝卡家，那時候肯定發生了什麼事情，他們可能約好之後見面之類的。」傑森啜了口咖啡。

「你對他太執著了。這完全是你的假設吧。」

「並不完全是假設。他那晚確實去了瑞貝卡家，也確實和她談了話，卻沒有任何一個目擊證人知道他們說了些什麼。」

「但目擊證人一致告訴我們，瑞貝卡在和他談話後又回去開趴了。」甘迺迪忙著汙染自己的咖啡，連頭也沒抬。

「然後一小段時間過後，瑞貝卡就這麼默默消失了。她可能是想保密，這表示我的假設很合理。」

甘迺迪笑了。「是嗎？我不同意。我不覺得你說的狀況有可能發生。」

「這可是你自己先提出來的假設。」

甘迺迪發出了某種介於低吼與呻吟之間的聲響，百分之百是無奈與厭煩的意思。

「好啊。」他說道。「那你告訴我，為什麼他過去十年一直沒殺人？假如你說得沒錯，布克斯納真是平克的門徒——」

「我可沒說他是平克的門徒。我不是說過了嗎，我不認為平克有過門徒。」

「那你想說的到底是什麼？布克斯納怎麼會突然發瘋，開始亂殺人？這裡已經整整十年沒發生謀殺案了，布克斯納怎麼會突然大開殺戒？」

「我不知道，可能是他和瑞貝卡之間發生了什麼事情，他被這件事刺激到了吧。」

「他和瑞貝卡之間沒有任何關係吧。」

傑森固執地說：「我知道案件一定和他脫不了關係。」

甘迺迪閉上雙眼，彷彿在努力承受痛苦，或者在努力保持耐心。「你不覺得自己對布克斯納警員的態度有點偏激嗎？」

「你自己也說過，犯人可能是當初參與過案件調查的人。」

「我是指那樁案件的邊緣人物，而不是直接參與調查的人。我並沒有要指控金斯菲爾德任何一名警察的意思，更沒有要指控布克斯納警員——他沒比你大幾歲，第一場命案發生時還只是個少年吧。」

也是。根據人口學研究，大部分連續殺人犯最活躍的年齡都在二十七歲與四十五歲之間，而且一般是在二十歲出頭時初次殺人。儘管如此，要找到例外並不難，光是甘迺迪成功解決的大量案件之中就找得到例外了。女性連續殺人犯、兒童連續殺人犯、年邁的連續殺人犯……最熟悉形形色色連續殺人魔的人非甘迺迪莫屬。

傑森的確對布克斯納有偏見，不過甘迺迪自己不是也有盲點嗎？他不願意考慮執法人員犯案的可能性，這不就是盲點嗎？

「你真覺得我無法撇開個人感情，客觀地調查嗎？」傑森問道。

「我覺得你已經儘量了。」

「謝謝你對我這份努力的認可啊。」傑森簡短說道。

「這是人性。」甘迺迪說。「你因為種種原因厭惡布克斯納，你們之間也存在明顯的敵意。你會相信他幹得出這些惡事也是無可厚非，畢竟他也相信你幹得出這種事情來。你要相信我，他不是我們要找的凶手。他不符合罪犯的心理側寫。」

「哪一個側寫？原始的心理側寫和現在這椿案子可是毫不相關。」

「並不是毫不相關好嗎。」這是傑森最初認識的甘迺迪，言詞簡慢帶刺。

「也許稱不上毫不相關，不過現在這椿案件的心理側寫——你正在拼湊的這份側寫——主要是一個試圖模仿過去那個犯人的傢伙吧？」

甘迺迪答得毫不猶豫。「布克斯納不符合側寫，他的心理構成和犯人不同。況且這不過是一套理論罷了，而且還只有你一個人這麼認為。我不認同這套理論。」

傑森愕然盯著他。「你不認為犯人是模仿殺人犯？」他倒是頭一次聽甘迺迪道出這番論述。甘迺迪是何時推論出這個結論的？他怎麼沒和搭檔分享他的理論？好吧，傑森只算得上他的臨時搭檔而已。

甘迺迪彷彿讀懂了傑森的心思，以近乎安慰的語調說道：「我覺得現在下定論還太早了。這種調查通常都得花不少時間，等我們和戴維斯談過之後，就能得到更多情報了。在那之前，你至少該保持開放的心態吧？你不是想追蹤人魚掛飾的製作者嗎？順著這條路查下去應該很有機會查出線索，你把精力集中在這方面的調查就行了。」

換言之：**別礙事。**

不過反過來想，他們在人際關係這方面倒是進步不少，甘迺迪至少沒將這句話直說出口，反而花了心思避免冒犯傑森或對他過於輕蔑。

「好吧。」傑森簡短地回應。

甘迺迪似乎鬆了口氣。傑森自己也進步了——甘迺迪畢竟比他資深得多，也是傑森目前的床伴。傑森當然也能展現出禮貌與體貼……同時將自己的意見藏在心底，順著自己的推論追查下去。

開車前往警局那一小段路上，曼寧來了電話。

傑森看見手機螢幕上出現特別主管探員的名字，快快朝甘迺迪投了個眼神，然後默默等來電轉接至語音信箱。片刻過後，曼寧又撥了通電話過來。

「你接吧。」甘迺迪說道。「別指望他放棄了。」

傑森按下接聽。「我是維斯特。」

「維斯特探員，我還在等你的，這個，來電呢。現在是什麼狀況？」

他們不是前一天剛通過電話嗎？傑森謹慎地說道：「你問的是什麼狀況呢，長官？」

「金斯菲爾德到底出現模仿犯沒有？」

金斯菲爾德到底出現模仿犯沒有。這不會是繞口令吧。傑森答道：「現在還沒辦法下定論。上一個被害者目前還沒辦法言語，等我們之後訪問她就能得到更多資訊了。」

「答得還真圓滑。」甘迺迪評論道。

傑森對著他皺眉。

「維斯特探員，我也是會看新聞的好嗎。」

「長官？」

曼寧說道：「我只想知道一件事：甘迺迪十年前是不是把無辜的，呃，男人，關進監獄裡了？」

傑森死死盯著窗外經過的一排排老舊房屋與整齊花園。「不是。絕對不是。」

「維斯特探員，我不是要你幫他，這個，洗白。我——**我們**——要的是真相。我們需要這份真相。」

不對，曼寧要的是罪證，他要的是懲處甘迺迪所需的證據。事情的重點可不是曼寧所謂「我們」或調查局，而是曼寧和甘迺迪長久以來的糾紛。而現在，傑森不巧被捲進去了。

「報告長官，馬丁．平克就是從前的狩獵人。我三天前親自和平克談過話，非常確信上次沒有抓錯人。」

曼寧簡慢地說道：「維斯特，你這麼確信當然很好，但我也說了，我也是會看，呃，新聞的。從新聞報導看來，大眾在這方面可沒有，這個，共識。」

「長官，我相信大眾不管在什麼方面都不可能達到共識的。」

甘迺迪低聲一笑，轉彎駛進警局後方的停車場。

「是呢。」曼寧說道。「維斯特，你別忘了自己真正的任務。我要你定期回報進度，每天回報進度。」他大聲掛了電話。

每天？怎麼不乾脆要求他每小時回報算了？

傑森關了手機螢幕，朝甘迺迪一瞟。甘迺迪似乎心無旁騖，忙著將汽車停進小得過分的停車格。

車輛停妥後，兩人默默下了車。

正要繞到警局前門時，傑森的手機又響了。

「他有事情忘了提醒你吧。」甘迺迪嘀咕道。

傑森對他投了個煩躁的眼神，不過這次打來的並不是曼寧特別主管探員，而是傑森熟識的藝術品經銷商。普莉亞・歐特—羅辛頓在紐約經營高檔民俗藝術藝廊，專門展示與販售木雕與雕像。

「維斯特探員啊，你好久沒聯絡我們了，這次真是難得。我和葛妲聽到你受槍傷的消息了，我的天啊，太可怕了吧。我們還真的嚇得不輕，你能回來真是太好了。」

傑森頓時放鬆了心情，他和普莉亞與她的商業伙伴兼伴侶——葛妲・歐特——往來過。兩年前有藝術品竊賊利用她們的藝廊販售盜來的海達族黏板岩工藝品，當時傑森設法逮捕犯人、收復海達族雕刻品，同時防止藝廊相關資訊被報導出來，普莉亞與葛妲從此對他感激不已。

「謝謝妳。」傑森說道。「能回來真是太好了。」

「其實啊，我還真知道你要找的藝術家是誰。」

傑森猛然止步。「妳知道那個藝術家是誰？」

「我幾乎百分之百肯定那是我們認識的人。說來真的很奇怪，我跟葛妲前幾天才剛聊到這個人，想說不知道他現在去哪了。」

「這位藝術家叫什麼名字？」

「凱瑟。吉瑞米・凱瑟。有趣的是啊，這個人其實是醫師，好像是心理醫師吧。他空閒時間喜歡刻一些非常精緻漂亮的藝術品。」

甘迺迪轉身回到靜止不動的傑森身邊，仔細注視著他。

「吉瑞米・凱瑟醫師。」傑森重覆道，然後對甘迺迪一點頭。

甘迺迪頓時臉色大變。

「是啊。他好像沒想過要當專業藝術家，只說他平常工作壓力很大，所以藉由雕刻來放鬆心情、正念冥想。你也看到他的作品了吧，我要不是知道是他刻的，還會以為那是貨真價實的日本根付呢。他真的是非常有才華的業餘藝術家。」

「妳手上有凱瑟的聯絡資訊嗎？」

「有是有，但可能不是最新版。我剛才也說了，我們已經好幾年沒聽到他的消息了。他以前有一陣子常常把作品帶過來給我們，每次都能賣到好價錢，結果他後來突然不來了，也沒回我們的電話或email。只能說是藝術家性子使然吧，不過一般來請我們賣作品的藝術家不會就這樣人間蒸發的。」

「是啊。」傑森說道。「這就怪了。能請妳把他的聯絡資訊給我嗎？」

電話另一頭傳來窸窣聲。「有了。吉瑞米・凱瑟醫師，他住在麻州——可是現在可能已經搬走了。我記得他住在荒郊野外一棟老農舍，那地方好像叫『水車塘』吧。」

「在漢普敦縣嗎？」他不敢相信自己的耳朵。

普莉亞笑了。「這我就不清楚了。」她唸出地址，傑森將地址輸入筆記頁面。

「這對我們非常有幫助。普莉亞，謝謝妳幫忙。」

「唉呀，我們當然很樂意幫忙了。你什麼時候要來紐約看我們啊？」

「這就不好說了。」傑森又和普莉亞閒聊一兩分鐘，任由唇舌自動出聲，目光則緊鎖著甘迺迪，頭腦飛速運轉。**原來他這些年來一直躲在我們眼皮下啊。**

最後，他終於結束通話。

「所以呢？」甘迺迪急忙問道。

傑森說道：「吉瑞米·凱瑟醫師的家——或者是曾經的家——離這裡不到十三英里。」

「維斯特探員啊，你看起來還是和平常一樣生龍活虎的呢。」桔法斯局長對傑森打了招呼。「辛苦你了，歡迎回來。」

「年輕真好。」甘迺迪說道。

桔法斯嘿嘿一笑。「甘迺迪探員啊，我以前看你在外走跳，都是這麼想的。」

甘迺迪嗤之以鼻。

「過去二十四小時挺有趣的。」桔法斯一面說，一面帶路往他的辦公室走去。「我們又得到了一些新消息，你們聽了也會很感興趣。」他朝前檯方向喊道：「考特尼警員，能幫我們弄幾杯咖啡嗎？」

「好喔，局長！」

布克斯納已經在桔法斯的辦公室裡了，正忙著翻找檔案櫃，傑森等人入內時他嚇了一跳，神色驚慌。桔法斯說道：「都跟你說過多少遍了，來我這邊找檔案前至少先問一聲啊。這還不是你的辦公室呢，波伊德。」比起不耐煩，桔法斯的語氣更近似無奈。

布克斯納紅著臉抱胸靠牆。「我只是想檢查一件事而已。」

「什麼事？」

「我晚點再說。」

桔法斯嘆息一聲，搖了搖頭，在辦公桌後側的辦公椅上坐下。「首先，康蒂・戴維斯被擄走那晚，東尼・麥恩洛沒有不在場證明。」他朝甘迺迪投了個挑戰的眼神。

「麥恩洛不是我們要找的犯人。」甘迺迪一如往常地堅決。

桔法斯繃緊了臉，眼神也冷了下來。傑森暗自嘆了口氣，他自己也認同甘迺迪的判斷，不過偶爾客氣一下、裝出沒那麼自滿的模樣真有那麼困難嗎？

桔法斯往辦公椅的椅背一靠。「那就麻煩你賜教了，甘迺迪特別探員。」他簡單地一點頭，謝過了端著一盤直冒蒸氣的馬克杯出現在辦公室門口的考特尼警員。

甘迺迪說道：「維斯特在追查當初製造人魚掛飾的藝術家，發現了一件非常有意思的事：那個藝術家是當地人。」

桔法斯從托盤取過一杯咖啡，訝異的眼神朝傑森投來。「是這樣嗎？」

傑森說道：「是的。吉瑞米・凱瑟醫師是獄方准許聯絡平克的兩人之一，他號稱在寫關於連續殺人犯的書，不過這人同時也是才華洋溢的業餘雕刻家。我們——至少我個人相信——找到能證實人魚掛飾出自他之手的證人了。」

「這還真是天大的巧合啊。」桔法斯說道。

「那我們還等什麼？」布克斯納踏出一步，遠離牆邊。「我這就去審問他。」

傑森張口想反對。這是他尋獲的線索，理應由他負責偵訊凱瑟。

不過……聯邦調查局是受金斯菲爾德警局之邀協助辦案，不具有主導查案的權限，甚至得經過當地執法單位的准許才能審問嫌犯。技術上而言，他們純粹是來提供建言與從旁協助的。

「等等，別急。」桔法斯說道。「我們得先搞清楚狀況。以前在調查原始案件時，我們一次都沒聽過凱瑟這號人物啊。」

「這就是重點啊。」布克斯納說道。傑森雖然對布克斯納毫無好感，此時卻忍不住發出了贊同的聲音。

「你們兩個都給我等一下。」桔法斯說道。「假設今天我們發現掛飾是某公司生產的，我們不會把那間公司視為嫌疑人吧？別混淆因果了，柯里甘家的小姑娘早在死前好幾個月就有了人魚掛飾，那不是平克故意放在她身邊的。」

「所以呢？我不懂你的意思。」布克斯納說道，傑森又一次暗暗表示贊同。那些人魚掛飾可不是大規模生產出來的，而是當地藝術家手刻的作品，他們不能忽視這份個人連結。

甘迺迪說道：「柯里甘是第一個受害者，她那樁案件中發生的一切，都成了後續命案的犯罪模式。平克很可能是在殺了哈妮之後才買下其他幾枚掛飾，故意要布置成和第一次殺人一樣的狀態。」

「那又怎樣？」布克斯納說道。「我們不是找到做掛飾的傢伙了嗎？這就是線索啊。」

「這的確是線索，我也覺得你該和維斯特一起往這個方向調查下去。」甘迺迪說道。他完全無視了傑森詫異的表情。「我不是在反對你們的意見，我也覺得這是值得追查的線索。但是在你們動手調查以前，還是得記得幾件事：首先，凱瑟現在雖然顯得無比可疑，但目前為止他和案件並沒有直接關係。假設他真是製作人魚掛飾的藝術家——這點還有待商榷——」他對傑森投了個淡淡的眼神。「他可能是得知自己的作品被平克用於犯罪，這才對平克的案子起了興趣。不論是誰發現自己的作品和命案有關，一定都會產生興趣吧。」

「是沒錯，但媒體並沒有將人魚這個細節報導出來，凱瑟又是從何得知這份消息的呢？」傑森提出異議。

「平克可能是在事後主動聯繫他，把這件事告訴了他。或者說，平克可能是為了引起凱瑟的關注，刻意選了凱瑟刻的掛飾。我們還不知道他和凱瑟是否往來過，也不知道他們之間是什麼關係。」

「等一下。」傑森說道。「那你的意思是說，平克可能是事先知道凱瑟刻了人魚掛飾，這才將『人魚』定為殺人主題嗎？那假如凱瑟刻的是兔子掛飾或愛爾蘭妖精吊飾，平克也會把兔子和妖精當成殺人主題嗎？」

甘迺迪嘆息一聲。「我的意思是，這些我們都還不清楚，在瞭解狀況前還是別擅自做假設來得好。還是保持開放的態度吧。」

「但有一點我們非常清楚：人魚是這樁案件的核心主題。幾乎所有犯罪現場都出現了人魚掛飾——而且大部分是含在被害人口中——而且換個角度想，被害人本身就可以被視為人魚。她們每個人都是在水邊被綁走，大部分都穿著泳衣，也都是特定體型和年齡的女性。如此看來，我實在不懂你的意思了。」

桔法斯搶在甘迺迪之前回應了。「你如果認為凱瑟至今還在為某人提供人魚掛飾，那就說不通了。你們發現康蒂時，她身邊不就沒有人魚嗎？」

「其實有。」傑森說道。「我把掛飾撿起來放進口袋，不過東西可能在地板破裂時掉出來了。總之，掛飾被我弄丟了。」

「你弄丟了？」甘迺迪、桔法斯與布克斯納異口同聲重覆道。

傑森語調冷硬地回道：「沒錯，我弄丟了。我下墜五十英尺，掉進淹水地下室時把它弄丟了。」

「應該比較接近二十英尺。」甘迺迪說道。「但好吧，也是可以理解。」

桔法斯嘆了口氣。「那真是太可惜了，那地方那麼危險，這下我們再也找不到它了。唉，多一隻人魚、少一隻人魚大概也沒差吧。」

傑森皺起了臉。他本就為掛飾去失而感到歉疚，實在受不住他們的體諒。

忽然間，他回想起自己撿起掛飾時一閃而過的似曾相識。他深深確信，那是他見過的東西。

或者說，那是另一枚人魚掛飾的仿製品，而他對原版再熟悉不過。

然而……不對。在那詭異的瞬間，他甚至確信自己手裡的掛飾就是原物。

沒錯，他感受到了再次觸碰原物的震驚——結果下一秒康蒂睜開雙眼，他頓時將關於人魚的所有想法拋到了九霄雲外。數小時候，他在接受急救人員的診治時，雙手插進口袋才駭然發覺掛飾已不翼而飛。那還真是令他胃腸翻騰的一剎那。

桔法斯桌上的電話突然響了，鈴聲在小辦公室裡幾乎震耳欲聾，嚇了傑森一跳。

甘迺迪好奇地朝他看來。

桔法斯聽著電話另一頭的聲音，面色變了。「是嗎？」他說道。「謝天謝地。我們什麼時候能和她聊聊？」

局長繼續默默聽對方說話，繼續緊皺著眉頭。

甘迺迪繼續端詳傑森，傑森也對上了他的視線。甘迺迪淡淡一笑。傑森不懂，他是在笑什麼？

傑森瞄了布克斯納一眼，只見布克斯納狐疑地瞇眼打量他與甘迺迪。

棒喔。

「我們不是要審問她，」桔法斯對著電話說道，「只是想問幾個問題而已。我們會儘量快快問完，也會儘量小心的。這些情報可能可以用來拯救別人的性命。」

電話另一頭傳來嗡嗡聲。

「這個——」

「可是——」

局長雙眼一亮，看著甘迺迪點了點頭。「那你覺得今天一定可以了？」

又是幾句簡短的對話後，桔法斯掛了電話。

「康蒂．戴維斯大概半個小時前恢復意識了，目前還有點昏昏沉沉的，不過醫師認為她最快今天下午可以提供證詞。」

「很好。」甘迺迪說道。「非常好。」

桔法斯嚴肅地點頭表示同意。「要不要現在出發去波士頓？我不想浪費任何時間。在她提出證詞前，那個女孩子是別想高枕無憂了。」

「我同意。」甘迺迪說道。「我也很樂意立刻開去波士頓。」

桔法斯霍然起身。「波伊德，你帶維斯特去訪問那個凱瑟醫師，不過拜託你們態度好一點，要是再有人威脅要告我們就麻煩了。」

「誰威脅要提告了？」甘迺迪問道。

「瑪蒂根夫婦。他們認為釋放麥恩洛是極蠢無比的行為，還認為我們刻意延誤調查，不肯將害死他們女兒的凶手繩之以法。」

甘迺迪聳了聳肩。「這種調查都得花上好一段時間的。」

「你能在情緒上和他們保持距離，是你的福分。」桔法斯酸溜溜地說。「我和波伊德就沒那麼幸運了，我們還得天天和當地這些民眾相處——這些人又氣又怕，只想從我們這裡逼問出答案來。」

「等我們和戴維斯談過以後，說不定就能回答一些問題了。」

甘迺迪與傑森回到他們借用的辦公室，兩人獨處時，甘迺迪說道：「小心了。」他眼神嚴肅而深沉。

「那當然了。」傑森檢查了手槍，抽出彈匣確認彈藥充足。其實……他從上回打靶之後便一槍未發，彈藥當然充足了。他將彈匣扣回原位。

傑森轉頭看向甘迺迪，只見甘迺迪仍聚精會神注視著他，神情有些古怪。他彷彿想說些什麼，卻不確定是否該發言。

「你覺得犯人會試圖加害康蒂嗎？」傑森問道。

甘迺迪回道：「他有可能會狗急跳牆。」

經他的提醒，傑森感覺肩膀又痛了起來。「說得真有道理。」他說道。

「所以啊，」布克斯納說道，「你跟甘迺迪不只是工作上的伙伴，還是另一種層面上的『伙伴』囉。」

傑森方才一直盯著副駕駛座車窗，看著外頭蓊鬱茂密的樹林閃過。他轉頭端詳布克斯納的側臉。

布克斯納凝視著前方道路，臉上帶著淺笑。他坐姿舒適自在，一條手臂輕鬆地掛在方向盤上，充分展現出了信心滿滿的男子氣概。這有一部分是裝模作樣，但也有很大一部分是發自內心。布克斯納對長大成人的自己十分滿意，全身上下每一顆細胞都泰然自若。

「不好意思。你說什麼？」

好喔。棒喔。曼寧特別主管探員應該不會有和波伊德・布克斯納對話的機會吧？

布克斯納說道：「你跟甘迺迪在檯面上和檯面下都是『搭檔』吧。」

「不是。我們這次就只是臨時合作而已。」傑森說道。

布克斯納笑了。「是嗎？那他昨天怎麼像照顧小雞的母雞一樣，那麼關心你啊？」

無論在何種層面上，他這句話都充滿了侮辱意味，也愚昧至極。傑森若出言回應，那就表現得和他同樣愚昧了。話雖如此，昨日傑森接受急救人員的檢查時稍微分了心，望見正在和桔法斯局長交談的甘迺迪，而甘迺迪也在同時朝傑森一瞥。傑森望見了他濡溼、滴水的臉，望見了他那雙閃爍著火花的鮮藍雙眼，望見了他眼中激烈的情緒。

在甘迺迪心目中，失去——或者是險些失去——搭檔，甚至是臨時搭檔，都絕對是最大的失敗。

對所有人而言都是如此吧？

傑森慢條斯理地說：「是啊，聽起來很符合甘迺迪的作風呢。」

「我告訴你，他那時候一定巴不得爬進洞裡去找你。」布克斯納說道。「絕對是。他沒發現你是運氣很好的那種人。」

「什麼叫運氣很好的那種人？」傑森小心問道。

「就是像貓一樣，不管從多高的地方摔下去，總是毫髮無傷的那種人。每次都不會有事的那種人。」

「你又懂我的什麼了？」傑森說道。「你對我就只有那麼一丁點認識，然後就以此為藉口──」他閉上了嘴。他不想和布克斯納談論這些，說得再多都沒有用，這點他早在很久以前就想通了。

布克斯納歪著頭思索。傑森萬萬沒想到他竟然會承認：「可能吧。」

他對上了傑森的視線。「我可能真的有霸凌你，可是那又怎樣？小孩子不就是會互相欺負嗎，而且你被我欺負以後不是變得很堅強，強到可以加入聯邦調查局了嗎。」

傑森諷刺道：「原來我能找到這份工作，完全是托了你的福啊。謝謝你啊。」

「我不要你謝我。我不喜歡你，就算你不是同性戀我也不可能喜歡你。大家都說這些喜歡啊、討厭啊不是個人恩怨，可是我告訴你，這就是我們的個人恩怨。」

「同感。」

「**不過，**」布克斯納說道，「既然你是同性戀，我現在知道弄死哈妮的人不是你了。」

傑森嫌惡地說道：「你自己也很清楚，殺死哈妮的人絕不是我。」

布克斯納露齒一笑。「你覺得是我殺了她？那證明給我看啊。」

「我正是這麼打算的。」

布克斯納笑了。「我賭犯人是喬治・辛普森那個老傢伙。局長跟他是老朋友了，所以根本沒考慮到辛普森可能是凶手，可是我覺得我們見到那個叫凱瑟的傢伙以後，就能找出辛普森和案件之間的關係了。」他瞟了傑森一眼。「你到時候應該會很失望吧。你不是很期待凱瑟把矛頭指向我嗎？」

傑森忍不住好奇地發問：「辛普森當初怎麼會受人懷疑？他當時不是警察嗎？」

「是退役警察。退役州警。他跟平克是一起打獵的伙伴，太太也是平克的遠房親戚。」

「辛普森太太是平克的親戚？」

「好像曾祖父母是兄弟姊妹之類的吧。」

「那後來辛普森是怎麼洗清嫌疑的？」

「每一次發生命案，他都有不在場證明。」

「每一次都有？這本身就很可疑吧。」

布克斯納凝重地點點頭。「對啊。」

「那幫辛普森提供不在場證明的人是誰？」傑森恍然大悟，不禁哀嘆一聲。「不會是他太太提供的吧？」

布克斯納陰惻惻地笑了。「這下你懂了吧。」

CHAPTER 18

吉瑞米．凱瑟醫師住在荒郊野外一幢改建過的十九世紀石農莊裡，兩層樓農莊位於一片綠地中央，周遭是四英畝修剪整齊的草地。沒錯，就只有草地而已，放眼望去不見任何樹木、樹叢，甚至連一朵野花也無。一輛洗得乾乾淨淨的保時捷停在屋後車道上。

「這傢伙有錢耶。」布克斯納評論道。「有錢人才會買了這麼大片空地結果都沒在用。」

他們下了警車，走到前門。布克斯納按了門鈴，然後大力敲門。

傑森後退一步，默默觀察這幢房屋。屋子的窗簾都開著，屋內卻不見任何動靜，也沒傳出任何聲響。沒有狗吠聲、電視聲或收音機的聲響。

「他們可能出門了吧。」布克斯納說道。

「車子不是停在屋後嗎。」

布克斯納又敲了敲門。傑森正想去查看屋子後方的狀況，前門忽然無聲無息地開了。

「警官好，請問兩位有何貴幹？」前來應門的男人問道。

「你是凱瑟醫師？」

「是的。」凱瑟的目光從布克斯納移到了傑森身上。他個子很高——非常高——身材瘦削，即使在炎熱夏日仍穿著牛仔褲與毛衣，不過這可能是因為屋裡冷氣極強。門內飄出了刺骨冷空氣，彷彿通往南極的任意門。

「我是金斯菲爾德警局的布克斯納警員，這是聯邦調查局的維斯特特別探員。我們想問你幾個問題。」

「聯邦調查局？」凱瑟盯著傑森猛瞧。

傑森筆直盯了回去，同時拿起證件給凱瑟看。凱瑟完全稱不上英俊，反倒像極了瘋狂科學家，滿頭花白頭髮蓬鬆凌亂，枯槁長臉上生了一雙垂瞼眼，眼睛周圍則是濃濃的黑眼圈。

「凱瑟醫師，能讓我們進屋嗎？」傑森問道。

片刻後，凱瑟退了一步讓布克斯納與傑森入內，然後默默領著他們走下陰暗走廊，來到寬敞的客廳。

「先生，你是獨自一人住在這裡嗎？」傑森問道。

「對，我獨居。我平時都在家裡工作。」

客廳乍看下相當尋常，這是間長方形房間，家具全都是古董，牆邊是塞滿了舊書的核桃木書架，書架頂層則擺滿紅色與橘色的工藝品，像是排得太滿的超商商品架。

「聯邦調查局找我有什麼事呢？」凱瑟問道。他蹙起了眉頭，扳著指關節。

傑森時時注意他那雙瘦骨嶙峋的大手。「我們——」

「萬聖節快樂！」布克斯納忽然插嘴。他抬頭盯著書架，傑森順著他震驚的目光看去，發現排滿架子的秋季色調圓形工藝品，其實都是手刻的南瓜燈——不是真正的南瓜，而是用形形色色的木材雕製而成。

凱瑟生硬地說道：「我對萬聖節不感興趣，而是對南瓜燈感興趣。」

他說得太保守了，這比起興趣更近似偏執吧。而且……

這些南瓜燈並不像一般的萬聖節擺飾，面部表情不是笑容或鬼臉，而是一張張扭曲、猙獰、詭祕、痛苦的臉，每一張都過分逼真。傑森自認能在不受自身背景與偏見的情況下評估藝術作品，然而此時他腦中浮現的評語卻是……**「令人不寒而慄」**。

他說道：「你的意思是，你對南瓜燈這種藝術形式感興趣嗎？還是喜歡它們在民間故事與傳說中象徵的意義？」

凱瑟那雙黑眸再次聚焦在了傑森臉上。「抱歉，我剛才沒聽清楚，你叫什麼名字？」

「我是維斯特特別探員，這是金斯菲爾德警局的布克斯納警員。凱瑟醫師，我們想問你關於你一些藝術作品的問題。你幾年前是不是刻了幾件根付風格的作品，請紐約的歐特與羅辛頓原始工藝品藝廊代為展出與販售？」

凱瑟的目光頓時變得犀利。「你很瞭解『根付』這門藝術嗎？」

「也稱不上瞭解，只略懂一二而已。」

凱瑟的視線終於離開了傑森雙眼，掃向滿架的木製南瓜燈大軍。「如你所見，我現在已經不刻迷你雕像了。」

「能請你說說關於你那些早期雕刻品的事嗎？」傑森問道。「尤其是人魚的部分？」

「有什麼好說的？我已經沒在和歐特與羅辛頓合作了。」

傑森說道：「除了透過藝廊販售作品之外，你還將幾件迷你雕刻品賣給了烏斯特縣一間禮品店的老闆。能請你說說你和喬治・辛普森是什麼關係嗎？」

「那是誰？」凱瑟一臉困惑。

「禮品店的老闆。」

「我不認識姓辛普森的人。那些小雕像我賣給了好幾間禮品店，其中只有一間位於烏斯特縣，那家店的老闆是女人。我忘了她的名字，但她不姓辛普森。這件事如果真有那麼重要，我也是能想辦法把她的名字找出來。」

「那就太好了，這對我們非常有幫助。」

凱瑟的眉頭皺得更緊了。「這可是非常麻煩。」

「但非常有幫助。」傑森重複道。

「好吧。」

布克斯納說道：「你有在和馬丁・平克聯絡吧？獄方只准許他接兩個人的電話，其中一個就是你吧。」

凱瑟又扳起了指關節。「我原本在寫一部關於平克的書。」他說道。「我之前寫了幾本關於變態心理學與犯罪的書，到監獄採訪了許多被定罪的殺人犯——這點兩位警官想必都很清楚吧。」

「你『原本』在寫關於平克的書？」傑森重複道。「意思是你的書寫完囉？」

「不是。我後來認為以平克為素材不太合適，所以就放棄了。能不能快點說重點？我很忙的。」他又扳起了手指，注意到傑森的目光時才停下動作。

傑森說道：「我剛才說到的迷你雕刻品——」

凱瑟忍不住插嘴道：「維斯特探員，請別把我當傻子看待！我很清楚，一定是有人——應該是你吧？——發現了我和平克放在被害人身邊的雕刻品有關。你想問什麼就直接問，我沒什麼好隱瞞的。」

「你說你沒什麼好隱瞞的？」布克斯納說道。「那你為什麼一直沒站出來承認那些人魚是你刻的？」

「就我所知，」凱瑟說道，「警方一直沒致力尋找人魚雕像的創造者，也沒有人登報尋找它們的創造者。況且，這也不是什麼特別有趣或重要的情報吧？我和那幾樁命案沒有任何關聯，一直到多年後採訪平克時，才發現自己的作品被用在了如此淫穢變態的地方。」

「那你在發覺此事時怎麼沒有通知警方？」傑森說道。他注意到凱瑟口中的「創造者」一詞，感覺對方的用字遣詞有些奇怪。等甘迺迪知道了，想必能提出一些相關的理論。

「說了又不能解決問題，只會讓我失去平克的信任，最後寫不成書，還會惹來負面的眼光與報導。只有傻子或瘋子才會自願站出來受眾人圍觀。」

布克斯納說道：「說不說由不得你。你早該——」

「你不僅說錯了，還說得很不精確。」凱瑟語調平板地打斷他。「平克已經被判處好幾輩子份的無期徒刑，完全沒有假釋機會。即使我將人魚的事說出來，對你們也沒有好處，對我卻可能有莫大的壞處。」

凱瑟所說的每一句話都合理，傑森卻總覺得他們漏了些什麼。

「先生，你這態度還挺奇怪的。」布克斯納說道。「我說說而已，你別介意。」

凱瑟惡狠狠地瞪著他。「我還真的很介意。你又算哪根蔥，憑什麼批判我？」

布克斯納火大了。「我這就告訴你——」

「為什麼選人魚？」傑森提高音量壓過了布克斯納，以免凱瑟在布克斯納的刺激下請律師來對付他們。

凱瑟詭祕的黑眸再次鎖住了傑森的視線。「維斯特探員，你對人魚瞭解多少？」

「不多。」傑森承認道。「她們是神話生物，上半身是女人，下半身是魚，全球各地大部分民間故事與傳說中都能找到她們的影子。她們算是水裡的精靈，對吧？」

「神話生物啊。」凱瑟笑了。「錯，人魚就和你我同樣真實。人魚是亞述人認知中一種惡魔，歷史上有很多關於這種生物的記載，例如克里斯多福·哥倫布在探索加勒比海時就見過人魚，而時至今日，蘇格蘭、愛爾蘭、加拿大、以色列和辛巴威都還是有人魚出沒的消息。一個人遭遇人魚，就等於是遭遇了災難。」

「亞述惡魔。」布克斯納看著傑森。

凱瑟瞪了他一眼。「就是這樣，布克斯納警員。我知道你心裡在想什麼，不過你想想看——

很多自認正常的人都相信天使的存在，很多自認理性的人都相信基督教所謂的魔鬼，然而亞述文化的起源比天使與魔鬼的故事早得多，你卻認為只有瘋子才會相信亞述惡魔的存在。」

好……喔。

「凱瑟醫師，在為了寫書而採訪他之前，你和馬丁．平克相識嗎？」傑森問道。

凱瑟首次遲疑，舔了舔嘴脣。「也不能說是認識，就只是偶爾會碰到他而已。我算是業餘博物學者，以前經常在金斯菲爾德附近的森林走動，而平克也經常去到附近森林，但我們兩個的目的很不一樣。」

「原來如此。那請問你熟悉雷克斯福地區嗎？」

凱瑟愕然盯著他。「雷克斯福？那是什麼？」

「這是一座廢村，位在夸賓水庫邊。它是在一九三〇年代被淹沒的村莊之一。」

假如凱瑟真是業餘博物學者，「經常」在金斯菲爾德附近的森林走動，那他就必然知道雷克斯福的存在。從訪談開始到現在，傑森首次確信對方在說謊——即使沒有明確的謊言，對方仍試圖欺瞞他。

凱瑟皺眉注視著傑森，「喀、喀」兩聲快速扳了扳指節。

「凱瑟醫師？」傑森催道。

凱瑟似乎這才回過神來。「不好意思，我先離開一下。」他說道。「我的午餐應該快燒焦了。」他轉身走出了客廳。

布克斯納抬頭盯著架上一排排面部扭曲猙獰的南瓜燈雕刻，低聲吹起了口哨，吹的是《迷離境界》的主題曲。

「閉嘴。」傑森低語道。

「怎麼，怕我被亞述惡魔聽到啊？」

凱瑟的腳步聲悄悄遠去。傑森開始仔細檢視書架上的書籍：藝術書……醫學書……《俄羅斯民間信仰》、《靈類百科：妖精、神燈精靈、惡魔、鬼魂、神與女神的魔法指南》、《人魚與米諾陶》……《畸形矯正原則》……《格林童話中的殘缺、畸形與疾病》……

「你看這個。」布克斯納拿起一尊長形南瓜燈雕像。「它底部有一個洞，這是可以套在頭上的東西，簡直就像——就像——」

「頭飾。」傑森說道。

屋後忽然傳來汽車引擎發動聲。

「幹，不會吧。」

布克斯納詫異地看向他，這才慢一拍意識到了引擎聲。「幹！」他將南瓜燈放到地上，跟著傑森衝出客廳。

兩人在屋子裡飛奔，兩雙腳重重踏著木地板，最後來到了廚房。

白色櫥櫃、石英流理臺、不鏽鋼廚具。沒有任何異常，沒有任何不祥之處。但廚房裡空無一人。

瓦斯爐上沒有鍋子，廚房裡沒有食物香味，更別提焦味了。

被推開的紗窗在夏季微風中輕輕敲打窗框，原先停在屋後的黑色保時捷已然消失無蹤，塵土在陽光下閃爍著，飄落空空蕩蕩的泥土道路。

「我實在不知道他是被什麼嚇跑了。」傑森說道。他站在凱瑟家門前，用手機和甘迺迪對話。銀邊雲朵俏皮地在廣袤藍天上翻騰。「我必須說，凱瑟真的非常奇怪，但在訪談過程中沒發生任何可能導致他突然逃走的事情啊。」

「你和布克斯納從頭到尾都在一塊嗎？」

「對。」

「他沒在你聽不見的時候對凱瑟說任何話？」

「沒有。」

「唔。」

傑森已經詳加描述了和凱瑟對話的完整過程，卻仍然想不通。「凱瑟的回答都還算可信，感覺他除了裝作不知道雷克斯福的存在以外，應該都沒有說謊。至於他為什麼要謊稱自己不知道雷克斯福是什麼地方，或為什麼被這個問題嚇得突然跑走，這我就不曉得了。雷克斯福的存在並不是祕密，而且廢村附近雖然到處都是禁止進入告示，你真的要進去探險也不違法。我總覺得情況不太對勁，卻無法……」

甘迺迪接話道：「無法點出允許我們合法追捕凱瑟的理由。」

「對。製作雕刻品並不違法，作品後來被別人用於謀殺也不是他的問題。拒絕和警方對談不違法，不要命地突然開車逃走也不違法。」

「好吧。謝謝你幫我更新近況。」

「我們該不該……唉，我也不知道該怎麼辦。這些南瓜燈雕刻你倒是該來看一看，我不確定它們是裝飾用還是儀式用，不過看了還真讓人心裡發毛，他那番關於亞述惡魔的論述也十分詭異。總之，我用手機拍了很多照片，也和布克斯納到處看了一圈，但沒找到任何可疑的事物，看來是沒辦法正式搜索這棟屋子了。」

「別輕舉妄動，」甘迺迪快快說道，「沒有搜索令就別繼續行動，免得凱瑟現在是在前去找律師的途中。我覺得重要的情報我們已經弄到手了。」

「是這樣嗎？」傑森對這句宣言感到訝異，不過透過電話和甘迺迪爭論這點並沒有意義。「你那邊進行得如何？」

「醫師還是不讓我們訪問康蒂，但至少她現在狀況穩定，我相信今天就能和她見到面了。你們準備回金斯菲爾德了嗎？」

「對。」

「好，有什麼消息就通知我。」甘迺迪結束了通話。

有什麼消息就通知我。傑森扮了個鬼臉。他們兩人當中只有一方掌握所有情報啊。

CHAPTER 19

甘迺迪再次來電時，已經是下午兩點過後了。

傑森在臨時辦公室裡吃遲了兩小時的午餐，又一次仔細檢視著原始狩獵人案的犯罪現場照片，突然聽見手機鈴響。

他嚥下一口太乾的火雞肉總匯三明治，開口說道：「我是維斯特。」

「我們在回金斯菲爾德路上。」甘迺迪說道。「戴維斯應該什麼都沒辦法告訴我們了。」

「她還沒恢復意識嗎？」

「意識是已經恢復了，但她之前是被人從後方偷襲。波士頓那邊派了兩個人在她的病房裡保護她，他們會一直待到戴維斯明天出院為止，那之後她打算飛去科羅拉多州借住阿姨家。」

「可惡，她什麼都沒看見嗎？什麼都沒聽見？什麼都沒有嗎？」

「完全沒有。犯人可能用了電擊槍——」

「電擊槍。你指的該不會是電擊棒吧——？」

甘迺迪接著說道：「在你與沖沖去逮捕布克斯納以前，我得先說一句：假如她是被人用電擊棒攻擊，那犯人應該是隔著泳裝電擊她，所以沒留下任何明顯的痕跡。」

「如此說來，犯人在電她時知道不能留下痕跡。就只有這個意思吧。那瑞貝卡呢？她的泳衣布料比較少，身上可能還留有電擊痕跡。」

「我已經和法醫確認過了，她身上雖然有不少擦傷，卻沒有被電擊棒攻擊的明顯痕跡。」

「好喔，但這也合理，畢竟在我看來犯人並沒有真的弄死康蒂的意圖。」

「維斯特——」

傑森起身關上辦公室的門，壓低音量說道：「我認為，犯人是故意讓我們找到康蒂的，所以才將她放在和瑞貝卡之前相同的地點。布克斯納說得對，在同一個地點棄屍並不合理。」

「這個等我回去再討論。」

「好喔。我在看以前的犯罪現場照片，我覺得你說得沒錯，這個人不是模仿犯。在我看來，凶手擄走康蒂是為了讓瑞貝卡顯得像模仿犯罪的被害者，但其實案件重點是瑞貝卡，她才是關鍵。」

「維斯特。」甘迺迪的語調和初次見面時同樣冰冷。「等我回去再和你討論這些。」

「等一下。你就不能聽聽我的想法嗎？我知道你不認為布克斯納和案件有關，但我們必須承認，他當晚就在現場，他也完全有辦法查閱從前的檔案與物證。」

甘迺迪遙遠的話音傳來：「可以在路邊暫停一下嗎？」他接著簡短地對傑森說一聲：「等一下。」

傑森等了一下。他聽見車門關上的聲響，聽見踩過碎石路的腳步聲，而後是甘迺迪一清二楚的語音。

「維斯特，我都叫你**別再說了**，你到底是哪一部分沒聽懂？幹，你就不能閉嘴嗎？」

「你要我別再說什麼？這不是我們該合力進行的調查嗎？要我們保持開放態度的人不就是你嗎？」

「你這哪裡叫保持開放態度了！你不是很執著要證明布克斯納有罪嗎。」

傑森彷彿被甩了一巴掌。「什麼鬼話，我哪裡『執著』了。這和我個人的感受無關。」

「幹，最好無關了。維斯特探員，你必須後退一步——退一大步。你有沒有想過，你要是開始指控金斯菲爾德警局成員，這場調查會變成什麼樣子嗎？你有想過我們兩個會遭遇什麼下場嗎？你要指控別人，就不能沒有——」

「那要是我能找到物證呢？」

「什麼物證？」

「要是我能證明康蒂身旁那枚人魚吊飾原屬於哈妮呢？」

甘迺迪非常、非常安靜地說：「你到底是什麼意思？」

「我先前拿起那枚吊飾時認出它了。」

傑森不確定甘迺迪為何聽了這句話會更加火大，但他清楚聽見甘迺迪努力保持語氣平穩。

「怎麼可能？」

「可能是有權限進出證據室的人將它拿出來了。」

「不是，我問的是：事情都過十六年了，你怎麼可能還記得當年的鑰匙環吊飾長什麼樣子？」

「我……反正我就是記得。」

「老天啊，這純粹是你的一面之──」

「我會把證據弄到手。」傑森強調道。

「怎麼弄？」

「我剛才就說了，重點是證據室。我可以進去檢查哈妮的遺物還在不在，人魚掛飾理論上應該還在。假如掛飾不在了，那就表示有人將它從證據室取出來放在了康蒂身邊，意圖將犯罪現場布置成狩獵人或未知共犯回歸作案的模樣，或者讓人誤以為有模仿犯在金斯菲爾德作亂。」

電話另一頭傳來漫長的沉默。

「不行。」甘迺迪說道。「不能提出查看證據的請求。」

傑森不敢相信自己的耳朵。「為什麼？」

「因為你一查看證據，烏斯特縣每一個警察都會在一個小時內得知消息，每一個警察都會猜到你的意圖，發現我們懷疑有內鬼，而且還懷疑內鬼就是當地執法人員。」

「甘迺迪，你自己也知道這是一派胡言。我進證據室的理由多得是，不會有人瞬間猜到──」

「你以為布克斯納不會馬上懷疑你的企圖嗎？假設他真的是犯人，那他立刻就會知道你想找什麼了吧？」

「你不是口口聲聲說他不是犯人嗎？那就不必擔心這個了。」

「混帳。維斯特，我要你停下動作。你給我在那邊等著，想做什麼事情等我回金斯菲爾德再說，到時候我們再一起決定最好的辦法。這是我對你的命令。你不懂，金斯菲爾德的情勢比你想的微妙得多。」

「這是你的命令？」傑森不失禮貌地重複道。

「我他媽是負責這樁案件的高級探員，你他媽說得沒錯，我就是在命令你停止動作。聽懂沒？」

「完全懂了。」傑森說道。

我懂了。你以爲僅僅下令就夠了，根本不必說明自己的想法。你從一開始就將我視爲打雜小弟——甚至是拖油瓶。你以爲自己不在我身邊，沒法對我指手畫腳，我的行動就會危及案件調查和你的事業。我懂了，你誰都不信任，更不信任我。另外，我還懂一件事：你不是我的上司，沒有對我發號施令的職權。混蛋。

「你要是違抗我的命令，我就毀了你。」甘迺迪掛了電話。

「**我就毀了你？**」傑森愕然盯著手機。「你說什——？你怎麼——？甘迺迪，你他媽以為自己是誰啊？你說要毀了我？」

老天。難怪曼寧恨不得傑森將甘迺迪的人頭端上桌——唯一令傑森訝異的點是，和甘迺迪見過面的其他人竟然沒搶著將那傢伙生吞活剝。

傑森已經很久沒感到如此憤怒了，他氣得站在空空如也的辦公室裡喃喃咒罵，甚至覺得自己這輩子還是第一次如此憤怒。

「你要毀了我。哇。甘迺迪，你還真是了不起。混蛋，我沒興趣把你給毀掉，你就該偷笑了。」

他深呼吸迫使自己冷靜下來，然後往臉上貼了和善的笑容，出去尋找考特尼警員去了。

「不好意思，打擾妳工作了。請問進出證據室有什麼規定嗎？」

「喔！生物學樣本都存放在州警隊那邊，我們這裡沒有保存那種樣本的設施。槍枝、錢和藥品都在上鎖的櫃子裡，只有局長才有鑰匙。其他物證都放在儲藏室裡頭。」

「你們沒有管理存物清單的電腦軟體嗎？」

「我們有在討論要不要用軟體，可是我們警局規模太小了，那種軟體一般都很貴，我們買不起。」

「也是呢。」傑森說道。「大家都面臨同樣的處境。那請問，誰有權限進出儲藏室呢？」

考特尼困惑地回答：「需要進去的警員都可以去啊。」

「你們有規定在法院下達判決後，一定要歸還所有證物嗎？」

「歸還？喔！那就要看情況了。我們一般會儘量把比較值錢的資產物歸原主，不過我們沒有嚴格的規定。喔，你是在問以前狩獵人案的物證對吧？那些都在樓上，我們絕對不會把東西丟掉的。那對我們所有人來說，就像是某種……褻瀆。」

「嗯。」傑森說。「能麻煩妳把儲藏室鑰匙借給我嗎？」

「當然可以囉。」她拉開抽屜，將串著鑰匙環的一把鑰匙交給傑森。就這麼簡單。「我們雖然沒有用電腦系統管理證據，但東西都還是有整理過，也都貼了標籤。舊一點的案件靠後面，比較新的案件靠前面，還沒開庭的案件物證都放在進門左手邊的鐵櫃上。」

「謝謝妳。」

傑森快步上樓，絲毫沒有隱藏意圖——即使他真要隱藏意圖，也應選擇這最明顯卻又最難以察覺的掩飾——儘管如此，他也知道自己還是別大肆聲張來得好。即使沒有甘迺迪的警告，他也知道該保持低調。

傑森來到二樓，靜靜走下空無一人的走廊。

他仍然火冒三丈，心臟沉重地鼓譟著，雙手也微微顫抖。他用顫抖的手開了儲藏室的門，進房後關上門，開了電燈。

要不是甘迺迪態度極差，要不是他威脅傑森，傑森多半會等到他回金斯菲爾德再採取行動。傑森當然不想等，當然會認為甘迺迪疑神疑鬼，當然也會對他抱怨一番，但至少不會刻意和他背道而馳。

甘迺迪若以為自己能摧毀傑森的事業，那就大錯特錯了。假若他所謂「毀了」傑森是肢體攻擊的意思，那就來啊。**老頭子，你有種就來啊。**

不能再想著甘迺迪，該專心工作了。

傑森仔細檢視擁擠的架子，架上擺著一個個盒箱，上頭清楚標記了案件號碼與被害人姓氏，令他深深佩服金斯菲爾德警局——或者說是考特尼警員——的分類收納能力。這間儲藏室打掃得十分乾淨，物證也都整理得有條不紊，比傑森多年來見過的許多證據室整齊得多。

他走在架子與架子之間的走道，掃視箱子上的標籤。

就是這裡。**柯里甘。**

他嚥了口口水，輕輕取下箱子，將它搬到房間前頭一張桌子上。

沒猜錯的話，他在康蒂身邊找到的掛飾就是哈妮那一枚，原本存放在儲藏室的掛飾被人取出去了。雖然小鎮警局的保全措施仍有不少進步空間，真正的可疑人物其時就只有那麼幾個，要找出犯人應該不難。

傑森掀開箱蓋。

最先映入眼簾的，是哈妮那件粉紅色毛衣——光是瞥見這件衣服，傑森便頓時感到肺中空氣被全然抽空。那一瞬間，哈妮彷彿站在他面前。傑森沒想到自己會回憶起……如此之多，或被往昔回憶深深震撼。他花了一兩秒時間穩住心神，這才小心卻又快速地一一檢視箱中物品：毛衣、破損的球鞋、一本《真・新生手冊》、一個Big Gulp的特大號飲料杯，以及印了紫色海馬圖案的黃色大毛巾。

她的泳衣沾了她的血液與其他DNA證據，想必是存放在州警隊專門的證據庫了。

傑森儘量不去思考自己的所作所為，儘量不去回想。

然而……

她曾經是青春漂亮的女孩子。不是美豔型少女，而是可愛型的，臉頰紅撲撲的、身材有些圓潤、一頭剪短的金色鬈髮，還有一雙水汪汪的藍色大眼睛。書本總以「靈動」一詞形容人的眼眸，不過哈妮的眼睛還真的閃爍著明亮的興致，透出了她的活潑與好奇。

他們曾經一同歡笑，將各自心中的一切──幾乎是一切──都告訴了對方。

傑森瞬間回到了往日的霍利奧克塘……防曬油、青草與水的氣味撲鼻而至。哈妮的話音──他們兩人年輕又富有自信的聲音──從池塘對岸飄了過來，迴響在深色樹木之間。他遠遠看著年輕的他們坐在毛巾上談天說地，自己則彷彿藏身樹林之中觀察他們。

過去的馬丁・平克就是這麼遠遠看著他們的。

「波伊德搞不好會邀請妳一起去舞會喔。」

哈妮狡猾地說道：**「我嗎？我覺得『你』才該邀請波伊德呢。」**

「最好是啦！那個尼安德塔人應該根本就不會跳舞吧？」當年的傑森面紅耳赤地笑著別過了頭，內心卻絲毫沒有笑意。他心中感受到了羞赧、期盼與渴望。年輕人的戀愛還真是殘酷折磨，尤其是他這種無望的單相思──即使是年輕時的傑森也明白這點。

哈妮逗他道：**「你覺得他配不上你，可是配我就沒問題了？」**

傑森斜眼看去，瞥見了哈妮絲毫未設防的雙眼，心中不禁一疼。痛苦的人不只他一個，渴望不可能之事的人也不只他一個。

他快快別過了視線，兩人都只能裝作沒看見對方內心的祕密。

不行。不行，現在可不是緬懷過往的時候，他也沒有仔細品味這些感受的餘裕。

傑森從箱中拿出最後一件物品，那是個老舊的急救盒。

他打開盒子。

在那一瞬間，他將盒裡一球棉花誤認為自己要找的東西，內心竄過了……不知是寬慰還是驚懼的情緒。

然而說到最後，他的情緒是喜是憂都不重要了。這顆小小的棉花球改變不了任何人的生命。

傑森又將箱中每一件物品檢查過一遍。

不見了。

她的鑰匙串還在，原本掛在鑰匙環上的掛飾卻消失無蹤了。

傑森腹中傳來陣陣敲擊，他幾乎感到頭暈目眩。這的確印證了他的猜想——本該存在於此的東西消失了——但他仍然大受震驚，不願相信事實。

人魚掛飾消失了。

他無力地坐倒在長桌上，試圖思索。

甘迺迪說得沒錯，到了這個節骨眼，他們絕不能出錯，傑森絕不能出錯。他已經冒著巨大的風險頂撞甘迺迪了，現在沒有任何轉圜空間。

那就趕快思考啊。

布克斯納有權進出儲藏室，也有權調閱原始案件的所有資料。金斯菲爾德警局有權做到這兩件事的人很明顯不只他一個……但是在案發前不久去了瑞貝卡家的警員，就只有布克斯納一名。

而就如甘迺迪多次指出，這本身並沒有任何特殊意義。布克斯納確實可能在和瑞貝卡談話時和她約好晚點私會，不過傑森完全無法證明此事真正發生過。

這一切都是他的間接推測，但目前為止在傑森看來，沒有比布克斯納更有可能犯案的人了。

最令傑森懊惱的是，他這些推論都沒能回答最關鍵的問題：為什麼？布克斯納為什麼要殺瑞貝卡．瑪蒂根？

為什麼要擄走康蒂．戴維斯？

好吧，第二個問題他倒是答得上來。之所以擄走康蒂，是為了讓瑞貝卡的命案顯得像是連續殺人犯的傑作，並且讓人們認定瑞貝卡之死符合先前的規律。康蒂被擄，加深了狩獵人回歸的錯覺。

問題是……假如凶手真想讓眾人認為狩獵人回歸了，那不是該一併殺死康蒂嗎？

如此說來，真正的問題是：康蒂為什麼沒有被殺？

不對，先跳過這個問題。假設傑森的理論沒有錯，假設凶手綁架康蒂純粹是為了掩人耳目……那就必須考慮最開始的問題了：**為什麼要殺瑞貝卡？**

傑森雖然懷疑布克斯納，卻也知道甘迺迪說得沒錯，布克斯納並不符合連續殺人犯的心理側寫——他不像是過去的狩獵人，也不像任何一樁案件的連續殺人魔。混蛋歸混蛋，甘迺迪的專業仍舊不容置疑。

由此可見，瑞貝卡並不是新一系列模仿殺人案的第一個受害者。

瑞貝卡遇害，其實是獨立且獨特的犯罪事件。

如此一來，他們就該從全新的角度展開調查——而潛在嫌疑人也突然多了起來。

關鍵是瑞貝卡的人格特質，受害者心理學再次成了探案重點。

那麼，他們對瑞貝卡有哪些認知呢？

其實他們對瑞貝卡認識得不深。她是富裕家庭的千金，家長待人苛刻。瑞貝卡本人有性經驗，許多人表示她聰明、輕佻、固執、驕縱、自滿又無禮……將這些特質整合起來看，如果你是小鎮警局一名年輕又有野心的警察，那就絕不會想招惹她。

她可能會對你的事業造成無可逆轉的破壞。

布克斯納。

就是他吧？

雖然在今早開車前往凱瑟家時發生了那段對話……但凶手必定是布克斯納。

若非布克斯納，還能是誰？

「都還好嗎？」傑森歸還儲藏室鑰匙時，考特尼警員問道。

「嗯。」

她同情地注視著傑森。「夏天時樓上會很熱，很不舒服吧？」

傑森微微一笑。「稍微有點熱呢。我必須說，妳真是太能幹了，把儲藏室整理得井井有條。」

考特尼警員還以一笑。

傑森又說道：「上週五晚間，鄰居請你們處理派對太吵的問題時，只有布克斯納警員一個人去瑪蒂根家嗎？」

「對。」

「也是，這邊人手不足，平時巡邏也不可能兩兩一組行動吧？」

「是啊。」她對傑森投了個無奈的眼神。

「那晚就只有他一個警員去瑪蒂根家嗎？」

「對。」

「所以布克斯納警員請瑞貝卡調低音樂的音量，瑞貝卡乖乖配合，然後那晚就這樣平靜地過去了嗎？」

考特尼警員諷刺地輕笑一聲。「也不能這樣說啦。後來又有人跟我們抱怨派對太吵，局長說他會去處理，可是後來他忙著在路上幫人修理拋錨的車，結果就沒有去到瑪蒂根家了。」

傑森愕然盯著她。「所以說，布克斯納後來又去了瑪蒂根家一趟嗎？」

「不是，那時候布克斯納警員已經下班了。反正要是真的想阻止他們開派對的話，光是一個人去也沒用，我們想說等派對自然結束就行了。」

「也對。」傑森皺眉點了點頭，正準備轉身離去——然後，他忽然意識到了考特尼警員的意思。

「那是什麼時候發生的事？」

「什麼是什麼時候發生的事？」

「鄰居第二次打電話到警局，是什麼時候發生的事？」

考特尼立刻答道：「十二點三十分。」

「局長原本在前往瑪蒂根家的路上，卻停下來協助汽車拋錨的民眾？」

她露出困惑的神色。「對啊。其實是兩個年輕女孩子，她們的車突然爆胎了，可是她們不會用千斤頂。」

傑森小心翼翼地問道：「他是在什麼時間回報這件事的？」

「誰？」

不必看考特尼警員的臉色，傑森就知道自己必須謹慎發問了。在這方面，甘迺迪說得一點也沒錯。「桔法斯局長是在什麼時間告訴你們他要停下來幫民眾換胎，所以沒辦法去瑪蒂根家處理噪音問題的？」

考特尼警員沒有看向電腦螢幕，而是冷淡地回道：「他沒過幾分鐘就告訴我們了。他停下來幫助那兩個女孩子時，已經在半路上了。」

「那在幫她們換胎以後，他就直接下班回家了嗎？」

「對。他沒理由繼續工作啊，當時瑞貝卡還沒有失蹤的跡象。」

「嗯，那當然了。」

考特尼警員蹙著眉，仔細打量傑森。

傑森想請她報出那輛爆胎汽車的車牌號碼，想去查出車主的聯絡資訊。假設真有那輛車，他還想和駕駛車輛的女孩子談一談，確認桔法斯局長協助她們換胎的確切時間點。

然而，他不能請考特尼警員提供車牌號碼。不能問的理由，就和考特尼沒有主動提供車牌號碼的理由相同——因為兩人都在同一刻意識到了眾人的疏漏，沒有人仔細調查「某人」在瑞貝卡遇害當晚的動向。

但考特尼警員與傑森的差別在於，考特尼對桔法斯局長忠心耿耿，她不可能為傑森提供可能對上司不利的情報……而且她絕對會警告桔法斯。

在考特尼看來，這不是在「警告」桔法斯，因為她根本不會考慮桔法斯和命案有任何關聯的可能性——就連傑森也很難想像桔法斯犯下殺人重罪——不過考特尼想必明白了桔法斯局長所面對的窘境。

嗯，她絕對會告知上司，而桔法斯……桔法斯早就知道傑森在細細研究原始犯罪現場的照片了，再過不久，他將會得知傑森進儲藏室找過證據。不對，他此時此刻正和甘迺迪開車回金斯菲爾德，也許他光是聽到甘迺迪和傑森講電話的片段內容，就能猜到傑森懷疑的方向了——只不過傑森之前懷疑錯了對象。

「謝謝妳幫忙。」傑森說道。

考特尼警員淡淡一笑，眼神卻隱含敵意。

CHAPTER 20

現在有一個問題。

好吧，不只一個問題。下一個要面對的問題是什麼？

只有傑森見過犯人留在康蒂身邊的人魚掛飾。

哈妮的掛飾在案發十六年後丟失了，不過這件事有各種解釋方式，一般人不會馬上想到是警察局長謀害了青少女，然後為了故布疑陣、令人以為連續殺人魔回歸而偷了當初的物證。

傑森按下遙控，開了道奇轎車的門鎖，然後開門坐上駕駛座。

這下怎麼辦？

還有一個問題：含在瑞貝卡口中的掛飾又是從何而來？難道也是過去某樁案件的證物嗎？傑森該趁剛才進儲藏室時檢查連續殺人案相關的所有物證箱的，可惜現在已經太遲了。

他用指尖敲了敲方向盤。

甘迺迪得知他的處境後，必定會大發雷霆。不過話說回來，甘迺迪早該花功夫對搭檔詳加說明自身看法的——更何況，傑森猜自己和甘迺迪懷疑的是同一個人。

但甘迺迪這種人就是如此，他們總是我行我素，留搭檔一頭霧水地努力追上他們的腳步。

那麼，這下怎麼辦？

為了證實自己的推論，傑森必須找回遺失的人魚掛飾。

他是要怎麼把掛飾找回來？

東西可能掉在了演講廳地下室的任何一處。

傑森聽著這段想法在腦中迴響，越想越沮喪。他該不會在考慮回雷克斯福找東西吧？不會吧？

一定還有更好的辦法。

即使沒有掛飾，他還是能提出指控，但在缺乏證據的情況下很難說服他人，桔法斯也更有機會擺脫罪名了。人魚是他這番推論的關鍵要素。

他摔入地下室時落在了一堆腐爛的東西上，掛飾很可能也掉在了那上頭，就算不是……其實地下室的積水只有一英尺深，頂多兩英尺，在光線夠強的情況下他還是能看見鋪磚的地面。而且那是一灘死水，如果掛飾真掉在了地下室，那現在一定還在。

傑森嚥了口口水。

他真在考慮這件事嗎？他真打算回到那棟隨時可能倒塌的演講廳嗎？

他無論如何都得盡快下定決心，否則就會被回來的甘迺迪與桔法斯局長撞個正著。除非他們在路上停下來吃午餐，或者提早吃晚餐了。

不對，他們不是在醫院等了好一段時間嗎？那他們想必在等待期間已經吃過了。再過不久，他們的車將會駛進這個小停車場，考特尼警員會將傑森的想法告知上司，甘迺迪也將失去先機。桔法斯局長必定會著手聚集對自己有利的證人，並且加強自己的不在場證明。

傑森發動汽車引擎，緩緩駛出停車場。

老天啊。要是他想錯了呢？一個鐘頭前，他還言之鑿鑿地堅稱布克斯納是犯人，絲毫沒想過桔法斯局長不是好人的可能性……而現在，他卻深信桔法斯就是犯人。

假設桔法斯真的殺了瑞貝卡，他究竟為什麼要請聯邦調查局派甘迺迪來查案？還是說，他是在針對甘迺迪？他莫非想讓甘迺迪出糗？摧毀甘迺迪的聲譽？但這又是為什麼？甘迺迪再怎麼惹人生厭——你要是違抗我的命令，我就毀了你！——桔法斯也沒道理隱忍十年才動手啊。

不對，這不可能是他的動機。或者說……他不可能只有這份動機，不過這必然是與案件相關的因素。桔法斯刻意冒了大險請來甘迺迪，所以事情一定和甘迺迪有關，不過不可能只和甘迺迪有關。

那麼，桔法斯沒有對康蒂造成致命傷害……這又是什麼意思？

他很顯然不是連續殺人魔。

傑森確信自己最初對康蒂的想法沒有錯，桔法斯將她擄走，純粹是為了讓瑞貝卡的命案融入先前較大的犯罪規律。之所以擄走康蒂，是為了強化狩獵人——或未知共犯——回歸犯案的印象。

然而，桔法斯似乎因情勢所逼，不得不臨時改變策略。那麼，他是受困於什麼樣的情勢呢？

無論在犯案當時發生了什麼事，桔法斯從案發後便一直手忙腳亂地遮掩真相，一再制定並拋棄新計畫。他先是想到讓瑞貝卡之死符合前案規律的計畫，接著又想讓東尼．麥恩洛背黑鍋，但之後又指引眾人尋到雷克斯福，再次試圖讓人以為狩獵人歸來了……

車輪滾過了好幾英里路程，傑森的思緒也和輪胎同樣翻轉不停。

手機鈴響時，他彷彿接到了來自外太空的來電，整個人嚇了一跳。他低頭一瞥，看見螢幕上顯示甘迺迪的名字。不意外。

「我是維斯特。」

甘迺迪的語調與先前對話時大相逕庭。「你在哪？」

「桔法斯局長在你身邊嗎？」

「不在。維斯特——傑森。你聽我說。我知道我之前對你說得有點太急了，我道歉。我們得盡快見面討論案情。」

對你說得有點太急了。還真是好笑的說法。

傑森望見前方岔道。「我在前往雷克斯福的路上，剛開到高架道路這邊。」

電話另一頭傳來震耳欲聾的沉默。「你再說一遍。」聽甘迺迪的語氣，他似乎在極力壓抑自己「有點太急」的話語。

「我要回去找之前摔進地下室時遺失的人魚掛飾。」

另一頭傳來古怪的聲響。「不行。」甘迺迪說道。「你不能去。就我目前的觀察看來，你是聰明又謹慎的人，只有**他媽的瘋子**才會獨自回雷克斯福。」

「你要是覺得我這麼聰明、這麼謹慎，那就該早點將實情告訴我才對。」

死寂。

「總之，我非得找回掛飾不可，這是證明我的推論的唯一方法。」

「你的推論？這明明就是我們合作偵辦的案子——」

「喔，你也知道啊。」

「——我現在就告訴你，絕對不可以。別回那個地方。真是的，你一定要找掛飾的話，我們可以請潛水夫來幫忙啊。」

「潛水夫？積水才幾英寸深，頂多一英尺而已。」

「別裝傻了。我們有專門找東西的搜索專家，你自己在搖搖欲墜的建築地下室亂摸亂找可沒有幫助。你停下來想一想就知道了，那地方隨時可能垮下來壓死你，而且我不知道桔法斯現在人在哪裡。」

「就是這個。」傑森苦澀卻又得意地說道。「這就是我們這樁案件中，你不願意和我分享的情報。桔法斯局長就是犯人。你是什麼時候發現的？」

又是一段沉默。甘迺迪說道：「我們找到戴維斯、發現她還活著且沒有受傷時，我就大概明白狀況了。你今早說人魚掛飾遺失了，那時候我就確定犯人是他。」

是啊，現在回想起來，桔法斯局長在聽到傑森承認證物丟失時，那近乎雀躍的神態太可疑了。其實仔細一想，傑森發現他許多時候的情緒反應都很不對勁。

汽車大力一晃，駛上草地，傑森已經開到盡頭了。他將車子停妥、引擎熄火，開了後車廂之後下車，一面繞到車後一面聽甘迺迪說：「就算沒有掛飾，我們還是能證明他有罪。」

傑森開啟後車廂裡上鎖的工具箱，套上防彈背心。「那枚掛飾是唯一一件實在的證據，有了掛飾，他再怎麼狡辯都沒有用了。你想必也明白，其他證據頂多只能算是旁證。」

甘迺迪壓低了聲音。

傑森暫停動作聽他說話，只聽甘迺迪真誠地靜靜說道：「我寧願這次調查以失敗告終，也不想失去你。」他又粗聲補了一句：「我不是對每一個臨時搭檔都會說這種話的。」

「我想也是。」傑森嘆息一聲。「謝謝你。我必須說，我這麼做不是出於對你的憤怒，或是對你證明任何事情的欲望。那東西是關鍵證據，而我們雙方都很清楚，錯過這次機會以後，我們就再也別想把掛飾尋回來了。」

「我說的話你難道一個字都沒聽進去嗎？」

「山姆，從我們見面那天起，你對我說的每一個字我都聽見了。」一隻鳥囀鳴幾聲，填補了對話之中驚詫的停頓。傑森又說道：「我得徒步進去了。」

甘迺迪哀嘆一聲。「該死！固執的混蛋！現在離天黑只剩大概三個鐘頭了，村子很快就會暗下來。」

「我知道。」

「我是真心希望桔法斯沒有你這麼瘋狂，但如果他真的想不開，那在我趕到前他可能已經先找到你了。」

「那只能希望他沒有我瘋狂了。」傑森不願意承認那句「在我趕到前」在他心中激起的喜悅。

甘迺迪的語氣變得急切許多。「傑森，你聽著。桔法斯既然已經走到這一步了，就不可能乖乖束手就擒。他是留了戴維斯一條命沒錯，不過他和你的關係就不一樣了，你在他眼中是敵人，他要是真的去找你，那就必定是為了殺你。不管你有沒有找到掛飾，在他看來你已經知道得太多了。就算他事後可能會後悔，現在也不會理性地想這麼多，總之你儘量避開他。」

「好。」

「還有，他對當地環境很熟悉，占據主場優勢。」

「瞭解。」

「傑森。」

「嗯？」

「他槍法很好，可以說是神槍手等級。」

「瞭解。」傑森搶在甘迺迪繼續消磨他的意志前掛了電話。

結束通話後的沉默鋪天蓋地襲來，他感覺自己彷彿站在另一塊大陸上，距離自己所知、自己在乎的一切數百萬哩遠。

他搖頭甩開這種感受，在工具箱裡找出高強度手電筒，然後重重蓋上後車廂。他最後檢查一次手槍——這時候不怕一萬，只怕萬一——接著邁開腳步，順著通往樹林的小徑小跑步前進。

傑森花費約二十分鐘來到舊水車前，進度還算快。目前還沒有被人追蹤的跡象，前方也不見任何動靜。

無論如何，現在回頭已經太遲了。

他繼續沿著小徑前行，腳步仍然很快，但現在他提高警戒注意起周遭環境。太陽開始西沉了，不過午後空氣仍帶有暖意，光線也仍然充足。幾隻藍燕子飛下來東張西望，接著又鼓翅飛走了。

他想起吉瑞米．凱瑟，忽然不安地想到：凱瑟有沒有可能躲在左近？這個想法太過荒謬了，不過他先前和凱瑟的對話真的十分詭異……

話雖如此，傑森稍早回到金斯菲爾德時便用警方系統查過了凱瑟的資料，沒找到任何可疑的情報。凱瑟似乎就是表面上的樣子，單純是個才華洋溢的怪人，靠研究比自己更怪的人物賺大錢。

抵達雷克斯福時，傑森已經大汗淋漓、有些喘不過氣了。好處是，倘若有人跟蹤他，那也得費好一番功夫才能趕上，而壞處是，假如他在演講廳地下室遭遇困難，援兵至少得花一個小時才能趕到——而且他們搶在敵人之前趕到場的機率微乎其微。

傑森向北行進，邊走邊掃視大街兩旁目光空洞、油漆斑駁的破爛建築，最後來到了水生演講廳。

他很想知道這棟廢棄建築從前的故事，不過雷克斯福每一幢建築應該都有一段故事吧？演講廳門前拉了犯罪現場警戒線，傑森繞到了後門。後門也拉了警戒線，黑黃相間的警告在微風中飄動。

他一把撕下塑膠條，用蠻力拉開高高的藍色門扉。鉸鏈發出的尖響想必能傳出好幾英里，在這個寧靜的晴天更是如此。

反正桔法斯早就知道傑森的目的地了。

他走下一小段階梯，硬掰開地下室的門，然後開啟手電筒。

他的視界外某處傳來低沉、沙啞的聲音，某個巨大的白色物體從黑暗中直撲而來。傑森驚叫一聲退到牆邊，伸手拔槍的同時，雙眼緊盯著那雙寬大的翅膀……炯炯雙眸……

「天啊！」

……長長的橘色嘴喙……

等一下。

長長的橘色嘴喙？

是鳥。是該死的鳥。一隻大白鷺。該死的地下室出現了一隻該死的大鳥。

「你是怎麼跑進來的？」傑森自言自語道，白鷺早就飛遠了。傑森還以為白鷺鷥不會飛，但從那隻鳥迅速飛出地下室的動作看來，是他錯了——傑森方才也想轉身逃出去，只不過反應比大白鷺慢了好幾拍。

幸好沒有人目睹他和白鷺的互動，否則他一輩子都別想擺脫他人的嘲笑了。他以為那是什麼？總不會是撲面襲來的鬼魂吧？

傑森跪下來尋找方才掏槍時掉落的手電筒。

它就在傑森腳邊數英寸處，一塊三角形白光割穿了房裡的黑暗。

他撿起手電筒，指向下方地面。很可惜沒發生奇蹟，積水並沒有消退，看來這一紀元是不可能消退了。

傑森踩著搖搖晃晃的樓梯下樓，「嘩啦」一聲踩進汙濁積水裡。今天不見蛇的蹤影，但還是別太仔細觀察上方橫梁來得好。

他先前摔到了一疊不知是地毯還是毛皮的東西上，掛飾應該就是在那時候丟失的。當時他半泡在水裡，掛飾可能從口袋裡漂了出來，表示它可能還在傑森當時所在的位置附近。他只希望自己在水中盲目摸索時沒有將掛飾踩碎，也希望那東西沒被大白鷺當成魚吞下肚。

從屋頂與天花板兩個洞透進來的陽光刺穿了積水，在地板上照出一片片金黃色塊。傑森緩緩在水中走動，觀察一團團在水下搖曳的黑暗。他偶爾會瞥見白色的小東西，但每次伸手到水中摸索，找到的都只是骨頭或軟骨。

一段時間後，傑森才來到那一疊腐爛的動物毛皮前，這時陽光已經明顯減弱，他雙手也因為不停在冰冷水中摸索一些他不願多想的東西而麻木了。

空氣中的氣味令他作嘔，那是種類似硫磺的腐臭味。

他越找越心慌。地上的各種殘骸太多了，地下室面積也太廣了，隨每一分鐘過去，他都失去了寶貴的時間與陽光。

即使桔法斯還未來到雷克斯福，想必也離此不遠了。

如果他沒有學凱瑟逃之夭夭的話。

桔法斯能逃到哪裡？加拿大嗎？他的家人都在這裡，他的生活重心也在這裡。甘迺迪說得沒錯，桔法斯一定會跟隨傑森而來，因為在桔法斯眼中，傑森是阻撓他平安生活的唯一障礙。康蒂不知道襲擊她的人是誰，甘迺迪似乎相信自己將想法藏得很好，沒有被局長發現……

如此一來，桔法斯唯一要剷除的隱患就是傑森了。

他究竟有什麼打算？難道在短暫重出江湖之後，這位模仿犯或狩獵人的未知共犯要從此消聲匿跡？到時甘迺迪高級特別探員調查失敗，必定會有更多人懷疑他當初沒能徹底排除威脅——畢竟時至今日，金斯菲爾德仍有不少人相信狩獵人有兩個。在這件事過後，他們想必會全心相信這套論述吧。

傑森在冰冷水中跪了下來，雙手輕輕篩過一件件腐爛的物品。他尋獲並放開了許多軟爛與不軟爛的物體，感覺胃部緊張又噁心地翻騰不已。

妳一定在這裡。不可能不在這裡。在找到妳之前，我絕不會放棄。

傑森抬頭望向天花板的破洞，此時光線微弱，他已經看不見空氣中懸浮的塵埃了。

現在多晚了？幾點了？

他冷得開始劇烈顫抖，顫抖嚴重到當指尖擦過某樣堅硬的圓形小物時，不小心將東西推得更遠了。傑森呻吟一聲張開雙手，很輕、很輕地摸索……**就在這裡！**找到了。他的心猛然一跳，一隻手握住了小圓球。

他抬手盯著掌心那枚淺色彈珠狀的小東西。細小的魚鱗、精緻的魚鰭、狡黠的笑容。

他認得她。無論過了多久，他都忘不了她。這是哈妮的人魚。

CHAPTER 21

走。快走。

傑森盯著手機上的訊號圖示。連一格都沒有。**沒有訊號。**

完全收不到訊號。

你還在等什麼？快走啊。

他可以在原地等待夜幕降臨，但即使在黑夜裡他應該也不占便宜。離開演講廳地下室的路線只有一條，而現在桔法斯想必已經在外頭等著襲擊他了。

傑森可以在原地等甘迺迪帶大部隊前來救援，問題是甘迺迪可能無法動員大部隊。也許這一次，大部隊反而站在敵方。

倘若甘迺迪來雷克斯福找傑森，他自己也將暴露於敵方火力之下。

傑森靜立在地下室門邊，看著上方窗戶的玻璃染上薄暮灰光。

要是桔法斯還未抵達雷克斯福呢？要是他還在徒步沿小徑走近呢？如此一來，傑森在這扇門前駐足不前，就等於在浪費寶貴的時間。

不可能。桔法斯年紀雖大，卻仍然體魄強健，況且在焦急的情況下他一定會走得更快。他現在一定已經來到廢村裡，也很清楚傑森所在的位置了。

只需耐心等傑森探出頭即可。

這是一場打地鼠遊戲，只不過對方用的是警用「槌子」。

傑森憤恨地意識到自己全身發抖。他告訴自己，這是在冰水裡泡太久的緣故，絕不是害怕被桔法斯一槍命中造成的精神崩潰。

你仔細想想。

首先，假設桔法斯真打算殺死傑森——殺死聯邦機構的探員——那也會是在他認為殺死傑森後能夠瞞天過海的前提下。桔法斯這些行為都是為了自保，他希望能繼續過他的警察局長生活，繼續當人們眼中的模範公民。既然如此，他就不會直接殺死傑森，那樣太傻了。假設他直接殺了傑森，等等就得立刻面對甘迺迪——到時有兩位聯邦機構探員死在這裡，他又該如何解釋？這樣只會惹整個聯邦政府傾力調查這樁案件。

不會的。桔法斯是聰明人，辦事也講求實際。

即使他最初的想法是當場槍殺傑森，在從高速公路走來那一路上，他應該也有充分的時間冷靜下來理性思考。

這時他就該想到，如果要剷除傑森這個禍患，那就得把事情布置成意外死亡。桔法斯必須精心布置現場，到時即使有人懷疑他，也無人能實際證明他有罪。

綜上所述……他不會在傑森一走出地下室時開槍。

可以的話，他會儘量避免在雷克斯福殺死傑森。

傑森集中精神念著此事，和緩地深呼吸，繼續推演了下去。

讓傑森意外死亡。這就是桔法斯的目標。

他會不會對傑森的車動手腳？或者在傑森返回停車處路上伏擊他？若非別無選擇，桔法斯是不會在傑森一走出地下室時開槍射殺他的。

這就表示，傑森如果擺出不疑有他的模樣走出地下室……桔法斯或許會選擇暫緩攻擊，先觀察傑森的動作，而傑森就能趁這段時間尋找掩蔽物，設法擺脫困境。

無論如何，他都不能繼續躊躇不定地站在這扇門前。

不對，不能再自欺欺人了。

他不是躊躇不定，而是害怕再次中槍，怕得動彈不得。

傑森都已經來到這裡，在樓下的泥沼中搜索不知多久了，現在卻連開門出去的勇氣也沒有。光是想到這裡，他的呼吸就越來越淺促，頭也開始暈眩了。

他忘不了子彈重擊胸口的感受，忘不了金屬撕扯骨肉的聲響、火藥與鮮血的氣味，忘不了那個畫面……

他嚥下了滿腔嘔意。

他都信誓旦旦地對甘迺迪說過自己沒事了，還保證會在甘迺迪需要時提供支援。而現在，他怕得不敢出門。

他也不能肯定桔法斯一定在外頭等他啊。

但傑森可以肯定的是，甘迺迪一定在路上了。難道他要呆站在這裡，任憑甘迺迪遇害？**懦夫。你是無用、無膽的懦夫。**意識到此事時，傑森雙眼刺痛了起來，他不耐煩地抹了抹眼睛。

他究竟站在原地浪費了多少時間？

幾分鐘吧。

有到半個小時嗎？

久到他雙手都乾了。

你到底在等什麼？

然後，一個念頭忽然憑空浮現，在自我懷疑與迷惑的漩渦之中成形。

甘迺迪要是有什麼三長兩短，你最後也是會一槍了結了自己。

他聽著這句話在腦中迴響。

呼吸逐漸減緩，穩定了下來。他不再顫抖。是了，這就是真相。如果桔法斯對甘迺迪開槍，傑森必然會立刻衝出去，那何不趁現在，趁所有人都還有機會活著離開時主動走出去呢？

從這個角度看來，事情還真是簡單到了可笑的地步。**你別無選擇。**

傑森深吸一口氣，吐息，放鬆雙肩，然後開門跨了出去。

他的心跳在耳中鼓譟，視界邊緣發黑。什麼事都沒發生。

他繼續前行。

傑森看見右手邊一幢幢半沉沒的樓房，宛如從水中探出頭的破碎玩偶，左手邊則是他和甘迺迪數日前剛搜過的破敗建築物，一棟棟房屋參差不齊地勉強立著。

究竟該往何處去？

每前進一步，他的靴子就在地面「嘎吱」一聲。他費盡了全身的力氣阻止自己伸手拔槍，甚至不讓自己將手搭在槍托上，努力壓抑這份痛楚般的欲望。

哪裡有遮蔽物？哪裡可以躲藏？他該直接走出廢村，回到自己的車上嗎？

不安竄下了他的背脊，他感覺到自己被人監視，每一步、每一個動作都被人盯著。不會錯的，他心理很清楚，這份重擔般的感覺就是敵人的視線。

沒辦法回到車上了，甚至無法走到廢村邊緣。

好吧，他本就不是心理側寫專家。

「夠了。」桔法斯在他身後喊道。「你走得夠遠了。」

傑森頭也不回，繼續前行。

「維斯特探員，別再往前走了。」

左側那幢藍色小屋……前門半掛在門框上，門的兩側則是兩扇破窗。無論那是什麼建築物，他現在都沒得選了。

「**維斯特探員！**」

靴旁的塵土猛然激起，緊接著才傳來槍響。槍聲彷彿炸裂了天空，鳥類四散飛出附近殘破的房屋。

他不想從背後射殺你。

傑森不知道這個念頭是從何而來，只知道這是事實。桔法斯不知為何遲遲不肯從後方對他開槍。

他朝小屋門廊一跳，落地後滾了一圈換成蹲姿，接著撞穿壞掉的屋門，整扇門都被他撞飛了。

傑森趕忙躲到貌似是汽水吧檯的大型家具後方，拔出了手槍。

他心臟狂跳，精神卻十分集中，不算鎮定，但也沒有驚慌。他沒有被射傷。對方朝他的方向開了槍，不過他手上還握著武器，也知道該如何應用自己受過的訓練，知道如何臨機應變。

那麼，現在就是臨機應變的時候了。

他環顧四周。在泥土與動物糞便下是一層油地氈，有些地方已經捲曲翹起了，屋裡除了吧檯以外沒有任何家具，但至少吧檯是沉重、扎實的木材製成。左手邊陰影深處應該是屋子後門，不過那個方向沒有任何光線透進來，表示出口可能早被封死了。

好吧，他再次受困了。至少此處視野較佳，他也不必站在小腿深的溼泥之中。

聽甘迺迪的說法，桔法斯已經摒除了良心的譴責，願意動手謀害同為執法官員的傑森了。問題是，事情不可能那麼簡單，這男人可是將一生精力投注在了執法工作上。桔法斯或許有能力殺人，甚至可能有充分的殺人動機，但他絕不會享受謀害他人的過程。

他想必得對自己合理化這些行為，也會想要對傑森合理化自己的行為。

即使不是行為分析專家，傑森也能推測出這一點。這是最根本的人性，沒有人會在講述自己的人生故事時將自己視為惡人。

「局長，你為什麼殺人？」傑森問道。「為什麼殺了她？」

子彈從破窗射了進來，擊中傑森藏身的吧檯後方牆壁低處。

不妙。桔法斯很清楚他所在的位置。

「你一定是有什麼理由吧。那一定是意外。」

接著打來的第二槍似乎有些心不在焉，打在離傑森藏身處一英尺的位置。

「是你特地請我們來辦案的，你既然要殺我，那至少該告訴我為什麼吧。」

「我沒請你來。」桔法斯回道。說來奇怪，在聽見桔法斯的聲音時，傑森暗暗鬆了口氣。

「我沒有特地找你，這不是我的責任。」

「但你特地請來了甘迺迪。你是希望自己被逮嗎？」

「你是白痴嗎。」桔法斯下一槍擦過傑森頭頂上方的吧檯，傑森駭然盯著深色木材上顏色較淺的破碎刮痕。

他吞了口口水，高聲說道：「那不然你為什麼要向聯邦調查局請求協助？」

「我沒得選啊！」

這就說不通了。無論桔法斯說出口的是什麼話，光從他願意和傑森交談這點，就能看出傑森仍有勸退他的一絲希望。

也可能沒有。下一顆子彈比前一顆的軌道低了幾英寸，傑森連忙趴倒在塵埃滿布的地板上。

幹。幹。幹。

他環顧四周，尋找更合適的藏身處。右邊有通往二樓的樓梯，不過樓梯口貌似受到了某種破壞，而且桔法斯此時就在右邊破窗外頭，傑森若貿然搶上樓就等同暴露在桔法斯的射擊範圍內。

傑森挪到吧檯邊緣，手槍瞄準了窗戶。他勉強能看見桔法斯人影的邊角。

「如果是意外的話，你怎麼沒立刻報案？為什麼要掩飾真相？」

「是不是意外不重要，現在說這些都太遲了。」

「這非常重要。你要是狠心殺害聯邦機構探員，那你就完了。」

「我不殺你才完了。」

「甘迺迪已經知道了。嘖，你們警局裡其他人現在應該都猜到真相了吧。」

「我知道甘迺迪知道了。那個混蛋在我過來這一路上不停打電話給我。」

如果這是真話，那甘迺迪想必是焦急地試圖阻止桔法斯，急得故意放棄了出其不意拿下桔法斯的機會。

「既然如此，你這麼做又有什麼意義？你不可能先發制人，而且現在行動也太晚了。這些道理你不可能不懂吧。你現在只是讓自己陷入更艱困的境地而已。」

還有我。混蛋，你害我也陷入苦境了。

也許傑森該將掛飾吞下肚。若甘迺迪無法及時趕到——或者沒能活下去——那傑森至少能保留證據，之後驗屍的法醫很可能會找到掛飾。一旦掛飾重見天日，它將會引發眾人的猜測，屆時桔法斯就無法輕易擺脫罪責了。

還真是噁心的想法，不過……當對方對你開了一槍又一槍，你還是得硬著頭皮考慮一下。

但桔法斯已經好幾秒沒開槍了吧？

右手邊有動靜，傑森舉起手槍。

「甘迺迪我之後再想辦法解決。」桔法斯踏到破窗中間，槍口直指傑森，他想必也看見傑森舉槍瞄準他了。

好喔。這不是港片的經典場面嗎。

桔法斯低頭冷冷注視著傑森，傑森也注視著他。

他們當真要互相射擊嗎？

雙方似乎都別無選擇了。如果要死，傑森也一定要拉著桔法斯一起死，絕不能讓桔法斯活下來「解決」甘迺迪。他深知這點。

三。

這真的太蠢了。完全沒有意義啊。還真是……

二。

別思考。別說話。扣下扳機就對了。

「你沒對別人開過槍吧？」桔法斯的語音忽然變得無比疲憊。

「我有。」甘迺迪的聲音清清楚楚地從桔法斯身後傳來。

甘迺迪開了槍。

CHAPTER 22

「你明明可以叫我放下武器的。」桔法斯被抬上擔架、準備送上直升機時嘀咕道。

「我也可以一槍打爆你的頭。」甘迺迪說道。「但我並沒有這麼做。」

「你應該這麼做的。」

「大概吧。」甘迺迪同意道。不愧是他，總是能說出令人欣慰的話語。

或者，他如此誠實應答，是給予桔法斯最後的尊重。畢竟他沒有稱了桔法斯的意，讓桔法斯藉由他的手自盡。

等待州警與醫用直升機到場的那段時間，桔法斯道出了真相。他說是為了讓自己分心、減輕槍傷的痛楚，但傑森認為他從命案發生過後就恨不得傾吐真相了。

那其實根本就不是命案，頂多算過失殺人吧。假如桔法斯從一開始就坦承事實——

「我早該提早退休的。」甘迺迪用自己的外套按著桔法斯肩膀、替他止血時，桔法斯開口說道。

「就算不提早退休，你也早該看醫生吃藥了。」甘迺迪說道。

桔法斯被甘迺迪按得皺起了臉。「我已經沒耐心處理那些莫名其妙的小事了。」

「那晚究竟發生了什麼事？」傑森問道。

「那是場意外。我過去叫瑪蒂根那個丫頭把該死的音樂調小聲，她卻當著我的面叫我去死，把我當她的同儕——她的僕人——看待。她說我的薪水、我手下所有警員的薪水都是她爸媽付的。她就是個嬌生慣養、管不住自己嘴巴的小婊子。我打了她一個耳光。我知道不應該，在打她的瞬間我就知道自己犯了大錯。結果呢，情況變得更糟了，她摔倒在地上，被地上的石頭撞到頭部。」

桔法斯滿臉不信地盯著他們。「就這樣。撞一下就沒了。我實在沒法相信那是真的。她就這麼死了。」

「你幹嘛隱瞞事實？」甘迺迪問道。

桔法斯眼中仍盤據著深沉的驚駭。「老天啊，我不隱瞞還能怎麼辦？你們又不是沒看過她爸媽那副德性，我不只會丟工作，他們還會告到我傾家蕩產。我當了一輩子公務員，根本就沒存多少錢啊。他們一定會毀了我的家庭，而且不只這樣，我還會坐牢，他們一定會告到我被關進去才罷休。你們想想看，警察坐牢會是什麼下場？但他們才不管這些，反正他們請得起最好的律師。我呢，我會因為那個嘴賤的死屁孩失去一切。」

「你會失去一切，是因為你出手打她、殺了她。」甘迺迪說道。

桔法斯臉上再次浮現了清明。他別過頭。「是啊。」他啞聲說道。

傑森說道：「那你為什麼要把甘迺迪捲進來？為什麼要聯繫調查局？要不是你把現場布置成狩獵人回歸作案的樣子，要是布置成性侵殺人，你也不會惹禍上身啊。」

桔法斯發出古怪的笑聲。「我當然知道啊！我應該是一時失心瘋了吧。在事發前一天晚上，我剛在新聞上看到你。」他盯著甘迺迪。「那時我心裡就在想，你還真是個幸運的混蛋，其他人都是幫你打雜的，最後立大功的英雄總是你一個人。」

「別胡說了。」甘迺迪說道。

「你在電視上被州長指責，結果你還是沒丟工作。換作是別人早就被炒了。幹，你還不是得到解決那椿案件的功勞了！」

傑森出聲重複道：「為什麼要把他捲進來？」

「因為我已經騎虎難下了。我知道怎麼布置瑞貝卡的屍體，弄成模仿狩獵人犯案的樣子，但如果真出現模仿殺人犯，我們當然得請甘迺迪過來了。我有什麼理由不找他來？我有什麼藉口？」

這也許是真話吧。在傑森看來，事情沒這麼簡單，或許還參雜了厭惡、嫉妒或恨意。桔法斯表面上是心智平衡、奉公守法的好人，頭腦再清楚不過，但他有沒有可能多年來一直將怨憤與不滿的情緒壓抑在心底？他會不會是憎惡優秀能幹的甘迺迪？還是看不慣甘迺迪毫不謙遜的作風？

也許甘迺迪也感受到了，只見他起身走出幾支手電筒照在地上的光圈。

「你和瑞貝卡交談時，怎麼完全沒有目擊證人？」傑森問道，目光卻緊鎖著甘迺迪毫無動靜的挺拔背影。

「我到她家時，她剛好準備進屋，所以就直接走出來和我談話了。事情……沒兩分鐘就結束了。」

「該死的笨蛋。」甘迺迪的低吼從黑暗中傳來。「你應該立刻報案的。」

「你倒是說得很容易。你當時又不在場，你永遠都不可能遇到那種狀況，因為你沒什麼好失去的。這份工作就是你的人生。」

甘迺迪沉默不答。

傑森又說道：「那你放在瑞貝卡口中的人魚掛飾呢？那又是哪裡來的？」

桔法斯呻吟一聲。「那是我好幾年前在吉妮的陳屍地點找到的。我有時候會到樹林裡走走，回到每一個女孩子被發現的地點，有天我在草地上看到了那東西，就在我們來回找過好幾十次的地方。那之後，我一直把它掛在自己的鑰匙環上，不讓自己忘記過去發生的事。」

就在此時，直升機低沉而穩定的霍霍聲響從遠方接近。傑森方才就遠遠望見了掠過漆黑樹梢、朝他們靠近的光束。

桔法斯痛苦不堪的淺色眼眸看向甘迺迪。「你不瞭解以前那些謀殺案對我們造成的創傷，我們到今天還一直忘不了那些事件，就算金斯菲爾德像這座鬼村一樣荒廢倒塌了，我們還是沒辦法擺脫過去的陰影。那對你來說不過是一樁普通的案件，不過是又一份功績，可是對我來說就不一樣了。那幾個女孩子我全都認識，我事後還得天天面對她們父母。我根本就沒有遺忘那一切的選擇，根本就不可能像你那樣轉身離去。」

甘迺迪轉過身來，雙眼在直升機照下來的強光下閃閃發亮。「是啊，你這次是不可能轉身離去了。」

過了好一段時間，傑森才終於找到和甘迺迪獨自交談的機會。桔法斯局長已經被送到波士頓接受手術了，在金斯菲爾德警局成員震驚又悲痛的注視下，州警查遍了雷克斯福。

「你可以回旅館了。你明天直接回洛杉磯吧。」甘迺迪對傑森說道。「如果曼寧特別主管探員准你回去的話。這邊剩下的工作由我來完成就好。」

「你要我走？」詫異的話語剛出口，傑森險些紅了臉。他的意思是……好吧，其實就是這個意思。

就這樣結束了嗎？

當然就這樣結束了。剩餘的調查工作十分簡單，不需要兩位特別探員在場辦案，更何況其中一人還是從人力短缺的小組暫派來協助調查的。至於剩下的部分……

我的原則是釣獲放流，這是遵循性格傾向和事態需要得來的結論。

「你不是急著回洛杉磯嗎？」甘迺迪和他們初次見面那天同樣冷淡、同樣直率。

「嗯。對。」

甘迺迪點了點頭，轉身準備離開。

「我那時真打算開槍。」傑森對著他的背影說道。

甘迺迪轉身面對傑森，目光平穩而陰翳地直視他。

「謝謝你幫忙，但你其實不必插手。」

甘迺迪說道：「維斯特，你之所以沒死，完全是因為他不想殺你。」他的語氣和桔法斯最後說話時同樣疲憊。

「那不——」傑森猛然住口。「我已經打算開槍了。我已經扣著扳機了。」

「你沒有扣下去。你沒有開槍。他對你開了五槍，你一次都沒有反擊。」

「我以為能勸退他。我當時就是在勸他。」

甘迺迪閉上雙眼，神情近似痛苦。

「你愛怎麼想就怎麼想，但我沒有僵住。當時如果別無選擇，我還是會開槍的。」

甘迺迪張口欲言，但又閉上了嘴。片刻後，他終於說道：「我只能告訴你，你是聰明人，這件事如果想錯了可能對你——對所有人——造成什麼後果，你一定明白。」

兩人目光相交。傑森默默點頭。

甘迺迪不相信他，不過傑森說的是實話，他當時確實準備開槍了。對傑森而言，最大的難關其實是在地下室門前動彈不得的那幾分鐘，那是他的最低谷，而他後來也硬是從中爬出來了。某方面而言，當他意識到威力再強的子彈都無法造成自己在那間地下室所面對的痛苦時，傑森反而心安了。

「那凱瑟呢？」他問道。

甘迺迪眉頭一皺。「他怎麼了？他和這樁案件無關，當不當怪人是他的自由。」

也是。言行奇怪並不犯法。

「好喔。那就這樣囉。」

甘迺迪再次點點頭，再次轉身要走。

幹，拚了。人生就只有這一遭而已。

「你常去洛杉磯嗎？」傑森喚道。

甘迺迪停下腳步，轉身直視傑森，目光淡漠無情。他搖了搖頭。「不要。」

開誠布公。包含了所有意涵。**回答了你能提出的所有問題……**

不要。

他甚至沒有禮貌的意思，甚至沒有替傑森保留面子，連一句「抱歉，我不常去洛杉磯」也沒有。

就這樣。一句直截了當、不容置疑的不要。

警戒線。請勿跨越。

「好喔。那，這些天和你合作得很愉快。」傑森居然平靜地道出了話語，但說到最後一個字時喉嚨還是陡然收緊。

這回，由傑森逕自轉身離去。

回到旅社時，傑森火大了。

同時也因失望與受傷而感到全身不適。

沒道理啊。

他不是從一開始就很清楚兩人之間的界線嗎？

他自己也沒有要和人交往的意思，遑論和山姆．甘迺迪這般難相處又莫名其妙的人遠距離交往。

老實說，他對甘迺迪簡慢的道別產生如此激烈的情緒反應，還真是……太丟臉了。幸好他設法掩藏了情緒，但大概也沒藏得多好。還有那句揣著希望、小心翼翼的「你常去洛杉磯嗎？」——他真想一腳踹死自己。

傑森咒罵一聲，將最後幾件衣服扔進行李箱。

此時的感受應該類似夏令營結束的感覺，你和身邊的人在面對艱難挑戰過程中結為了同伴，有時道別就是如此難受。僅此而已。

這也很正常。傑森很少遇到如此棘手的案件，這些天也努力克服了心中的障礙，所以他混淆自己對情境的感受與對甘迺迪的感情也是情有可原。

和曼寧特別主管探員簡短的對話，絲毫沒有改善他的心情。

曼寧對金斯菲爾德案件的結果感到，這個，非常失望，雖然說不出堅持要傑森留在當地的理由，他還是明顯不樂意輕易放棄。

「維斯特探員，你覺得，呃，甘迺迪在前一次調查中的行為，會不會最終導致了，這個——」

「報告長官，我不這麼認為。」

傑森對這點十分堅持，曼寧最終也只能認輸。

「維斯特探員，謝謝你這幾天的，呃，配合與辛勞。」

「謝謝長官。」

他躺在床上，卻沒有入睡。忽然間，他聽見甘迺迪上樓的腳步聲，他朝時鐘一瞄。凌晨兩點半，再過不久就天亮了，再過不久就得出發前往機場了。

他在心臟鼓譟聲中豎耳傾聽，聽著鎮定的腳步聲逐漸走近……然後從他房門前經過。片刻也沒有停留。片刻也沒有遲疑。

傑森用枕頭摀住熱燙的臉。結果當然是這樣了，不然還會是怎樣？難道他指望甘迺迪回憶起兩人共度的美好時光，臨時改變心意？

真。是。的。**死心吧。**

他閉上雙眼，一秒過後眼睛又猛然撐開，簡直像是眼皮故障了。

他累得睡不著，真的完全睡不著，而且身心也十分緊繃。還是現在出發吧。

是啊，不錯的主意呢。

何苦浪費時間在這裡輾轉反側呢？乾脆直接出發回波士頓吧。這樣就能省下明早撞見甘迺迪的尷尬了。

傑森坐起身，開了電燈，然後坐在床緣整理思緒。為什麼一想到再也不會和山姆·甘迺迪高級特別探員相見，他就感受到一波憂鬱襲來？

傑森，眞是的，你五天前不是完全受不了那傢伙嗎？你以後再也不必忍受他香噴噴的鬍後水，也不必每次外出都讓他開車了，有什麼好傷心的？

有人輕輕一敲房門。

傑森的心臟險些從胸中跳出來。他起身穿上牛仔褲，走到門前，湊到鷹眼前往外望。

甘迺迪皺眉盯著樓梯口。

傑森解下門鏈，開了鎖，打開房門。

甘迺迪轉而皺眉盯著他。

「我看到你的燈亮著。」

傑森同樣皺眉注視著甘迺迪。「我是一大早的飛機。」

「嗯。那個。」甘迺迪吸了口氣。「我不擅長道別。可是維斯特探員，我這幾天和你合作也很愉快。」

「謝謝。」

「我說完了。」

傑森簡慢地一點頭。

甘迺迪轉過身。

傑森很輕、很輕地關上房門，額頭抵著刷了亮漆的門板。

他默默等著甘迺迪遠去的腳步聲傳來。

四下一片寂靜。

還是寂靜無聲。

他抬起頭。

甘迺迪莫非還站在他門外？

叩、叩、叩。

傑森猛地拉開門。「這麼快又回來啦？」他緊繃地問道。

甘迺迪那雙藍眸彷彿黑夜中唯一的色彩，在上方燈泡的稀薄光線下，他的頭髮近乎白金色，臉部也蒼白無血色。「聽我說。」他說道。「你不會想和我扯上關係的。」

「說得沒錯。」

「你要是現在就覺得我機車……」

「不用你提醒，我已經覺得你很機車了。」

「我對你來說太老了。」

傑森雙手抱胸。「而且還會越來越老。」

「我動不動就出遠門，動不動就出差在外。我喜歡這樣的生活。」

「是啊，聽起來真是理想的人生呢。」

甘迺迪深吸一口氣。「我很久以前就下定決心專心工作，除了工作以外……就只有工作了。」

傑森沉默不語。良久後，他終於出聲：「哇。」

甘迺迪嚥了口口水，喉結跟著鼓動。「就算我能找到工作和感情之間的平衡——我真覺得自己做不到——這也不是我會想帶回家和我在乎的人分享的一份工作。我不會想對我在乎的人打開這道門，尤其是對你這樣的人。」

「**尤其**是對我這樣的人啊。」傑森重複道。「瞭解。」

「你不瞭解，但我非常瞭解。所以我才要告訴你，這個想法真的不可行。」

「甘迺迪，等你退休以後要不要去當推銷員？你這人還真是天生的說客。」

甘迺迪靜靜總結道：「傑森，這是因為我在乎你。我從沒想過自己能這麼在乎一個人。」

傑森揉了揉眼睛，捏了捏鼻梁，然後睜開雙眼。「好喔，那我來幫你統整一下吧。你太喜歡我，所以再也不能和我見面了。大體上就是這個意思吧？」

甘迺迪盯著他，臉上寫滿了痛苦，他甚至沒有要掩飾情緒的意思。蒼白的臉，僵硬的五官，抿得太緊的雙唇，因赤裸情愫而深沉的雙眼。這些情緒是哪裡來的？四小時前的他不是還冷若冰霜嗎？

「媽的。」傑森說道。「我只是問你要不要約個會而已。既然你都說到這份上了，那我就直接告訴你，我也沒想過事情會變成這樣，這也不符合我的人生規劃。我不知道你把我當什麼人看待了，但我不是你想像的那種人，也不是一般民眾。我不在意你機不機車——不過你確實很機車——也不在意你年紀多大、多常出差、多在乎這份工作。至於剩下的部分是什麼，我也完全不想知道，不過從你這副模樣看來，我似乎該追問到底才對。我只是想……」他突然說不下去了，連他自己也大吃一驚。

甘迺迪默默注視著他，看著他掙扎。

傑森用平穩的語氣接著說道：「我只是想試試看。」他改而說道：「至少約會一次試試。」

甘迺迪長吁一口氣，彷彿無力繼續與狂瀾相抗的泳者。這一瞬間懸浮在半空中——然後他伸出手，手指纏上傑森的頭髮，將他拉近相吻。

就在嘴唇相觸前一剎那，甘迺迪輕聲說道：「時間地點呢？」

AFTERWORD

感謝以下諸位：凱倫・里德（Keren Reed）、瑪麗蓮・布萊姆斯（Marilyn Blimes）、黛安・泰斯（Dianne Thies）、蘇珊・索倫提諾（Susan Sorrentino）與嘉奈特・賽德林（Janet Sidelinger）。我最近有說過我多愛你們嗎？

細心的讀者想必會注意到，山姆・甘迺迪在《隆冬命案》（Winter Kill）（暫譯）中是行為分析小組的組長。他沒有被降級，《隆冬命案》是發生在《謀殺藝術》系列第二集《莫內血謎》（The Monet Murders）（暫譯）同一時期。